눈물아
멈춰줘

SCARLET ROMANCE NOVEL

눈물아 멈춰줘 2

초판 1쇄 발행 2008년 5월 1일 | **지은이** 최은경
펴낸이 정 필 | **펴낸곳** 도서출판 뿔미디어
기획, 편집 지영훈, 허경란, 김재영, 김유경, 윤나래 | **관리, 영업** 김기환, 정일근
출력 예컴 | **본문 인쇄** 정음청 | **표지 인쇄** 광문인쇄소 | **제본** 대명제책사
출판등록 2002년 9월 11일 제1081-1-132호
주소 부천시 원미구 심곡2동 163-2 3층 (우)420-822
전화 032)651-6513, 6092, 6093 | **팩스** 032)651-6094
ISBN 978-89-5849-773-8 03810 | 978-89-5849-771-4 03810 (세트)
값 9,000원 | **E-mail** BBULMEDIA@paran.com

ⓒ 최은경, 2008

※이 책은 도서출판 뿔미디어가 저작권자와의 계약에 따라 발행한 것이므로
본사의 서면 허락 없이는 어떠한 형태나 수단으로도 이 책의 내용을 이용하지 못합니다.

눈물아 멈춰줘

최은경 장편 소설

2

Scarlet
스칼렛

차례

제1화 네게 줄 수 있는 건 오직 사랑뿐 · 9
제2화 Will you marry me? · 37
제3화 달의 뒷면 · 64
제4화 물망초 · 99
제5화 안녕, 안……녕 · 129
제6화 잠적 · 152
제7화 술래잡기 · 180
제8화 너 없는 동안 나는 · 222
제9화 너에게로 가는 길 · 263
제10화 비원(悲願) · 310
에필로그 축복 · 337
후기 · 363

"여자라서 좋아한 게 아냐. 너니까, 박마리라서, 박마리니까! 그래서 사랑한 거야.
다른 성(性), 다른 목소리, 다른 얼굴! 아니, 나무나 돌이라도 상관없어. 그게 너라면! 너이기만 하다면!
난 그런 너 그대로를 사랑해. 처음부터 한결같이 영원히."

제1화

네게 줄 수 있는 건 오직 사랑뿐

어제 저녁부터 하늘이 꾸물거리더니 새벽부터 보슬보슬 봄비가 내렸다. 분유 깡통에서 피어난 색색의 꽃잎이 더욱 싱그럽고 토도독 낙수 소리가 제법 운치가 있었다. 그런데 난데없이 터져 나온 노래 소리가 보슬비의 낭만을 싹 걷어가 버렸다.

"반짝 반짝 작은 별, 아름답게 비치네."

마리는 제 눈치를 슬슬 보는 지훈에게 화를 내지 않으려고 어금니를 악물었다. 음치인 것은 알았지만 이렇게 심한 줄은 몰랐다. 왜 학교 사람들이 노래방에서 그를 왕따시키는지 공감, 아니, 절감하는 바였다. 음정, 박자가 완전히 제멋대로인

데다가, 거기다 더 기가 막힌 건 자기가 듣기에는 아무 문제가 없다고 오리발을 내미는 것이다. 차라리 변명이라면 좋을 일이나 거짓 한 점 없는 눈을 보면 소음공해에 지나지 않는 자신의 노래가 완벽하다고 믿는 것이 틀림없었다.

그렇게 부르고 싶다던 남행열차를 몇 번이나 시도해 보았지만 도저히 진도가 안 나가 기본으로 돌아가자 하고 세 살박이 꼬마들도 거뜬히 해치우는 작은 별로 곡목을 바꿨다. 그럼에도 결과는 들다시피 남행열차와 별 차이가 없었다. 단단히 고장 난 자동차처럼 박자는 가다 서고 가다 서고를 반복하고 음은 국어책을 읽다가 고함을 질렀다가 그야말로 가관이었다. 그러나 모든 음치들이 그렇듯이 불굴의 의지만은 투철해 슬금슬금 눈치를 보면서도 절대 노래를 중간에 끊는 법이 없다.

끓어오르는 부아를 너무 참아선지 아랫배가 다 당겨오는 마리는 툭 터져 버릴 것 같은 심장을 보존하기 위해 팔짱을 꼈다.

"서쪽 하늘에서도 동쪽 하늘에서도 반짝 반짝 작은 별 아름답게 비치네에."

드디어 노래를 멈춘 지훈이 기가 막힌 소리를 했다.

"어때? 좀 전보다 더 나아졌지?"

"송지훈."

"응?"

"너 지금부터 내가 하는 말 곧이곧대로 들어."

"어."

"휴우!"

잔뜩 긴장한 지훈을 바라보자니 절로 한숨이 터져 나와 일단 가슴으로 큰 숨을 쉰 마리는 그에게 구제불능 음치라는 판결을 내렸다.

"너 노래 말고 다른 개인기를 배워라. 춤이라든지 몸 개그라든지, 많잖아?"

마리의 선고에 지훈은 송아지처럼 맑은 눈을 끔벅거려 난감함을 표시했다.

"그것도 못하는데."

"노래보다는 잘할 거야. 노래는 솔직히 구제불능이야."

"선생님이 좋으면 괜찮다며."

마리만 철석같이 믿고 있던 지훈이 볼멘소리를 내놓자 마리는 격한 도리질로 맞섰다.

"파바로티도 넌 못 가르쳐. 너 노래만 안 하면 정말 괜찮거든? 그러니까 노래하지 마. 부탁이야."

"난 뽕짝 떼면 그 노래 배우려고 했는데."

"어떤 거? 말만 해. 내가 죄다 불러 줄게."

"네가 불러 주는 거하고 내가 너한테 불러 주는 거하고 같냐?"

"도대체 무슨 노랜데?"

마리의 채근에 지훈은 열등생처럼 주눅 든 모습으로 우물

쭈물 노래 제목을 발음했다.

"전에 과학실에서 네가 불러 준 그거, 마블 홀."

"그거 여자가 부르는 노래야. 아를리네가 타테우스에게 불러 주는 노래라고."

"노래에 여자 남자가 어디 있어? 좋음 부르는 거지."

너무 야단만 치는 것이 아닌가 싶은 마리가 달래려고 남자 음색과는 어울리지 않는다고 했지만 지훈은 고집을 부렸다. 그러자 마리는 분유 깡통 화분처럼 뭔가 특별한 사연이 있는 노래가 아닌가 싶어 조심스레 이유를 물었다.

"그 노래가 왜 좋은데?"

"그냥 좋아."

"가르쳐 주면 안 돼?"

"그냥이라니까."

"좀 가르쳐 줘. 응?"

"흠, 흐흠!"

예쁜 미소를 머금은 마리가 소매를 붙잡고 흔들어대자 도리 없어진 지훈은 일단 겸연쩍은 헛기침을 깐 다음 이야기를 시작했다.

"전에 말했지? 그날 그 노래가 하루 종일 뇌리를 뱅뱅 맴돌았다고."

"응."

"그런데 네가 그 노래의 마지막 부분, 꿈속에서 행복했던 가장 큰 이유는 그대가 나를 여전히 사랑하고 있다는 거였다는 대목을 노래할 때 심장이 멎는 줄 알았어. 아, 정말 비유하고는."

심장까지 거론한 것이 못내 민망한 지훈이 뒤통수를 벅벅 긁어댔다. 그러나 그와 반대로 마리는 심장이 떨릴 정도로 감격했다. 그동안 만난 남자들 중 장난으로라도 저를 심장에 비유해 준 사람은 단 한 명도 없었다. 그래서 분명 두 귀로 똑똑히 들었지만 도저히 믿기지가 않았다.

"왜 심장이 멎을 것 같았어?"

"그냥 그런 줄 알지 뭘 그리 꼬치꼬치 캐묻냐? 곤란하게스리."

"말해 줘. 듣고 싶어. 응?"

마리가 사탕을 조르는 아이처럼 졸라대자 지훈은 할 수 없이 꽁꽁 숨겨둔 진실을 고백하기에 이르렀다.

"그 가사를 듣는 순간 내가 12년 전과 마찬가지로 여전히 널 좋아하고 있다는 걸 눈치 챘으니까."

다시 한 번 심장이 얼얼할 정도로 진실한 고백을 확인한 마리의 입매가 빙그레해졌다.

"그랬구나. 이거 미안해지는걸?"

마리는 무슨 소리냐는 듯 자신을 말끄러미 쳐다보는 지훈에게 화답했다.

"난 무뎌서 너보다 훨씬 늦게 알아어. 좋아한다는 감정도 아니었고 단지 신경이 쓰이고 화가 좀 났어, 그때. 음악 선생 주려다 만 거 나한테 안겼을 때 화나더라. 친구 비슷한 걸로 인정해 준 것만 해도 감지덕지해야 하는데 나와는 다른 대접을 받는 미지의 그 음악 선생님이 막 미워지지 뭐니? 또 고백도 못하는 주제에 다이아몬드 귀걸이씩이나 마련한 너는 더 밉고. 매니저 언니가 귀걸이 팔라고 할 때 팔 마음도 없으면서 곧장 전화한 것도 그래서 그랬어. 그때는 몰랐는데 그게 질투라는 거였었나 봐."

말을 마쳤는데도 지훈은 그냥 말똥말똥 쳐다보기만 할 뿐 별다른 반응을 보이지 않았다. 그 덕에 배나 쑥스러워진 마리가 그의 어깨를 가볍게 툭 쳤다.

"뭘 그렇게 뚫어지게 봐? 창피하게."

그런데 대뜸 지훈이 마리에게 손가락을 내밀었다.

"약속해. 웃지 않고 화내지 않겠다고."

"뭘?"

"일단 해."

"어머머!"

다짜고짜 마리의 손가락을 가져다 제 새끼손가락에 단단히 엮은 지훈이 고해성사를 시작했다.

"우리 음악 선생님 그 귀걸이하고 아무 상관없어. 그건 처음부터 네 거였으니까."

"그게 무슨 소리야?"

"권 선생님 알지? 그분한테 고민 상담을 했었어. 그분이 성과는 별로 없어도 연애사 연구는 20년이시거든. 그래서 그분한테 너만 보면 무조건 뭘 사주고 싶은 아리송한 감정의 본질에 대해 물었는데 처방이 사주고 싶은 대로 다 사주라는 거였어. 일단 내키는 대로 카드로 긁고 한 달 후에 명세서를 받은 다음에 단숨에 찢어 버리면 널 안 좋아하는 거고 그 반대의 경우라면 널 좋아하는 거라나? 그래서 샀던 거야."

일순 마리는 지훈네 학교 음악 선생님과 동창이라는 원장님이 어머니뻘이라는 사실을 뒤늦게 깨우쳤다.

"정말인가 보네? 설마 어머니뻘을 좋아하지는 않을 테니까. 아니지. 요즘 영화 보면 엄마뻘하고도……."

"말이 되는 소리를 해."

"왜 화는 버럭 내? 혹 찔린 거야?"

"찔리긴 누가 찔려! 읍!"

바락 소리를 지르던 지훈의 입술이 불쑥 다가온 마리의 입술에 막혔다. 그러나 금세 전세가 역전되었다. 마리는 그저 고맙다는 표시로 입술도장만 찍을 생각이었다. 그런데 꽃잎처럼 보드라운 입술과의 접촉에 자극 당해 버린 지훈은 저도 모르게 그만 그녀를 와락 껴안아 버렸다.

"으읍!"

불식간의 공격에 놀란 마리가 내뱉은 작은 비명이 열 감기를 앓을 때 말고는 균등하게 36. 5도를 유지하던 지훈의 체온을 단숨에 섭씨 100도로 끌어 올렸다. 고개를 약간 왼쪽으로 비트는가 싶더니 굳게 다물린 마리의 앞니를 뻣뻣한 혀끝으로 리드미컬하게 두드려댔다. 박치라고는 믿기지 않는 리듬감에 절로 웃음이 터져 나오려는 마리는 기꺼이 그가 원하는 대로 빗장을 열어 주었다. 그러자 들어오지 못해 안달을 하던 성마른 혀가 불쑥 오밀조밀한 미궁 속으로 침입했다.

곧 뜨겁게 달아오른 두 개의 혀가 질척한 소리를 내며 얽혔다. 먹이를 다투는 야수처럼 무섭게 상대를 휘감고 공격했다. 그러다 더할 나위 없이 부드러운 애무를 번갈아 펼쳤다. 누가 먼저랄 것도 없이 달뜬 비음을 토해냈다.

"으으음!"

화단 앞에서 앉은뱅이 꽃처럼 입 맞추던 때와는 비교할 수 없는 농염하고 자극적인 입맞춤이 이어졌다. 쭈뼛거리며 마리의 등만 쓸어내리던 지훈의 손이 어느새 앞으로 돌아 나와 잘록한 허리 언저리를 맴돌았다. 손에 착 감기는 허리도 마음에 들긴 하지만 그보다는 봉긋한 젖무덤이 탐이 났다. 보기보다 꽤나 탐욕스러운 지훈의 손가락이 슬금슬금 위쪽으로 향했다.

마리는 갈비뼈를 타고 오르는 지훈의 손가락의 느낌에 아랫배를 힘껏 안쪽으로 끌어당겼다. 주저주저하면서도 뒤로 물러서는 법 없이 느릿느릿 맹랑한 유실이 여물고 있는 가슴 쪽으로 움직이고 있는 지훈의 손가락은 옅게 깔려 있던 마리의 불안감을 일순간에 걷어갔다. 자잘한 입맞춤은 몇 번 나누었지만 이렇듯 적극적인 입맞춤은 오늘이 처음이었다. 그래서 자못 걱정했었다. 혹 자신의 과거 때문에 관계의 발전을 꺼려하고 있는 것이 아닌가 하는. 그렇기에 마리는 어느새 젖가슴 언저리에서 뱅뱅 맴돌며 손을 쥐었다 폈다 하는 지훈을 격려하기로 마음먹었다. 가슴을 쑥 밀어 망설이고 있는 지훈의 손 안에 단단해진 젖가슴을 옴팍 넣어 주었다.

그러자 무언의 허락을 받은 지훈은 기다렸다는 듯 풍만해 차고 넘치는 젖가슴을 와락 움켜쥐었다. 흥분한 상태라 힘 조절은 무리였고 마리는 온몸이 다 쩌릿거리는 통증을 느꼈다. 비명이 목구멍까지 차올랐지만 행여 숫기 없는 지훈이 얼음땡이 될 것을 배려해 꾹 참아냈다. 그는 탱탱한 젖가슴을 찰흙덩어리를 주무르는 것처럼 온 힘을 다해 쥐었다 폈다 둥글게 문질렀다. 기교라고는 찾아볼 수 없는 단순한 애무였지만 마리의 발가락을 꼬기에는 충분했다.

"아으응!"

마리는 나른한 고양이 울음소리를 내고 말았다. 그러자 지훈은 헐떡이는 숨소리와 늠름한 손길로 화답했다. 마리의 티셔츠 밑으로 손을 들이밀었다. 그리고 가차 없이 브래지어를 밀어 올리고 소름이 오소소 돋아난 탄탄한 젖가슴을 감싸 쥐었다. 벌써부터 피어난 봉우리가 손바닥 아래서 일그러졌다. 환히 드러난 마리의 복부가 지훈이 부여하는 전율에 맞춰 물결치듯 일렁였다. 지훈의 눈언저리가 붉어지고 마리의 뺨이 발그레 물들어 갔다. 마리는 손을 뻗어 지훈의 목 언저리를 감싸 끌어당겼다.

하나가 된 두 사람이 동시에 바닥으로 몸을 눕혔다. 바로 누운 것이 아니라 모로 누웠다. 안달이 난 지훈의 손에 반쯤 말려 올라갔던 마리의 티셔츠가 젖혀졌다. 브래지어까지 동시에 밀려 올라간 눈송이를 다독여 만든 것 같은 새하얀 젖가슴이 출렁 드러났다. 오뚝 솟은 연분홍 유두가 지훈의 입천장을 간지럽게 만들고 혀끝을 꼬이게 했다. 그러나 그는 선뜻 미치도록 탐이 나는 유실을 머금지 못했다. 열망으로 가득 찬 눈만 깜박거리고 혀로 마른 입술만 핥았다. 혹여 마리의 기대를 부응시키지 못할까 두려운 탓이었다.

하지만 그것은 기우였다. 한순간도 더 지체할 수 없을 정도로 달뜬 마리였다. 그녀는 붉은 입술을 움직여 활활 타오르고 있는 욕망을 한껏 드러내면서도 좀처럼 움직일 기미를 보이지 않는 지훈을 부추겼다.

"빨아 줘."

단 숨과 섞인 민망스러울 정도로 노골적인 요구에 위태위태하게 맥을 이어가고 있던 지훈의 이성의 끈이 툭 끊겼다. 지체하지 않고 얼굴을 내려 실핏줄이 비칠 정도로 투명한 마리의 젖가슴을 덥석 베어 물었다. 더욱더 도드라진 유두가 목젖 언저리를 콕콕 찔러왔다. 지훈은 마리가 기꺼이 내어준 젖가슴을 천지분간 못하는 말썽꾸러기처럼 두서없이 다뤘다. 욕심대로 베어 물고 일그러뜨리고 빨아들이고 늘어뜨렸다. 그의 입술과 손에 의해 아무도 지나가지 않은 새하얀 눈밭 같던 마리의 젖가슴에 붉은 자국이 아로새겨졌다. 꽃잎 같은 붉은 자국이 피어나면 피어날수록 지훈의 아랫배는 화톳불이 끼얹어져진 것처럼 뜨거워지고 열기로 똘똘 뭉친 남성은 숨김없이 발기했다. 마리의 뜨거운 손이 여과 없이 제 존재를 드러내고 있는 그의 남성에 닿았다.

"으으으!"

복수라도 하는 듯 맹렬하게 쥐락펴락 하는 마리의 손길에 지훈이 목을 움츠리며 자지러졌다. 마리는 그에 멈추지 않고 그가 입고 있는 트레이닝 바지 속으로 요염한 손을 쑥 집어넣었다. 왕성한 생명력을 자랑하는 빳빳한 남성이 후끈한 열기를 선사하며 손아귀에 들어왔다. 그녀는 차돌보다 더 단단해진 그것을 아래위로 쓰다듬으며 도발시켰다. 그러자 거부할 수 없는 욕망에 완전히 굴복해 버린 지훈은 앓는 소리를 내며 엉덩이를 그녀 쪽으로 들이밀었다. 마리는 지훈의 요청대로 벌써부터 축축해져 있던 그의 분신을 마음대로 농락했.

그렇게 두 사람은 아직 대낮이고 현관문이 활짝 열려 있다는 것도 잊은 채 애무에 몰두했다. 연리지라도 되는 양 입을 맞추고 혀를 엮고 사지를 엇갈려 서로를 단단히 얽어맸다. 사나워진 마리의 애무에 반쯤이나 되게 흘러내린 지훈의 바지 사이로 바싹 조여진 엉덩이가 모습을 드러냈다. 마리의 모양새 또한 별반 다르지 않았다. 티셔츠로 아슬아슬하게 가려진 젖꼭지는 색정적으로 흔들리고 그림자놀이라도 하듯 저를 똑같이 따라 하고 있는 지훈의 손은 금방이라도 찢길 것 같은 팬티 속에서 꿈틀댔다.

그러나 그것도 얼마 가지 못했다. 불가마 속에서 담금질을 한 것 같은 지훈의 손에 의해 마리의 팬티가 단숨에 엉덩이에서 끌어내려졌다. 무섭게 충혈된 지훈의 남성과 죽죽하게 젖은 마리의 여성이 실을 꿰는 바늘처럼 만났다.

"하아, 하!"

누가 먼저랄 것도 없이 요철처럼 아귀가 꼭 들어맞을 분신을 꿰맞추기 위해 엉덩이를 앞으로 밀었다. 마리가 자진해 다리를 지훈의 허벅지 위로 올렸다. 하지만 그것으로는 부족하자 지훈은 거침없이 그녀의 쭉 뻗은 다리를 자신의 허리에 걸쳤다. 그러자 서로의 은밀한 속살을 탐하기 간절히 원하는 두 개의 몸이 뿌듯하게 맞아 들어갔다.

"아흑!"

"으흡!"

불방망이 같은 지훈의 분신이 밀고 들어오자 숨이 턱 막히는 마리는 강직된 지훈의 어깨에 손톱을 박아 넣고 용광로처럼 지글거리는 마리의 여성에 한 치의 틈도 없이 저를 묻은 지훈은 만월처럼 희고 둥근 마리의 엉덩이를 쥐어짜듯 움켜잡았다. 욕심껏 비집고 들고 양껏 빨아들인 두 사람은 잠시 동안 숨도 쉬지 않고 화석처럼 굳어 있었다.

그러나 그것도 잠시, 자궁 끝까지 밀고 들어온 지훈 때문에 아랫배가 불편해진 마리가 미세하게 꿈틀거리자 눈앞이 새하얗게 바래나는 자극을 느낀 지훈이 엉덩이를 들썩거리기 시작했다.

"아아!"

여린 속살을 헤집는 격렬한 움직임에 거부할 수 없는 쾌락이 파도처럼 밀려들자 마리는 지훈의 목을 죽자 사자 끌어안았다. 지훈은 마리의 다리를 더욱 바싹 끌어당기며 그녀의 끝이 어딘지 알아보기라도 하려는 듯 힘차게 밀어붙였다. 척추를 꿰뚫는 지독한 열락을 참을 수 없어진 마리는 지훈의 목언저리를 하얀 이로 깨물었다.

"으윽!"

깨물렸으니 그저 아프기만 해야 정상일 것이다. 하지만 이미 관능의 늪에 빠져 버린 지훈에게 그 통증은 또 하나의 쾌락이었고 최음제였다. 고삐에 묶인 야생마처럼 뛰어놀기 시작했다. 그에 보답이라도 하듯 마리 역시 매끈하고 탄탄한 엉덩이를 조였다 풀고 리드미컬하게 움직여 제 안에서 꿈틀거리는 지훈을 정복해 나갔다.

두 사람이 하나로 이어진 곳에서 미끈하고 질척한 소리의 강도가 세어졌다. 그에 맞춰 절정에 오르길 갈구하는 남자와 여자의 몸놀림 또한 격렬해져 갔다. 생존을 위해 겨루는 투사처럼 서로를 맹렬히 공격했다. 몸과 몸이 부딪치는 소리만큼 토해내는 신음과 알 수 없는 중얼거림 또한 자꾸 높아져 갔다.

"그, 그만!"

"아아아! 아아! 아!"

"윽!"

진솔한 욕망의 충족으로 인한 기쁨을 마음껏 외치던 두 사람이 동시에 움직임을 멈췄다. 얼어붙은 듯 허리를 경직시킨 지훈의 눈꺼풀이 파르르 떨렸다. 그리고 다물지 못한 붉어진 입술을 방긋 벌린 마리의 팔도 바르라니 전율했다. 모든 것을 태워 버릴 것 같던 열기가 잦아들자 어디에 존재하는지도 몰랐던 이성도 함께 돌아왔다.

그때까지도 여전히 마리 안에 속해 있던 지훈은 자신이 벌인 일을 깨달았다. 활짝 열린 현관문, 마저 벗지 못해 더 민망한 옷차림이 영락없이 발정 난 숫컷 같았다. 오래전 그 밤처럼 완전히 이성을 상실하고 마리를 탐한 저를 믿을 수 없고 낯을 들 수 없을 정도로 부끄러웠다. 이런 부끄러움은 처음이라 어떻게 해야 할지 당최 알 수 없었다.

기세는 사위어들었다고는 하지만 허리를 뒤로 빼지 않고서는 마리에게서 빠져나올 수도 없고 또 빠져나온다고 해도 민망함은 마찬가지일 것이다. 당황한 지훈은 어처구니없게도 더듬더듬 사과를 건넸다.

"미, 미안."

"뭐가?"

마리가 땀으로 축축이 젖은 속눈썹을 움직이며 물었다. 지훈은 반성문을 쓰는 학생처럼 곧 미안함과 범벅된 두려움을 이실직고했다.

"박마리, 하늘에 맹세컨대 널 함부로 여겨서가 절대 아니야. 정말 부끄럽지만 자제를 할 수가 없었어."

섹스 후의 대화치고는 오묘한 지훈의 고백에 마리가 상그레 웃었다. 그리고 쿵쿵 뛰고 있는 그의 심장에 손바닥을 올려놓았다.

"자제하려고 애 썼음 따귀를 때려 줬을 거야."

"괜……찮았어?"

"황홀했어."

마리의 진솔한 평가에 지훈의 얼굴에 가득했던 긴장이 해를 본 구름처럼 말끔하게 물러났다. 마리는 맹렬히 뛰고 있는 자신의 심장이 외치는 소리를 고스란히 그에게 전달했다.

"사랑해."

그러자 지훈이 그녀로부터 받은 사랑을 곱절로 부풀려 되돌렸다.

"사랑해, 박마리."

누가 먼저랄 것도 없이 사랑으로 충만해진 입술을 상대에게 가져갔다. 따뜻한 온기가 가득 담긴 입술이 꽃잎에 앉는 나비처럼 몇 번을 닿았다 떨어졌다. 그렇게 채 가시지 않은 여운을 달래는데 난데없이 초인종이 울렸다.

띵동!

마리가 기겁을 했다.

"엄마야!"

그리고 곧이어 그 정도 놀라움 가지고는 성이 안 찬다는 듯 불청객의 목소리가 잇달아 쳐들어 왔다.

"선생님! 저 광현입니다!"

"선화도 왔어요!"

"이크!"

불청객이 아니라 불청객들씩이나 되는 목소리에 아직 마리에게서 빠져나오지 못한 지훈은 혼비백산해 몸을 빼내고 허둥지둥 매무새를 가다듬었다. 넉장거리한 마리도 말려 올라간 브래지어와 티셔츠를 내리고 엉망이 된 치맛자락을 내리느라 정신이 없었다. 지훈이 막 바지춤을 추스르자마자 성질 급한 불청객들이 문을 두드려대기 시작했다.

"선생니임!"

"맞죠?"

혼자 사는 지훈의 식생활 개선을 위해 장은 물론이고 음식을 만들 여동생 선화까지 대동하고 들이닥친 광현이 따지듯

물었다. 집에 들어서자마자 눈에 띈 아찔한 하이힐과 거실로 들어서자 발견한 마리의 머리띠며 손거울 같은 소지품들이 지훈으로 하여금 그녀의 존재와 의미를 이실직고하게 만들었다. 그래서 방 문고리를 꼭 잡고 숨도 쉬지 않고 있는 마리를 불러내 소개를 시켰다.

광현을 보지 못한 마리는 그를 알아보지 못했지만 의식을 잃은 그녀를 지훈이 병원으로 옮길 수 있도록 거들었던 광현은 단번에 그녀를 알아보았다. 머리는 검정 물을 들이고 있었지만 화려한 이목구비에 파란 눈이 주는 강렬한 느낌은 숨길 수 없었다.

"그래."

"선생님!"

"목소리 낮춰라."

"아!"

갑갑하다는 듯 한숨을 토해낸 광현이 마른세수를 한 다음 손짓을 섞어가며 지훈의 무모한 행동에 대한 우려를 나타냈다.

"선생님하고 전혀 맞지 않는 여자예요. 그날 보셨잖아요. 그렇고 그런 여자라고요!"

"김광현, 부탁인데 저 사람에 대해서 그렇게 함부로 말하지 마라. 그런 소리 들을 여자 아니야."

"아니긴요! 저 저런 여자들 물리게 봐서 너무나 잘 압니다.

돈을 위해서라면 몸을 바치는 것도 마다하지 않는 천박한 부류란 말입니다!"

한껏 낮춘 목소리긴 하지만 그 안에는 지훈에 대한 실망감과 걱정이 담뿍 담겨 있었다. 그런 광현에게 지훈은 마리에 대한 굳은 의지를 표명했다.

"네가 틀렸다. 마리에 대해서는 너보다 내가 더 잘 알아. 어려서부터 쭉 함께 자랐으니까."

"예?"

뜻밖의 소리에 광현은 말끝을 올렸다. 마리를 알아보고 놀라워하던 것을 보고 일면식은 있을 것이라 짐작은 했지만 이런 이야기를 예상치 못한 탓이었다. 지훈은 마리와의 특별한 인연을 간략하게 소개했다.

"혼자가 된 날 마리 어머니가 거둬 주셨어. 마리, 어머니가 돌아가시고 나하고도 헤어진 후에 척박한 세상에서 살아남으려고 혼자서 죽을힘을 다했어. 그러다 그날 그런 사고도 당한 거고. 네가 말하는 대로 그렇고 그런 천박한 여자였다면 사고는 일어나지 않았겠지. 그렇지 않니? 그리고 설사 네가 말한 대로 그렇고 그런 천박한 여자라고 해도 선생님은 내 선택을 부끄러워하지도 번복하지도 않는다. 맹세코 그렇다고 해도 내가 사랑할 사람은 오로지 그녀뿐이니까."

지훈은 그렇게 자신의 속마음을 진솔히 까발려 보였다. 하지만 선입견이 최악인 마리를 존경하는 선생님의 짝으로는 도저히 인정할 수 없는 광현은 입을 꾹 다물어 버렸다. 지훈은 이어 양심의 거울에 비춰 보아 한 점 부끄러움도 없긴 하지만 자신을 믿고 따른 제자에게 실망감을 안겨 준 것에 대해 사과했다.

"미안하다."

지훈의 사과는 광현으로 하여금 자신의 위치를 되돌아보도록 만들었다. 각별한 정을 나누고 있는 특별한 사제 간이지만 지극히 개인적인 일에 참견을 해서는 안 되는 일이었다. 또 어떤 상황에서도 흔들리지 않을 굳건한 믿음을 가지고 있는 지훈에게 마리의 흠을 계속 들춰내는 것은 아무런 효과도 없을 터다.

"행복하시죠?"

뚱딴지같은 광현의 질문에 지훈은 상그레 미소를 머금었다.

"무지."

행복이 가득 묻어나는 그 미소에 광현은 비로소 날카롭게 날을 세웠던 마음을 조금 무디게 만들 수 있었다.

"선생님 입이 그리 크신지 예전엔 미처 몰랐습니다."

"티 나냐?"

"무지요."

"이거 참. 하하!"

지훈이 광현의 핀잔에 쑥스러운 너털웃음을 터트리는 찰나

문 두드리는 소리가 들려왔다. 선화와 함께 점심으로 삼겹살을 준비했을 마리였다.

"밥 다 됐어."

"어, 어! 나가! 나가자."

지훈은 아직 떨떠름한 기가 남아 있는 광현을 데리고 방을 나섰다. 방문을 열자 거실 한가운데 펼쳐 놓은 신문지 위에 거나한 점심상이 차려져 있었다. 삼겹살에 어울리는 쌈장과 상추 외에도 어묵과 멸치 볶음, 그리고 거실 가득 퍼져 있는 구수한 된장찌개 냄새까지, 절로 탄성을 뽑아냈다.

"와, 이거 진수성찬인걸? 누군지 몰라도 우리 선화 데려가는 녀석은 횡재하는 거다."

"번호표 드려요?"

"100번 안에만 들면 받아 보겠지만 넘을 것 같으니 사양이다."

"바꿔 드릴 수도 있어요. 1번으로다가."

"김선화!"

불편한 티를 역력히 내며 불판 위에 고기를 올리고 있는 마리가 마음에 걸린 광현이 겨우 1분 늦게 태어났건만 철부지인 동생에게 주의를 주었다. 그리고 선화는 유머라고는 이해를 못하는 광현을 향해 입을 쭉 내밀었다.

"농담 좀 한 거 가지고 정색하기는. 쟤 10년 후의 모습이 선생님하고 똑같다니까요? 재미없어."

"이거 왜 이러냐. 선생님 알고 보면 꽤 재미있는 사람이야."

"애개개! 마리 언니 앞이라고 막 구라치신다. 언니, 솔직히 말씀해 보세요. 선생님 재미없죠? 그죠?"

언니가 아니라 이모뻘이건만 넉살 좋은 선화 덕에 회춘한 마리는 진솔한 대답을 내놓았다.

"그다지."

"그죠? 거봐요, 제 말이 맞다잖아요."

철석같이 믿었던 마리의 배신에 뒤통수를 맞은 지훈이 볼멘소리를 내놓았다.

"그럭저럭이라고라도 해주지."

"거짓말 못해. 먹어. 먹어요."

"이리 줘. 내가 할게."

"됐어."

지훈의 배려를 부드럽게 물리친 마리는 지글지글 맛있는 소리를 내며 노릇노릇 구워진 고기를 접시에 옮겼다. 그러자 지훈이 광현과 선화를 의식해 먼저 젓가락을 들었다.

"자, 먹자."

"예."

"언니, 우리 마늘도 구워 먹어요."

"그래."

마리가 순순히 먹기 좋게 자른 마늘을 불판 위에 올리자 발랄한 선화가 손날을 세워 그녀에게 귓속말을 속삭였다.

"남자한테는 이게 최고라잖아요."

"야아, 김선화!"

"왜 소리는 지르고 그래? 동의보감에도 나와 있다고!"

"너 집에 가서 보자."

"나중에 보자는 놈 하나 안 무섭더라. 핏! 선생님, 많이 드시와요."

광현이 으름장을 놓았지만 아랑곳하지 않는 선화는 한술 더 떠 익지도 않은 마늘을 지훈의 앞 접시에 듬뿍 담아 주었다.

"언니, 또 놀러 올게요."

"어? 어."

"제가 단단히 주의시킬 테니 염려 마세요. 선생님, 가보겠습니다."

"잠깐만."

지훈이 마리에게 예의바르긴 하나 어딘가 모르게 뾰족함이 묻어나는 대꾸를 내놓고는 고개를 꾸벅 숙인 광현을 만류했다. 그리고 주머니를 부석거려 흰 봉투 두 개를 꺼냈다.

"자, 이건 선화. 이건 광현이."

"감사합니다!"

기다렸다는 듯 넙죽 받는 선화와 달리 마리가 의식이 되는 광현은 쉬이 손을 내밀지 않았다. 지훈은 그의 손을 끌어다 봉투를 억지로 쥐어다 주다시피 했다.

"얼마 안 되니까 손부끄럽게 만들지 말고 얼른 받아."

봉투 안에 든 용돈이 단순히 돈이 아니라 지훈의 따뜻한 마음임을 모를 리 없는 광현은 팔짱을 낀 채 먼 산을 쳐다보고 있는 마리를 힐끔 보고 난 뒤 지훈에게 건강한 웃음을 지어 보였다.

"고맙습니다, 선생님."

"그래."

"그럼 가보겠습니다."

광현이 지훈에 이어 마리에게도 고개를 숙여 보이자 마리도 고개를 까닥거려 보였다. 그러자 광현은 선화를 챙겨 돌아가는 발걸음을 떼기 시작했다. 보기만 해도 도타운 남매의 뒷모습을 지켜보던 지훈이 자식을 챙기는 아버지처럼 귀갓길을 걱정했다.

"조심해서 가."

"예! 들어가세요!"

"어. 어서 가."

다시 한 번 고개를 꾸벅 숙여 보인 두 사람이 슈퍼를 지나 큰길로 나선 후에야 마음이 놓였는지 지훈은 자신과는 아무 상관없는 사람들의 배웅에 끌려 나온 마리를 챙겼다.

"들어가자."

두 사람은 어깨를 나란히 하고 대문을 넘고 마당을 가로질러 거실로 올라섰다. 지훈은 우산을 접느라 머리카락에 매단 빗방울을 털었다. 그 때 뭔가 마음에 안 드는 것이 있는지 팔짱을 낀 마리가 아까부터 묻고 싶었던 말을 불쑥 뱉었다.

"그 광현인가 뭔가 하는 애."

"광현이?"

"그래. 혹, 둘이 사귀었니?"

"뭐? 하하!"

그야말로 뚱딴지같은 소리에 지훈은 어이없다는 듯 너털웃음을 터트렸다. 그러나 광현의 눈살에 몇 점 먹지도 않은 삼겹살이 얹힌 것 같은 마리는 자신의 예리한 직감을 역설했다.

"걔 내내 나 째려본 거 알아? 꼭 세컨드한테 남편 뺏긴 마누라 같더라. 언감생심 세컨드? 웃겨."

"무슨 그런 소리를 하냐, 징그럽게."

"징그럽게 군 게 누군데? 행복하냐고? 안 행복하면 제가 어쩔 건데? 그런 눈으로 보지 마. 일부러 들으려고 한 건 아니니까."

사실대로 말해서 마리를 자극시킬 필요 없다고 판단한 지훈은 나름 적정하게 편집한 내용을 들려주었다.

"놀랐을 뿐이야. 여자의 여 자(字)라고는 모르던 내가 여자랑 동거를 하고 있으니 안 놀랐겠니? 거기다 난 그 녀석의 인생 모델이거든."

"그 녀석도 물리 선생 되고 싶대?"

"그게 아니라 그 애들 꼭 너하고 나 같아."

"남매 아냐?"

"그 말이 아니라 부모님 연이어 암으로 돌아가시는 바람에 광현이 녀석이 가장이 돼서 선화 돌보고 있거든. 저는 학업 포기하고 동생 대학 공부 시키는 기특한 녀석이야. 그러니까 예쁘게 봐줘."

지훈의 귀띔에 앵돌아졌던 마음이 어느 정도 돌아서긴 했지만 그래도 무시하는 경향이 다분하던 눈초리는 쉽사리 지워질 것 같지 않았다.

"못생긴 애를 어떻게 예쁘게 봐주니?"

"잘생기지 않았어? 요즘 말로 간지 지대론데."

"간지? 이봐요, 송 선생. 나이를 좀 생각하셔."

"국어를 가르치는 것도 아닌데 젊어 보이고 좋잖아."

"그게 젊어 보이는 거니? 주책없는 거지. 아, 몰라. 피곤해. 잘래."

거짓말이 아니라 충동적인 섹스로도 모자라 느닷없는 불청객들의 방문까지 겹친 탓에 온몸이 피곤을 호소해 왔다. 그래서 곧장 방으로 향하려는데 지훈이 쫄래쫄래 따라붙었다.

"왜?"

"그냥."

"잘 거야. 너도 가서 자."

지훈이 왜 따라붙는지 알면서도 시치미를 뚝 떼고는 방문을 열고 들어섰다. 그랬더니 지훈이 따라 안으로 고개를 쓱 들이밀었다. 그리고는 가구라고는 없어 어지럽게 널린 방 안 풍경을 보고서는 미처 생각지 못했던 것에 대해 한마디 건넸다.

"가구 좀 사야겠다."

"됐어."

마리가 대충 뭉쳐 놓았던 요를 펴고 누우려 하자 그래도 미련을 버리지 못하고 문턱에 서 있던 지훈이 물었다.

"배기지 않아?"

"송지훈."

"응?"

"너 지금 굉장히 음흉스러워 보이는 거 알아? 거기다 엉큼하기까지. 조금만 더 하면 음탕도 가능하겠어."

속내를 들킨 지훈이 팔짝 뛰었다.

"음탕? 내가?"

"가구 이야기 그거 요밖에 없는 여기서 응응응 하면 배기니까 그러지 말고 푹신한 네 침대로 가자는 말 아냐?"

마리의 정확한 지적에 지훈이 두 손과 고개를 한꺼번에 내저었다.

"오해야. 침대를 생각하긴 했지만 그건 절대 엉큼한 속셈이 아니라 네가 좀 더 편하게 잤으면 하는 순수한 마음의 발로였어."

"그래?"

"응."

지훈이 순진하게 고개까지 주억거리자 그를 놀리는 데 재미를 붙여 버린 마리가 노골적으로 나섰다.

"그러면서 도대체 마늘은 왜 주는 대로 넙죽넙죽 받아먹은 거니?"

"어?"

"남자한테 좋다고 해서 죽어라 구워 먹였더니 보람이라고는 없지. 가. 잘 거야."

단단히 토라진 척 홱 이불을 덮어 쓰고 누워 버렸다. 그러자 뒤늦게야 마리가 전하는 메시지를 접수한 지훈이 슬금슬금 그녀에게로 다가섰다. 무릎을 굽히고 마리의 팔을 가볍게 흔들었다.

"마리야."

"됐거든."

"저기 그러지 말고……."

"귀찮거든."

마늘의 효과가 발동을 한 것일까? 차분히 식히지 못한 펄펄 끓는 열기가 화르르 다시 불타오른 지훈은 마른침을 꿀꺽 삼켰다. 그러더니 두 팔을 쑥 요 밑으로 넣더니 마리가 놀랄 새도 없이 그녀를 불쑥 들어 올려 버렸다.

"어어! 야아! 엄마야!"

마리가 보쌈 당하는 마님 흉내를 내자 마님을 보쌈 하는 마당쇠를 자처한 지훈이 날쌔게 움직였다. 멋있는 로맨스 영화의 주인공처럼 뻥 하고 문을 걷어차고 방으로 들어서자마자 멋진 뒷발차기로 문을 닫았다. 그리고 곧이어 침대로 내동댕이쳐진 것이 분명한 마리의 목소리가 흘러나왔다.

"아야!"

그리고는 곧장 그 외마디 비명은 끈적끈적하고 후끈후끈한 비음으로 바뀌었다.

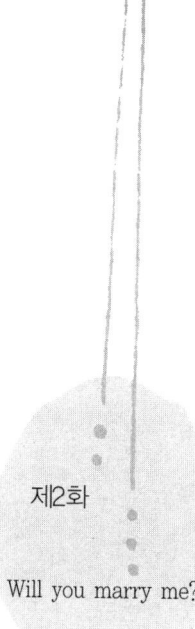

제2화

Will you marry me?

마리는 슈퍼에서 전수 받은 특별한 레시피 중 하나인 달걀찜에 도전했다. 달걀과 물을 같은 비율로 넣고 소금으로 간을 맞춘 다음 비닐봉지에 넣어 꽁꽁 묶었다. 그런 다음 팔팔 끓는 물에 넣었더니 신기하게도 말랑말랑한 푸딩 같은 달걀찜이 완성됐다. 환경 호르몬이 좀 걱정되긴 하지만 그래도 숯처럼 타들어간 것보다는 훨씬 낫다 자위하며 아침상에 내놓았다. 그리고 지훈은 아예 밥과 함께 쓱쓱 비벼 뚝딱 한 그릇을 해치우고 반 그릇을 더 먹었다. 수저를 내려놓고서는 흐뭇한 얼굴로 마리에게 감사의 뜻을 전했다.

"잘 먹었습니다. 진짜 맛있다."

괜스레 쑥스러워진 마리는 물에 소금만 타줘도 맛있다고 할 지훈의 입맛을 타박했다.

"미각을 잃었지? 아무거나 다 맛있대."

"장금이 수준이야. 정말 맛있어."

"못 살아."

"커피?"

"응."

"놔둬."

그릇들을 치우려는 마리를 말린 지훈은 전기주전자에 물을 붓고 버튼을 누른 뒤 빠른 손놀림으로 아침상을 정리했다. 마리는 행주로 식탁을 깨끗이 닦았고 지훈은 밥그릇 두 개와 수저 젓가락 두 벌을 게 눈 감추듯 씻었다. 그리고 전 국민이 사랑하는 봉지 커피 두 잔을 마련해 마리 앞에 한 잔을 내려주었다.

"땡큐."

"별말씀을."

지훈이 맞은편으로 돌아와 커피를 마시기 시작했다. 마리도 그처럼 커피를 마시는 것에 열중한 척 굴었다. 그러다 언젠가는 해야 할 일이라는 생각이 어서 이실직고하라고 부추기자 입술에서 찻잔을 떼냈다.

"저기."

"말해."

"퇴근할 때 약국에 좀 들러."

"어디 아파?"

"나 말고 너."

"나? 나 아무렇지 않은데?"

지훈이 안테나 뽑힌 라디오처럼 좀처럼 감을 잡지 못하자 마리는 할 수 없이 자신의 입으로 발음하지 않기를 간절히 바라던 단어를 말했다.

"콘돔."

"어?"

"그거 사오라고."

"아아, 콘돔. 미처 생각을 못했다. 내가 미리 준비했어야 하는데……."

무책임하게도 피임은 생각지도 못하고 있었던 것이 생각나 겸연쩍은 변명을 늘어놓던 지훈이 말끝을 흐렸다. 잊고 있었던 기억이 떠오른 까닭이었다. 마리는 오래전 그 사건으로 인해 임신을 하지 못한다. 그런데 콘돔이라니? 앞뒤가 맞지 않았다. 지훈의 눈에 가득 찬 의문을 읽어 낸 마리가 명치에 꽉 얹혀 있는 거짓말을 털어놓기 위해 그에게 부탁했다.

"화내지 말아줘."

"화낼 만한 말이니?"

"약속해 줘."

요동을 치고 있는 마리의 눈빛으로 자신의 짐작이 맞아 들

것 같음을 인지한 지훈이 뻣뻣한 고개를 까닥였다. 그러자 마른침을 삼킨 마리가 고해성사를 시작했다.

"나 임신 못한다는 거…… 거짓말이야."

지훈의 눈썹이 일그러졌다. 그의 그런 작은 행동 하나에도 주눅이 드는 마리의 어깨가 움찔거렸다. 그러나 이렇게 흐지부지 이야기를 끝낼 수는 없기에 불안함을 고스란히 나타내는 속눈썹을 파르르 떨어가며 자신의 잘못을 낱낱이 고백했다.

"유산한 것은 진짜였으니까 의심하지 말아줘. 너도 알다시피 그때 내 사정이 너무 막장이었잖아. 유일한 구명줄인 너를 잡아야 하는데 내겐 그럴 거리가 하나도 없었어. 그래서 잠시 정신이 나갔었나 봐. 죽을 때 죽더라도 너나 나, 그리고 아이한테도 상처가 될 뿐인 과거 따위 말하지 않았어야 하는데 그것도 부족해서 그런 거짓말까지 했어. 미안……해."

마리가 힘겹게 이야기를 끝냈다. 그러나 지훈은 어떤 의사표시도 하지 않고 침묵만을 고수했다. 그 모습에 마리는 사랑 앞에서는 어떤 거짓도 가져서는 안 된다고 저를 부추긴 양심을 목 졸라 죽이고만 싶었다. 그의 눈에 이런 엄청난 거짓말을 지껄인 제 모습이 얼마나 추악해 보일까를 생각하니 절망이 엄습해 왔다.

'아, 그냥 숨길걸. 차라리 그냥 숨기고 말걸. 다른 사람도 아니고 송지훈이잖아. 보통 사람보다 몇 곱절로 청렴하고 융통성이라고는 없는 송지훈한테 뭘 기대한 거니? 응!'

마리는 심연처럼 깊게 가라앉은 지훈의 눈빛을 헤아리며 그렇게 저를 다그쳤다. 그리고 빳빳하게 긴장한 모습을 고수하던 지훈이 어깨를 털썩 늘어뜨리며 큰 숨을 내쉬었다.

"하아!"

그리고는 난감하기 짝이 없는지 손바닥으로 이마를 쓱쓱 문질렀다. 그 모습을 보니 더욱 심장이 조여 오는 마리는 아무 짝에도 쓸모없을 사과를 다시금 건넸다.

"미안해."

지훈은 자신의 복잡한 감정을 솔직하게 토로했다.

"화를 내야 할지 웃어야 할지 모르겠다. 거짓말, 그것도 내겐 청천벽력 같던 그 이야기의 일부가 거짓이었다는 것에 대해서는 솔직히 화가 나. 매우. 하지만 한편으로는 내내 가슴에 올려놓았던 묵직한 돌을 내려놓은 것도 같아 홀가분하니, 무슨 조환지 모르겠어. 그렇지만 무엇보다 네가 다치지 않았다는 사실에 안도해."

"용서해 주는 거니?"

"하나만 약속한다면."

마리는 무슨 요구라도 들어줄 다부진 눈빛을 보였다. 그러자 지훈이 새끼손가락을 내밀었다.

"우리 다시는 서로를 속이지 말자. 착한 거짓말도 안 돼. 나도 노력할 테니까 너도 약속해."

일방적으로 거짓말하지 말라 다그쳐도 할 수 없는 노릇이었다. 그런데 이렇게 네가 아닌 우리라는 말로 저를 자신과 묶는 지훈의 따스한 용서를 거부할 이유가 없었다. 염치없지만 가늘게 떨리고 있는 새끼손가락을 내밀었다. 지훈이 그 손가락을 끌어다 단단히 매듭을 묶었다.

"약속."

아이처럼 하나로 엮인 손가락을 흔드는 지훈의 입매가 반달이 되어갔다. 염치없어 고개도 들지 못하던 마리도 용기를 내 딱딱하게 굳었던 입매를 느슨하게 만들었다.

"이크, 늦었다."

손가락을 풀어낸 지훈이 커피를 둘둘 마시며 자리에서 일어나자 마리도 덩달아 자리에서 일어났다. 바삐 현관으로 나서던 지훈이 그녀를 만류했다.

"나오지 마."

"김칫국 마시지 마. 치약도 떨어졌고 화장지도 사야 해."

"우리 마리 살림하느라 애쓰네."

먼저 구두를 꿰신은 지훈이 마리의 노고를 치사하자 마리는 그의 눈꺼풀에 착 달라붙은 콩깍지를 지적했다.

"그런 말 하면 아줌마들이 욕해. 한 게 뭐 있다고."

"왜? 밥하지 빨래도 빨지 청소까지 하잖아."

"밥은 밥솥이 하고 빨래는 세탁기가 하고 청소는 청소기가 하잖아. 그리고 그것도 제대로 못해서 네가 다시 돌리고."

"청소는 좀 못하더라."

"내가 못하는 게 아니라 네가 결벽증인 거야."

"그런가?"

도란도란 이야기를 나누며 대문 밖으로 나선 두 사람은 어깨를 나란히 하고 아래로 향했다.

"노래는 재미있어?"

"지금껏 한 일 중에 젤 재미있어."

"그럴 줄 알았어. 넌 노래 부를 때가 가장 예쁘거든."

"노래 못 부름 찰래?"

"설마."

팔짱을 낀 마리가 턱을 들고 눈을 내리깔았다.

"난 너 돈 없음 찰 거야."

"거짓말. 이미 나의 매력에 풍덩 빠졌으면서."

"너 요새 그 느끼한 권 선생하고 놀지? 말투가 쏙 빼닮았어."

"비교할 사람한테 대라."

시시한 농담을 건네다 보니 어느새 슈퍼 앞에 다다랐다. 새벽부터 레이더망을 발동시키고 있던 슈퍼 주인이 두 사람을 반겼다.

"출근해?"

"예. 나 다녀올게."

"다녀와."

"응. 그럼."

마리와 조촐한 작별인사를 나눈 지훈은 슈퍼 주인에게 고개를 까닥여 보이고 큰길로 향했다. 그리고 마리는 지훈에게 칭찬 받은 살림솜씨를 발휘하기 위해 슈퍼 쪽으로 발걸음을 돌리다 뭔가 불쾌한 것을 본 것처럼 미간을 잔뜩 찌푸리고 있는 슈퍼 주인을 발견했다.

"왜 그래요?"

"아니야. 뭐 줄까?"

"치약하고 화장지요."

"저쪽 안에 있어. 골라 봐."

마리는 또각또각 구두 소리를 울리며 치약이 있다는 곳으로 향했다. 다양한 맛과 기능을 가진 치약을 고르는 그녀의 등 뒤로 슈퍼 주인의 예리한 시선이 꽂혔다. 삼촌과 조카 사이에 있을 법한 간략한 배웅인사였다. 그런데 참 이상하게도 그 둘 사이에서 한참 사랑을 키워 나가는 연인들에게나 적합할 달큼한 냄새가 물씬 배어나는 건 무슨 조화란 말인가?

'누가 보면 영락없이 신혼부부인 줄 알겠어. 그런데 두 사람 언제 저렇게 친해졌지? 데면데면하게 굴던 것이 엊그젠데…… 가만있자. 아무래도 수상한데? 요새 거의 날마다 같이 퇴근하는 거 같지? 그리고 갈비집 여편네도 둘이 딱 달라붙어서 가는데 그 분위기가 심상치 않았다고 했잖아. 맞아! 거기다 첨에 올 때는 당분간이라고 했는데 벌써 얼마야? 또 아무리 미국이라고는 해도 내가 삼촌을 안 지가 몇 년인데 그

동안 누나라는 사람은 코빼기도 안 비쳐 보이다가 불쑥 조카만……'

"얼마예요? 아줌마, 아줌마?"

"흐억!"

꼬리에 꼬리를 무는 의문점들을 추적하다 마리가 연달아 불러서야 잡념에서 빠져나온 슈퍼 주인이 소스라쳤다.

"왜 그래요?"

"아, 아니야. 아무것도 아니야. 다 집었어?"

"우리 삼촌 말이에요."

"삼촌?"

"생선 좋아해요?"

마리의 뜬금없는 소리에 슈퍼 주인의 심장이 덜컥 발치로 떨어졌다. 의심은 의심을 낳는다고 지훈의 식성을 묻는 품새가 딱 남편을 위해 장을 보려는 새댁 같지 않는가? 슈퍼 주인이 잇따라 자신의 질문을 날름날름 삼키자 어느새 팔짱을 낀 마리가 시비조로 물었다.

"생선 팔기 싫어요?"

"아니, 무슨. 고등어 좋아해. 마침 간고등어 좋은 거 들어왔으니까 그거 한 손 가져다 구워 줘."

"구우면 냄새 장난 아닐 텐데."

"찌개는 못하잖아."

"할 수 없네요. 주세요."

"그래."

고등어를 집을 폼으로 좋게 슈퍼 문을 나서던 슈퍼 주인이 우뚝 멈춰 서더니 휑하니 돌아섰다. 그 바람에 졸졸 뒤를 따르다 화들짝 놀란 마리가 눈을 동그랗게 떴다. 슈퍼 주인이 어물어물 말을 꺼냈다.

"마리 씨, 저기……."

"뭐요?"

마리가 되묻자 슈퍼 주인은 목구멍까지 치솟은 말을 꿀꺽 삼켰다. 마리는 믿지 못하더라도 쭉 봐온 지훈을 의심하는 것은 도리가 아닌 것 같았다.

"아, 아니야."

"뭔데 그래요?"

"고등언지 삼친지 잠깐 헷갈렸어. 고등어가 맞네. 이러니 늙으면 죽어야 해."

얼렁뚱땅 둘러댄 슈퍼 주인이 흔연스러운 웃음을 지으며 돌아서자 사람들이 자신들을 주시하기 시작했다는 것을 꿈에도 모르는 마리는 잠시 갸웃했던 고개를 바로 했다.

"이제 어지간하면 좀 보여줘 보지?"

"뭐 말씀이십니까?"

"뭐긴 뭐야, 요거지."

전에 비해 눈에 띄게 과학실 출입이 잦아진 권 선생이 느끼하게 웃으며 새끼손가락을 꼽아 보였다. 그러자 방 선생이 그의 그런 천박한 비유를 나무랐다.

"송 선생 애인 보고 이게 뭐냐, 이게? 나잇값 좀 해라."

"가운데 손가락 든 것도 아닌데 왜 이렇게 까칠하게 굴어? 왜, 또 제수씨랑 한 판 했나?"

"왜? 부러워?"

"그래, 부러워 죽겠다!"

두 사람의 아웅다웅을 묵묵히 지켜보던 지훈이 입을 열었다.

"선은 좀 힘들 것 같습니다."

"왜?"

"일전에 말씀 드렸듯이 저랑 성격이 비슷해서 낯을 많이 가립니다."

"괜찮아. 일 없어. 송 선생도 이렇게 말끔하게 개조시킨 난데 애인님이라고 못할까? 안 그래, 방 선생?"

"주책 좀 그만 부려라. 응? 그나저나 궁금하긴 하다. 음악 선생님 말로는 조수미를 능가하는 실력을 가진 성악가라던데. 그것도 아주 이국적으로 생긴 대단한 미인이라고."

방 선생은 국어 선생답게 유려한 비유로 지훈을 얼렀다. 이쯤 되면 미안한 기색이라도 해야 인지상정일 터. 그러나 인간관계가 서투르기 그지없는 지훈은 자신의 입장만 고수했다.

"죄송합니다."

그러자 김이 팍 샌 두 사람이 쓴 입맛을 쩝쩝거렸다.

"뭐, 평양감사도 저 하기 싫다면 안 하는 건데……."

"프랑스 보니까 영부인도 그딴 거 하기 싫다고 대통령 버리고도 나가잖아. 본인이 싫다면야 뭐……."

"내 말이. 뭐 그래도 결혼식에서는 보겠지. 그걸로 위안을 삼자고."

"그래."

만담 같은 대화를 듣던 지훈이 생경한 단어 하나를 골라냈다.

"결혼이요?"

"뭘 그리 놀라? 설마 재미만 보고 책임은 안 지겠다 이거야?"

"어허!"

"아, 내숭 좀 그만 까라. 청춘남녀, 그것도 수많은 밤을 죽어라 베개만 끌어안고 버텨온 외로운 늑대가 그야말로 한 떨기 꽃을 꺾었는데 턱 괴고 감상만 했을 거야? 그리고 요새 송 선생 얼굴 좀 봐라. 뽀얗고 탱탱하고 반지르르한 것이 나 요즘 조물주가 부여하신 본능에 충실하고 있소. 딱 이거잖아. 송 선생, 내 말이 틀려?"

지훈이 무언으로 권 선생이 부여한 혐의를 인정하자 기고만장해진 권 선생이 일장연설을 시작했다.

"인스턴트 사랑, 그거 타도해야 돼. 사랑이 왜 사랑인데?

숭고한 책임이 따르니까 사랑인 거야. 사랑을 했으면 책임을 져야지. 암!"

굳이 권 선생의 어설픈 사랑법에 입각하지 않더라도 지훈은 자신이 아주 중요한 문제를 간과하고 있었음을 깨달을 수 있었다. 미처 생각지 못했을 뿐, 마리에 대한 감정이 결코 얕거나 가벼운 것은 아니다. 혼자서 결정할 문제는 아니지만 결혼에 대한 기대가 가슴에 꽉 들이찼다.

"제가 미처 거기까지는 생각지 못했습니다. 충고 감사합니다, 선생님."

"말로만 하지 말고…… 어때?"

내심 공짜 술에 대한 염원이 있던 권 선생이 손목을 꺾어 보였다. 하지만 마리에게 가기 전에 들려야 할 곳이 생각난 지훈은 권 선생의 초대를 정중히 사양했다.

"오늘은 아주 중요한 일이 있어서요. 죄송합니다."

권 선생의 얼굴이 대번에 벌레 씹은 얼굴이 됐다.

"송 선생, 나 좋아해?"

"예?"

"열 있어?"

이마를 덮은 방 선생의 손을 탁 쳐낸 권 선생이 밴댕이 속을 드러냈다.

"20살 꽃띠 처자들보다 더 튕기니 하는 말 아냐. 누가 보면 딱 나 좋아하면서 일부러 튕기는 줄 알겠다. 쳇!"

"죄송합니다. 대신 요 앞에 생긴 한우 전문점으로 모시겠습니다."

"엥? 하안우? 꽃드응심?"

"예."

"방 선생, 들었지? 꽃등심이란다."

"에이, 빈대 간을 빼먹어라. 빤히 아는 월급 얼마나 된다고 꽃등심이야. 그러지 말고 모퉁이 돌아가면 민속주점 있잖아. 거기서 간단하게 한 잔 해."

권 선생은 바른 말만 하는 방 선생이 못마땅해 눈을 흘겼다.

"식초집 아들이지? 거들지는 못할망정 꼭 초를 치지, 초를."

"자기는 만날 대패 삼겹살 사면서 언감생심 꽃등심. 양심 좀 있어."

"거기서 양심이 왜 나와, 나오길?"

두 사람은 한 치의 양보도 없이 말씨름을 겨뤘고 지훈은 자신의 손가락을 유심히 살폈다.

연습실에 앉은 마리는 휴대폰을 꺼내 시간을 확인했다. 칸트의 시계처럼 정확한 지훈이 도착하기 20분 전이었다.

"좀 더 해도 되겠네."

마리는 피아노 위에 올려놓은 물병을 집어 근 두 시간이 넘게 노래하느라 뻑뻑해진 목을 축였다. 그리고는 곧장 자리에 앉아 피아노 건반 위에 손을 올려놓았다. 오른손 엄지가 가볍게 건반을 누르자 왼손이 이내 따라붙었다. 유려하게 움직이는 마리의 손끝에서 만들어지는 멜로디는 다름 아닌 마블 홀이었다. 지훈이 좋아하는 노래라는 이유 말고도 마무리를 할 때 부르기 좋은 편안한 노래라 종종 부르곤 한다.

"I dreamt I dwelt in marble halls. With vassals and serfs at my side. And of all who assembled within those walls……."

그동안 다시 배운 발성법과 호흡법에 신경을 써가며 노래를 부르자니 어느새 무도회의 꽃이 된 아리따운 아를리네가 된 마리의 얼굴에는 당당하고 아름다운 미소가 번져갔다. 건반 위의 손가락은 마치 왈츠를 추는 듯 경쾌하게 움직였고 세세히 신경 써서 움직이는 입모양 덕에 발음은 정확했다. 모든 것이 잘 조화를 이룬 마리의 노래는 가사를 모르는 사람이 들어도 사랑에 빠진 아가씨의 행복감이 고스란히 느낄 수 있을 정도로 뛰어난 표현력을 보였다.

"That you loved me still the same. That you loved me, loved me still the same."

지훈을 따라 덩달아 좋아하게 된 구절을 마친 마리가 손가락의 힘을 점점 빼 부드럽게 마무리를 했다. 그러자 연습실 문이 열리고 원장이 들어섰다.

"좋은데요?"

"어머, 원장님."

원장은 연습벌레라고 이름 붙여도 손색이 없을 마리를 들여다보기 위해 들렀다 우연히 들은 노래에 극찬을 아끼지 않았다.

"쟁쟁한 소프라노들에 비해 결코 뒤떨어지지 않는 훌륭한 노래였어요."

"과찬이세요. 제가 어떻게."

"아니에요. 정말 좋았어요. 나도 이 노래 좋아해서 다양한 버전으로 자주 듣는데 마리 씨만큼 이 노래의 느낌을 잘 살린 사람은 없던 것 같아요. 물론 발성이나 기교 같은 면에서는 많이 떨어지지만 표현력 하나는 타의 추종을 불허해요. 훌륭해요."

"감사합니다."

마리는 가슴 벅찬 원장의 격려에 배시시 웃어 보이며 고개를 숙였다. 그러자 원장이 전부터 마음먹고 있던 이야기를 꺼냈다.

"그래서 말인데 마리 씨, 다시 정식으로 공부해 볼 생각 없어요?"

"예? 원장님도. 제가 나이가 몇인데요."

"겨우 서른이죠. 절대 늦지 않았어요. 난 그 나이라면 학교 종이 땡땡땡부터 다시 시작하라고 해도 신나게 할 거야. 후후!"

푸근한 웃음으로 마리의 변변찮은 핑계를 깨끗이 지워 버린 원장이 본론을 꺼냈다.

"팝페라 어때요?"

"팝페라요?"

"마리 씨 경우에는 노래를 오래 쉰 탓이 덕이 된 거 같아요. 대중가요가 천박하다고들 하지만 난 그렇게 생각지 않아요. 발성방법과 표현방법이 서로 다를 뿐 사람들의 희로애락을 표현하는 노래라는 것은 똑같잖아요. 그리고 어떻게 보면 우리보다 훨씬 사람들의 심금을 울리는 데는 탁월하죠. 그게 내가 마리 씨에게 팝페라를 권하는 이유예요. 마리 씨 노래에서 간혹 튀어나오는 대중가요적 기교를 잘 다듬어 활용할 수 있는 것이 바로 팝페라 아닐까요?"

조심한다고 했는데 평생 음악과 함께해 온 원장의 예리한 귀는 피해 가지 못했던 모양이다. 뺨이 살짝 붉어졌다. 혹시 밤무대 가수 출신이라는 것을 들킨 것은 아닐까 하는 불안감에도 그랬지만 새로운 비상구 같은 팝페라에 대한 묘한 매력을 느낀 까닭이었다.

음반을 내고 큰 무대에 서고 월드투어를 하는 유명한 가수를 꿈꾸는 것은 아니었다. 다만 자신의 장점을 잘 살릴 수 있는 노래를 하고 싶어졌다. 그 노래를 통해서 오랫동안 잠재워두기만 했던 꿈을 되찾고 또 소중한 의미인 지훈에게 당당하고 아름다운 모습을 보여주고 싶은 욕심이 새록새록 솟아났다.

"진중하게 생각해 볼게요."

"그래요. 꼭 학교를 가지 않아도 마리 씨가 하겠다고만 하면 좋은 선생님들은 내가 알아봐 줄게요."

"감사합니다."

"그럼, 수고…… 어머나! 애인님 오셨어요?"

문을 열고 들어선 지훈이 고개를 꾸벅 숙였다.

"안녕하십니까."

"날마다 본 지가 언젠데 어째 만날 꼭 오늘 처음 만난 사람같이 굴어요? 좀 친해져 봅시다, 애인님."

"아, 예. 하하!"

"그럼 눈치 빠른 아줌마는 퇴장합니다."

원장은 멋쩍어 뒤통수를 긁적이는 지훈과 피식 웃음을 짓는 마리를 뒤로하고 연습실을 나섰다.

"일찍 왔네?"

"좀 일찍 끝났어. 연습은?"

"다 했어."

"좀 더 안 해?"

"더 하라고?"

"실은 피아노 한 번 쳐보고 싶어서. 예전에 너 피아노 치는 거 보면서 내심 부러워했는데 엄두를 못 냈거든."

비록 혼혈아에 포주의 딸이긴 했지만 경제적인 여유는 마음껏 누리고 자란 제가 피아노를 두드릴 때 지훈은 아가씨들의 잔심부름을 해주며 동전을 챙겨야 했다. 그것을 떠올리니 마음이 짠해진 마리는 다시 자리에 앉은 다음 옆자리를 탕탕 두드렸다. 그러자 내심 고대하고 있던 지훈이 쪼루라니 그녀의 곁으로 가 앉았다.

"도가 어딘지는 알아?"
"어. 열쇠구멍 바로 위."
"아네?"
"내가 피아노, 피아노 노래를 부르니까 어머니가 바이엘 상권 사주셨거든. 거기 앞에 보면 종이로 된 피아노 있잖아? 그거 보고 배웠어."

마리는 지훈이 그토록 간절히 배우길 원했던 것이 못내 안쓰러워졌다.

"나한테 가르쳐 달래지."
"나랑 눈도 안 마주쳤으면서."
"좋게 나가다 양심 콕 찌르지?"
"무슨 양심씩이나. 그런 뜻 아냐. 오해하지 마."

지훈이 절절매자 짐짓 흘기고 있던 눈을 거둔 마리가 입매를 빙그레 하게 만들고 물었다.

"배우고 싶은 건 있니?"
"응. 딴따라라, 딴따라라, 딴따라라……."

지훈은 열심히 기억하고 있는 멜로디를 읊조렸지만 탁월한 음치인 덕에 마리는 당최 감을 잡을 수가 없었다.

"그게 뭔데?"

"몰라? 애들이 많이 치던 건데."

"이거?"

젓가락 행진곡의 앞머리를 쳐보았다. 그러자 지훈이 대뜸 고개를 저었다.

"둘이 같이 치는 건 맞는데 그건 아냐. 똑같은 멜로디가 반복되고 그러다 좀 바뀌는 건데 다시 한 번만 들어봐. 딴따라라, 딴따라라, 딴따라라, 딴따라라. 모르겠니?"

지훈의 멜로디만 가지고는 도저히 알 수가 없었다. 그래서 아이들이 흔히 치는 거고 둘이 같이 치되 젓가락 행진곡은 아니라는 단서를 붙잡고 매달렸다. 번뜩 하나가 떠올랐다.

"혹시 이거?"

고양이 왈츠를 쳐 보였다. 그러나 지훈의 고개는 좌우로 움직일 뿐이었다.

"그거 아닌데…… 관두자."

"사람 궁금하게 만들어 놓고 관두는 법이 어디 있어? 둘이 같이 치되 이것도 아니고 저것도 아닌 그게 뭘까? 뭘까. 으흠!"

"처음엔 딴따라라 이렇게 치다가 쿵짝짝, 쿵짝짝 이렇게도 쳤던 것 같아."

"쿵짝짝? 앗!"

턱을 괴고 있던 마리가 지훈이 던진 결정적인 단서를 포착하고 손가락을 튕겼다. 그리고는 곧장 피아노 건반을 움직였다. 기본화음으로 이뤄진 멜로디를 쳐내자 지훈의 얼굴에 흥분이 좌르르 퍼져 나갔다.

"맞아! 바로 이거야!"

"세상에. 딴따라라 하고 이게 같은 거라고 누가 생각하겠니?"

"난 음치잖아."

"알긴 아네."

"어떻게 치는 거야?"

지훈의 재촉에 마리는 작자미상의 곡에 대한 설명을 시작했다.

"기본화음으로 이뤄진 건데 왼손으로 도를 눌러. 눌러 봐."

"도? 여기?"

"아니, 열쇠구멍 아래로가 왼손이니까 이렇게 내려온 다음에 검정 건반 두 개 있는 중에 첫 번째 검정 건반 아래가 도야. 여기."

마리는 지훈의 손을 잡아다 왼손의 위치를 잡아 준 후 다음 연주방법을 일러주었다.

"일단 이걸 먼저 누른 다음에 떼면서 오른손으로 도미솔을 부드럽게 쳐서 이어주는 거야. 이렇게."

마리가 시범을 보이자 눈을 초롱초롱 빛내며 주의 깊게 지켜본 지훈이 뻣뻣한 손가락을 건반 위로 올렸다.

"도 치고 도미솔."

"조금만 빠르게 해봐."

"도 치고 도미솔."

결코 점수를 줄 만한 연주는 아니었지만 칭찬은 고래도 춤추게 하는 법이라는 것을 잘 아는 마리는 칭찬을 아끼지 않았다.

"잘하네? 그럼 이번엔 라 치고 라도미."

"라, 라…… 라 치고 라도미?"

"그다음은 레 치고 레파라 친 다음에 솔 치고 솔시레. 어디 한번 해봐."

"알았어. 레 치고 레파라, 솔 치고 솔시레."

지훈은 모범생답게 주의를 기울여 건반들을 눌렀다. 도미솔을 칠 때보다 훨씬 나아진 멜로디가 울려 퍼졌다.

"순서 외웠어?"

"어. 도미솔, 라도미, 레파라, 솔시레. 맞지?"

"머리가 좋긴 좋네. 그럼 같이 쳐볼래?"

"말도 안 돼. 내가 어떻게 쳐. 못해."

"어떻게 치긴? 손가락으로 치지. 얼른 손 올려."

"웃길 텐데."

마리의 채근에 지훈은 허벅지에 땀이 흥건한 손바닥을 쓱쓱 문지른 다음 가늘게 떨리는 손가락을 건반 위에 올려놓았다.

"자, 그럼 시이자악!"

마리가 먼저 건반을 두드리자 지훈은 떠듬떠듬 그녀가 이

끄는 멜로디에 편승했다. 횟수가 반복될수록 마리에 비해 반박자 뒤처지던 그의 멜로디가 제 박자를 찾아갔다.

"다음은 쿵짝짝짝. 도미솔을 한꺼번에 눌러. 쿵짝짝짝! 쿵짝짝짝!"

"쿵짝짝짝, 쿵짝짝짝."

"옳지!"

"쿵짝짝짝, 쿵짝짝짝."

지훈은 마리의 격려에 힘입어 박치라는 오명을 벗고 매끄러운 연주를 해나갔다. 차츰 두 개로 들리던 멜로디가 하나로 합쳐졌고 대단한 연주가가 된 것 같은 흥분을 느낀 지훈의 얼굴이 상기되었다. 그리고 줄곧 가지고 있던 자격지심을 떨쳐 버린 마리도 상그레 미소를 지었다. 잠시 후 소박한 연주가 끝났다. 감동을 이기지 못한 지훈은 심장에 손을 얹고 감탄을 터트렸다.

"아아! 나 특기란에 피아노라고 써 넣어야 할까봐. 너무 잘하지 않냐?"

"맘대로 하셔."

"나 내친 김에 결혼행진곡도 좀 가르쳐 주라."

"결혼행진곡?"

지훈의 생뚱맞은 곡 선택에 마리가 말끝을 올렸다. 그러자 고개를 위아래로 끄덕여 보인 지훈이 정말 뜬금없는 소리를 내놓았다.

"제일 좋아하는 곡이야. 배워서 치고 싶어."

"그거 쉽게 편곡된 걸로 친다고 해도 일 년은 더 배워야 돼."

"그래? 한번 쳐보고 싶었는데. 나 그거 진짜 좋아하거든. 막 행복해지는 것 같아서."

마치 새신랑처럼 만면에 행복한 웃음을 가득 짓는 지훈을 바라보는 마리의 심장이 간질거렸다.

'혹시? 아니야. 그런 기색 한 번도 비친 적 없잖아. 그리고 사귄 지 얼마나 됐다고…… 거기다 난 결혼에 적합한 여자가 아니잖아. 아, 내가 지금 무슨 생각을 하는 거람?'

"한번 쳐줄 수 있어?"

"어? 어."

제 발 저린 도둑 꼴이 된 마리는 거부할 생각도 하지 못하고 서둘러 손가락을 건반 위에 올려놓았다. 그리고 지훈은 왼쪽 손을 왼쪽 바지 주머니로 슬그머니 밀어 넣었다. 마리의 손가락 끝에서 결혼행진곡이 흘러나왔다. 몹시도 민망했던 탓에 제 박자를 지키지 못한 결혼행진곡이 반쯤 흘러갔을 때 지훈의 손이 건반을 누르고 있는 마리의 양손 가운데로 파고들었다. 그 심상치 않은 행동에 마리는 연주를 멈췄다.

지훈은 동그랗게 말아 쥐고 있던 손을 쫙 편 후 천천히 거둬들였다. 그러자 건반 위에서 영롱한 빛을 발하고 있는 반지가 파르르 떨고 있는 마리의 눈에 들어왔다. 눈이 시릴 정도로 투명하고 별빛보다 반짝이는 다이아몬드가 박힌 심플한 백금 반지였다.

'설마, 설마, 설마!'

혹여 실망할까 설마라는 말로 썰물처럼 달려드는 욕심을 물리치려 했지만 역부족인 마리의 심장이 미친 듯이 뛰놀았다. 지훈은 숨을 쉬는 것조차 잊어버릴 만큼 굳어 버린 마리의 손을 부드럽게 마주 잡았다. 그리고 지극히 교과서적인 청혼을 건넸다.

"박마리, 나랑 결혼해 줄래?"

"송지훈……."

"너라면 항상 외롭기만 하던 날 행복하게 해줄 것 같아. 그리고 혼신을 다해 널 사랑하고 싶어. 누군가에게 이런 확신이 든 건 네가 처음이야. 사랑해, 박마리. 나랑 결혼해 줘."

머리는 만일 정말 그를 사랑한다면 좌우로 고개를 저어야 한다고 충고하고 가슴은 그의 마음이 변하기 전에 어서 고개를 아래위로 끄덕이라고 다그쳤다. 맹렬한 기세로 다투는 두 개의 감정이 마리의 가슴에 화톳불을 놓았다. 아무것도 생각할 수 없는 극심한 혼란에 무아경으로 빠져들자 입술이 제멋대로 열렸다.

"정말 나라도 괜찮니?"

"너밖에 없어서가 아니라 너니까, 너라서, 청혼하는 거야."

지훈의 확고한 신념은 하염없이 작아지기만 하던 마리에게 용기를 불어넣었다. 오로지 단 하나 걱정스러운 것을 물었다.

"후회하지 않겠니?"

"절대."

"나…… 버리지 않을 자신 있어?"

"맹세해."

하늘이 두 쪽 나도 변치 않을 대답을 연거푸 들었건만 자격지심에 발이 묶여 있는 마리의 기우는 쉬이 사라지지 않았다. 그래서 저를 돌이켜 볼 때마다 한없이 초라해지는 모든 이유가 함축된 질문을 던졌다.

"박마리인데도?"

뭇 사람들은 절대 이해하지 못할 의미가 담긴 질문이었다. 그러나 그녀의 깊은 고뇌를 모를 리 없는 지훈은 영원한 결합을 이룰 현명한 답을 내놓았다.

"난 송지훈이야."

그는 그렇게 어머니의 성을 따를 수밖에 없었고 모든 사람들에게서 손가락질을 받았고 위태위태하게 살면서도 기어이 자신을 포기하지 않은 저와 그녀가 쌍둥이처럼 닮았음을 주장했다. 그리고 그 따뜻한 마음은 너비와 깊이를 알 수 없는 탐욕 속에서도 정말 지훈을 사랑하는 방법이 무엇인지 고심하던 마리를 새로 태어나게 만들었다.

"결혼할래. 너랑, 송지훈 너랑 결혼할래."

마리의 수락에 움직임을 멈추고 있던 두 개의 심장이 다시 맹렬히 펌프질을 하기 시작했다. 하나로 어우러진 마음은 마리와 지훈의 얼굴을 햇살처럼 빛나게 만들었다.

지훈은 건반 위에 올려놓았던 반지를 들고 가늘게 떨고 있는 마리의 손을 잡았다. 그리고 기꺼이 내밀어 준 그녀의 손가락에 영원한 약속의 증표가 될 반지를 천천히 끼워 넣었다. 시원찮은 눈대중에 의지했지만 지훈의 간절한 마음이 닿아선지 반지는 맞춘 것처럼 마리의 손에 꼭 맞았다. 마리는 제 손가락에서 반짝이는 반지를 내려다보며 눈시울을 적셨다.

"예쁘다."

지훈은 그런 그녀를 빙그레 쳐다보며 자신의 가슴속에 꽉 차든 기쁨을 고백했다.

"고마워."

"나도."

굳이 말로 하지 않아도 서로의 마음을 들여다볼 수 있는 두 사람은 누가 먼저랄 것도 없이 입술을 가져갔다. 두 손을 꼭 잡은 채 스르륵 눈을 감고도 모양 좋은 콧날을 피해 한 점 꽃잎 같은 임의 입술을 훔쳤다. 그러자 짝을 알아본 두 개의 심장박동 소리가 마치 사랑의 팡파르처럼 울렸다.

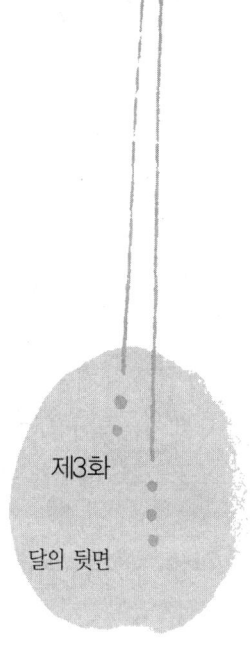

제3화

달의 뒷면

식장도 알아보기 전에 가슴이 설레 서점에 들러 웨딩 잡지를 한 아름 안고 집으로 향하는 마리는 지훈으로부터 뜻밖의 전화 한 통을 받았다.

―더 이상 거절하면 퇴근길에 따라붙을 것 같아.

지훈의 결혼 발표에 권 선생이 저를 선보자고 난리를 한다는 것이다.

"난 괜찮지만 네가 곤란하지 않겠어? 조카라고 한 것도 그렇고, 또 내 외모 때문에 구설수에 오를 수도 있어."

―본의 아니게 거짓말한 게 됐다고 사실대로 말하고 외모 이야기도…….

"싫어!"

마리는 지훈의 제안을 일언지하에 잘랐다.

"거짓말하지 않기로 약속했지만 그건 제외 대상으로 해줘. 아니, 그렇게 할래. 내 입으로 마담 오드리니 오아시스 이야기 꺼내느니 결혼 안 해."

―무슨 말을 그렇게 해?

보지 않아도 지훈의 미간이 좁아들었음을 알 수 있었지만 마리는 고집을 꺾지 않았다.

"심하다는 거 알아. 하지만 네 요구도 심하다는 거 알아줘."

―마담 이야기 하라고 하지 않았어. 단지 네 외모 그대로 보여주고 아버지가 외국분이라고 설명하라고 하려던 것뿐이었어.

지훈의 설명에 못난 자신을 들여다보게 된 마리가 오만상을 찌푸렸다. 그리고 그와 동시에 아랫배에 불쾌한 통증이 끼쳐들었다.

"아앗!"

기습적인 만만찮은 통증에 허리를 굽히며 오른손으로 왼쪽 아랫배를 움켜잡고 짧은 비명을 질렀다. 그러자 놀란 지훈이 다급한 목소리로 물었다.

―왜 그래?

"배가 아파."

―많이 아프니? 어떻게 아픈데?

통증이 차츰 잦아들자 마리는 일순 굽혔던 허리를 폈다. 아랫배를 움켜쥐게 하는 느낌이 영락없이 생리통과 비슷하기에 기억을 되짚어 보았다. 그러고 보니 생리 증후군인 것도 같았다. 며칠 사이에 가슴도 탱탱해진 것 같고 몸도 나른하니 의심의 여지가 없었다. 하지만 지훈에게 생리라는 단어를 입에 올리기 새삼 민망해 정확한 답을 회피했다.

"아픈 거 아냐. 항시 있는 일이니까 호들갑 부리지 마."

―항시? 그럼 혹 만성맹장 아냐?

"이게 만성맹장이면 세상 여자들 다 죽었겠다."

―여자? 아!

지훈이 눈치 챘음을 알리는 탄성을 터트리자 마리는 짐짓 입술을 빼물었다.

"알았으면 끊어. 그리고 오지랖 넓은 네 동료들한테 선글라스 준비하라고 해. 내 미모에 눈멀지 말고."

―알았어. 일단 참석 사실만 통보하고 시간하고 장소는 퇴근 후에 함께 결정하자. 괜찮지?

"응. 끊어."

―뭐 잊은 거 없니?

"어, 잊은 거 없어. 끊어."

―어라? 박마리!

지훈이 외쳐 불렀지만 마리는 매정하게 전화를 뚝 끊어 버렸다. 그리고 개구진 웃음을 가득 지어 올렸다.

"후훗! 어?"

전화를 끊고 무심코 옆으로 고개를 돌린 마리의 눈에 문 밖으로 쏙 내밀고 있던 고개를 쏙 들이미는 갈비집 주인이 보였다. 저와 눈이 마주치자마자 기겁을 하고 내빼는 품새를 보니 꽤 오랫동안 지켜보고 있었음이 분명했다. 순간 식은땀이 바싹 난 마리는 지훈과의 통화를 되짚어 보았다. 어머니와 결혼을 거론했고 삼촌과 조카가 아닌 연인들의 분위기를 물씬 풍겼을 터다.

'들켰나?'

생각이 거기에 미치자 잦아들었던 배의 통증과 함께 상소리가 절로 터져 나왔다.

"아씨."

마리는 딱 신경을 거스를 정도로 콕콕 쑤셔오는 아랫배를 손으로 덮고 빠른 걸음으로 슈퍼를 향했다. 준 것 없이 밉고 또 괜스레 저를 밉게 보는 갈비집 주인의 입으로 들통이 나느니 차라리 제 입으로 지훈과의 관계정리를 하는 것이 훨씬 낫다는 계산에서였다.

단숨에 슈퍼에 도착한 마리는 가게 안을 들여다보았다. 나른한 오후 햇살을 인 슈퍼 주인이 꾸벅꾸벅 졸고 있었다. 곧장 안으로 들어갔다. 문을 열자마자 단잠에 빠져 있던 것 같던 슈퍼 주인이 기계적으로 눈도 뜨지 않고 입술을 움직였다.

"어서 오세요. 뭘 드릴까? 아, 마리 씨구나."

뒤늦게야 마리를 알아본 슈퍼 주인이 사람 좋아 보이는 넉넉한 미소를 지어 보였다. 마리는 고개를 까닥 숙였다.

"뭘 그리 많이 사와?"

"잡지요."

"그렇구나. 다 보고 나면 나 좀 빌려 줄 수 있어?"

"그러든지요. 아줌마."

"응?"

뜸 들여 봤자 달라질 것도, 좋을 것도 없다는 결론을 내린 마리는 거두절미하고 본론으로 들어갔다.

"나 우리 삼촌이랑 결혼해요."

"뭐?"

마리는 넉장거리를 하는 슈퍼 주인에게 다시 한 번 테러를 감행했다.

"결혼한다구요, 우리 삼촌이랑."

"어머머, 어머머!"

"지영 엄마, 지영 엄마! 세상에! 송 선생이랑 그 노란 머리가 글쎄…… 흡!"

앞뒤 정황을 전혀 모르기에 철석같이 패륜으로만 여긴 슈퍼 주인이 뒷목덜미를 잡는 그 때 동네 최고의 가십거리를 물었다는 생각에 득달같이 쫓아온 갈비집 주인이 마리를 보고 놀라 입을 다물었다. 마리가 씩 웃었다.

"송별회가 아니라 환영회가 되겠네요."

"이실직고했지 뭐."

쇠뿔도 당긴 김에 빼랬다고 소문의 온상에 지훈과의 결혼을 공표하고 나서는 곧장 지훈에게 전화를 걸어 기를 쓰고 마다하던 직장 동료들과의 상견례를 자처했다. 그리고 버스 정류장으로 나와 기다려 준 지훈과 팔짱을 끼고 함께 걸으며 늦은 오후에 있었던 무용담을 펼치고 있는 중이다.

"나 싫다는 너 무시하고 무작정 들이밀고 들어왔는데 잘 구슬려서 결혼까지 이르게 됐다. 난 괜찮지만 선생이라는 직업을 가진 너 때문에 본의 아닌 동거로 구설수에 휘말릴까봐 엉겁결에 거짓말한 거라고 했지."

"그랬더니?"

"갈비집 주인은 '거봐, 내 말이 맞았잖아' 이러고, 세탁소 아줌마는 '잘 됐다, 참말로 잘 됐다. 그칸데 국수는 언제 먹여 주는교?' 이러고, 슈퍼 아줌마는 '축하해. 이제 한 동네 사람 됐네' 이러면서도, 너 조카사위 못 삼은 거 억울하나봐. 그래서 선보자고 해도 마다했구나, 이 소리를 다섯 번은 하더라."

"이제 슈퍼 아줌마 나 보고 아는 척도 안 하는 거 아냐?"

걸음을 멈춘 마리가 지훈에게 눈을 흘겼다.

"뭐야, 슈퍼 아줌마가 아쉬운 거야, 그 집 조카따님이 아쉬운 거야?"

"질투하니?"

"질투도 질투할 만한 대상한테나 하는 거야. 아줌마 얼굴 보면 그 조카라는 아가씨도 질투는커녕 동정심 가게 생겼을 게 빤한데 내가 왜?"

마리의 능청스러운 대꾸에 지훈이 아쉬움을 토로했다.

"좀 해줘 보지."

"바가지 좋아해?"

"그다지. 그렇지만 네가 질투를 하면 되게 기분 좋을 것 같아."

"왜?"

"너무 비교돼서. 넌 정말 예쁘잖아. 난 너무 평범하고."

오늘따라 유독 마리의 미모가 빛을 발했기에 내놓은 푸념이었다. 마리는 대번에 고개를 가로저었다.

"말도 안 돼. 너 잘생겼어. 머리 좋지, 돈 많지, 직업 짱짱하지. 완벽해."

"멋있진 않잖아."

"멋있어. 요즘 말로 울트라 캡숑 짱 멋있어. 안 멋있음 내가 찰거머리처럼 달라붙었을까?"

"명색이 총각 선생님이면서 인기투표에도 못 올라가는데?"

"젖비린내 나는 것들이 남자를 어떻게 알겠니?"

"진심이야?"

"확인시켜 줘?"

"어떻게? 어!"

 칭찬받는 것에 재미가 들려 쉴 새 없이 나풀거리던 지훈의 입술이 찰나처럼 봉인되었다 풀렸다. 사람들의 시선 따위 아랑곳하지 않는 마리가 제 남자에게 베이비 키스를 선사한 것이다.

"이제 알겠지? 네가 얼마나 멋있는지."

"어."

 지훈은 쑥스러워 죽으려고 하면서도 마리가 전해 준 기쁨에 주체할 수 없을 정도로 두근거리는 심장을 솔직히 고백했다. 입을 귀에 거는 짝을 보니 절로 가슴이 뿌듯해진 마리는 다시 지훈의 팔짱을 쏙 끼고 걸음을 재촉했다.

"늦겠다. 얼른 가자."

"어라? 이게 누구야? 혹시 조, 조카님!"

 마리가 지훈과 함께 약속 장소인 민속주점에 들어서자마자 권 선생은 대번에 그녀를 알아보았다. 검정 물을 들이고 렌즈를 꼈는데도 화려한 이목구비는 속일 수 없는 탓이었다. 마리는 그저 고개만 숙이고 지훈이 겸연쩍어 하며 진실을 밝혔다.

"맞습니다."

 영문을 몰라 어안이 벙벙한 방 선생이 귀를 쫑긋 세웠다.

"이게 무슨 소리야? 조카라니? 애인님 데려오랬더니 조카가 웬 말이야? 그리고 조카님은 미국…….."

그러자 사태 파악을 끝낸 권 선생이 쓴 입맛을 다시며 상황 정리에 나섰다.

"스타일이 바뀌어서 그렇지 예전에 내가 말한 바비 인형 조카님, 그 조카님이 바로 저 애인님이구먼."

지훈이 혼선을 빚게 만든 것에 대해 사과했다.

"본의 아니게 속이게 됐습니다. 죄송합니다."

"어쩐지 머리카락 보일라 꼭꼭 숨겨라 할 때부터 알아봤다. 떽! 반사회적인 짓거리를 저지른 줄 알고 애 떨어질 뻔했잖아. 아이고, 내 정신 좀 봐라. 애인님, 좌정하십시오."

권 선생은 연애학의 대가답게 미련한 미련은 훌훌 털어 버리고 마리에게 방석을 내어주며 자리를 권했다. 어색하기만 한 마리가 머뭇거리자 지훈이 거들어 주었다.

"앉자."

"응."

"자."

짧은 치마가 신경 쓰일까봐 미리 양복저고리를 벗어 건네는 지훈을 권 선생이 두고 볼 리가 없었다.

"내가 아는 불친절한 송 선생은 어디로 갔을까나?"

"거, 왜 그래."

"배 아파서 그런다, 왜!"

"사람 참."

"농담도 못하냐?"

실없는 소리로 딱딱해진 분위기를 말랑말랑하게 바꾼 권 선생이 마리를 지목했다.

"그나저나 조카님, 아니, 애인님은 우리 송 선생이랑 사귄 지 얼마나 되셨습니까?"

"얼마 안 됐어요."

"구체적으로다가?"

집요한 권 선생의 질문에 난처해진 마리는 지훈에게 도움을 요청했다.

"얼마지?"

"나는 한 30여 년쯤 됐고 넌 석 달 좀 넘었지?"

지훈이 마리는 생각지도 못했던 오랜 짝사랑 기간까지 집어 넣자 권 선생과 방 선생이 입을 떡 벌렸다.

"우와!"

"뭐야? 그럼 젖먹이 때부터 쫓아다녔어? 그럼 같이 살자던 그 스토커는 언제? 읍!"

"여자……요?"

"그게 그러니까…… 제 말은 젖먹이 때부터 무슨 여자를 알아서 30년씩이나……."

권 선생이 혼자 놀래고 땀을 뻘뻘 빼며 어물거리는 사이 지훈이 마리의 귀를 빌렸다.

"너 말하는 거야. 내가 고민 상담 했거든."

"별말을 다 해."

"미안."

두 사람이 속살거리는 사이 그래도 동료라고 방 선생이 권 선생을 구원하고 나섰다. 마리에게 술잔을 건넸다.

"자자, 일단 제 술부터 한 잔 받으십시오."

"아니, 제가 먼저 따라드려야 하는데……."

"오늘의 주역이신데 당연히 먼저 받으셔야지요."

"감사합니다."

두 손으로 공손히 잡은 마리의 잔에 시원한 맥주가 가득 부어졌다.

"자, 우리 송 선생."

"고맙습니다."

"그리고 미남 자작하면 3년이 재수가 없다니까 우리 권 선생도."

골고루 잔이 채워지자 변죽 좋은 권 선생이 잔을 들고 건배에 대한 의미를 늘어놓았다.

"구제불능 외계인 송 선생을 구원해 주신 애인님을 위하여, 건배!"

쨍 하고 네 개의 잔이 허공에서 맞부딪쳤다. 예의상 한 모금을 마시자마자 반이 넘게 둘둘 마신 권 선생이 간지러운 입술을 열었다.

"어떻게 만나셨습니까? 한 병원? 아님 한 동네?"

"한 동네 살았어요."

"학교는 고등학교까지 같이 다녔습니다."

"거 참, 그 동네 좋은 동네구만요. 근데 그 동네가 어딥니까?"

"네?"

일순 마리와 지훈이 바짝 긴장했다. 그러나 권 선생은 마리의 이국적인 외모의 근원을 의심하는 것이 아니라 단지 자신의 유일한 인생 목표를 대입시킨 것뿐이었다.

"애인님을 보니 물이 좋은 거 같아서 말입니다. 더도 안 바라고 딱 애인님의 발꿈치만 따라오는 아가씨면 원이 없겠습니다."

피해 갈 수 없는 문제와 직면한 마리와 지훈은 순간 당황해 버렸다. 두 사람을 긴장시킬 만한 뜻이 전혀 없었으니 자신이 던진 질문의 파장을 이해하지 못한 권 선생은 쉬지 않고 입을 움직였다.

"이태원? 서래마을?"

"저기……."

"본국에 돌아갈 때까지 쭉 이태원에서 살았어요. 아버지께서 오랫동안 용산기지에 식재료를 납품하셨거든요."

대신 나서려던 지훈의 말을 가로챈 마리는 그도 이해해 줄 것이라고 자위하며 인생의 마지막 거짓말을 내뱉었다. 착한 거짓말도 하지 말자 손가락을 걸었지만 그렇다고 해서 그녀가 진실이라는 미명하게 스스로 아킬레스건을 건드리는 것은 바라지 않는 지훈은 안도했다. 그리고 곧이곧대로 받아들인 권 선생과 방 선생은 쌍둥이처럼 똑같이 고개를 크게 주억거렸다.

"예에."

"저 뭐 하는지는 궁금하지 않으세요?"

첫 관문을 무난히 넘겼음에도 불구하고 화제를 바꾸고 싶은 마리가 선수를 치자 호기심 천국인 권 선생은 대번에 못 말리는 호기심을 발동시켰다.

"뭐 하시는데요?"

"성악을 공부하고 있어요. 학교 다닐 땐 정말 열심히 했는데 살다보니 내 길이 아니다 하고 접고 있었는데 지훈 씨가 좋은 선생님을 소개해 줘서 다시 학교에 적을 둬 볼까 생각 중이에요."

권 선생이 손뼉을 짝 쳤다.

"아아! 들었다. 왜 음악 선생님이 말했잖아? 노래하신다고."

"나도 들은 기억 나."

"그러시구나. 이거 정말 오묘한 조화입니다. 그런데 이걸 미녀와 야수라고 해야 하나 뭐라고 해야 하나?"

"여기서 미녀와 야수가 왜 나와?"

방 선생의 핀잔에 권 선생이 호들갑을 떨었다.

"송 선생 알아주는 음치잖아. 그런데 성악가와의 만남. 그러니까 미녀와 야수랑 쌤쌤이지. 안 그래?"

"또 듣고 보니 그러네?"

"좀 못하긴 해요."

"그렇죠? 하하!"

마리가 거들자 권 선생과 방 선생이 박장대소를 했다. 지훈이 마리에게 볼멘소리를 내놓았다.

"그렇게 못하진 않는다."

하지만 마리는 편을 들어주기는커녕 생글생글 웃으며 일찍이 한 번 내렸었던 냉정한 평을 되풀이했다.

"자타공인 음치잖아."

"그래도 피아노는 잘 친다, 뭐."

"피아노? 자네가?"

"이 친구한테 종종 배우고 있습니다. 얼른 말해 줘."

전혀 그답지 않은 지훈의 채근이 우스운 마리는 손을 들어 입을 가리고 까르르 웃고는 그의 소원을 들어주었다.

"후후! 그래, 잘 쳐."

"장난치지 말고."

"잘 친다니까? 선생님들, 우리 지훈 씨 피아노 정말 잘 쳐요. 됐니?"

"응. 들으셨죠?"

동의를 구하기 위해 권 선생과 방 선생을 쳐다본 지훈은 뜨악한 표정으로 밑반찬으로 나온 오이를 와삭 깨무는 두 사람을 발견했다.

"뭐 문제 있습니까?"

베어 먹던 오이를 마이크처럼 든 권 선생이 이유를 밝혔다.

"아니, 뭐 문제라기보다는 좀 거시기하네?"

"예?"

"인간들 보기를 돌같이 알던 우리 송 선생은 온데간데없고 주인님 보고 꼬리 치는 강아지마냥 애교 부리는 왕재수만 보여서 말이지. 안 그래, 방 선생?"

"좀 생뚱맞긴 하다. 하하하!"

악의 없는 시샘에 지훈은 멋쩍어 뒤통수를 벅벅 긁었고 마리는 덩달아 뺨을 붉혔다.

"농담인 거 아시죠? 자자, 노가리 푸느라고 입이 쩍쩍 마르니까 다시 한 번 건배. 잔 드시고."

넉살좋은 권 선생의 제안에 모두 잔을 높이 들었다. 그러자 권 선생이 이번 건배에 대한 의미를 읊었다.

"비록 일언반구도 없이 멤버라고는 딱 두 명이던 우리 노총각 브라더스를 탈퇴해 버린 무정한 송 선생이지만 진심으로 행복하길 바랍니다."

"감사합니다."

"유부남 클럽으로 이적을 축하해."

"고맙습니다."

방 선생의 축하 인사가 끝나자 권 선생이 바통을 이어받았다.

"그리고 우리 제수씨. 제수씨라고 불러도 되지요?"

"예."

"앞으로 수시로 불심검문 할 테니 잘 봐주십시오."

"예에."

배시시 웃고 난 마리가 지훈을 쳐다보자 지훈 역시 똑같은 미소로 답했다. 절로 입매가 반달이 되는 아름다운 두 사람의 모습에 권 선생이 팔을 번쩍 들었다.

"자, 그럼 거국적으로다가 건배!"

"건배!"

네 개의 잔이 쨍 하니 명랑한 소리를 내며 허공에서 부딪쳤다.

미처 닫지 못한 문틈 사이로 열락을 만끽하는 생생한 기쁨의 소리가 술술 새어 나왔다.

"하아, 하!"

"그러지 말고 얼른, 응?"

"알았어."

잠시 후 뻐근하게 제 안을 채워 오는 지훈을 받아들인 마리가 만족한 신음을 흘렸다.

"아아!"

그리고 탐욕스럽게 저를 죄어오는 마리의 가는 허리를 붙잡은 지훈 역시 눈앞이 아찔해지는 현기증에 숨을 들이마셨다.

"흑!"

7시 52분. 좋게 출근 준비를 마치고 현관을 나서던 지훈이 느닷없이 키스를 퍼부어 왔다. 그저 그런 베이비 키스가 아니라 욕망을 적나라하게 드러낸 프렌치 키스였다. 그 바람에 마른 장작처럼 화르르 불이 붙어 버린 두 사람은 옷을 벗을 새도 없이 정염에 휩싸여 버렸다.

겉보기에는 아무리 아름다운 여자가 발가벗고 공격해 와도 보리수 아래 부처님처럼 끄덕도 하지 않을 것처럼 보이는 지훈이다. 그러나 실상은 최고의 공격수처럼 뜨겁고 격렬한 연인인 그의 밀어붙임에 허리를 한껏 들어 올린 채 흔들리고 있는 마리는 시트를 꽉 움켜쥐었다.

그를 받아들이는 순간 아랫배에서 아릿한 통증을 느꼈지만 체위 때문이라고 생각하고 지훈이 퍼붓는 쾌감에 몸을 내맡겼다. 그런데 절정을 향해 달려가는 지훈이 욕심을 부리면 부릴수록 통증은 강도를 달리했다.

'조금만, 조금만 참아. 금방 끝……'

"아앗! 잠깐만!"

눈을 질끈 감은 마리가 제 허리를 움켜쥐고 있는 지훈의 팔을 부여잡자 호흡 조절조차 불가할 정도로 절정을 향해 질주하던 지훈이 가까스로 움직임을 멈췄다.

"으읍! 하! 왜, 왜?"

"배가 아파."

"뭐?"

해소하지 못한 욕망 때문에 아직 무섭게 발기한 채였지만 지훈은 엄청난 자제력을 발휘해 곧장 마리에게서 몸을 빼냈다. 콕콕 쑤시는 잔통증이 남긴 했지만 훨씬 편안해지자 마리는 함부로 말려 올라간 옷자락을 내리고 몸을 반듯이 뉘였다. 그사이 염치없이 졸라대는 분신을 우격다짐으로 팬티 속으로 밀어 넣은 지훈은 즉시 자신의 무례함을 반성했다.

"내가 너무 욕심을 부렸나 봐. 많이 아프니?"

"아니야. 내가 컨디션이 좀 안 좋아서 그래. 그리고 네가 좀 힘이 좋니? 과학 선생이 아니라 체육 선생을 해보는 건 어떻겠니?"

"미안."

"그런데 넌 괜찮아?"

"괜찮고말고. 난 괜찮아."

지훈이 괜찮을 리가 없는 벌건 얼굴을 하고서도 짐짓 만용을 부리자 마리는 곧장 그의 거짓말을 응징했다. 손가락으로 뻣뻣하기 그지없는 지훈의 중심을 톡 하고 튕겨 버렸다.

"윽! 그러지 마!"

불시의 공격을 받은 지훈은 양손으로 중심을 잡고 어쩔 줄을 몰라 했다. 지훈의 본색을 까발린 재미에 통증도 사라져 버린 마리가 그의 손을 붙잡았다.

"왜?"

"쉿!"

"아, 괜찮아."

마리는 자신의 배려를 완강히 거부하는 지훈을 엄한 선생처럼 다뤘다.

"나중에 후회하지 말고 말 들어."

"괜찮다니까?"

"조용히 하고 이리 눕기나 해."

"아야! 됐다니까아…… 흐흡!"

완강히 끌어대는 마리에게 이끌려 그녀 곁에 몸을 누인 지훈은 곧장 어금니를 깨물어야 했다. 그러나 곧 잔뜩 성이 난 분신을 야들야들한 손으로 능수능란하게 다루며 짙은 입맞춤을 선사하는 마리에 의해 활짝 입을 열고 감로수를 쏟아내는 그녀의 입 속 곳곳을 헤집었다. 그리고 잠시 후, 파정의 위기가 닥쳤음을 감지하자마자 엉덩이를 뒤로 뺐다. 하지만 그것을 용납지 않은 마리 때문에 그녀의 손안에 저를 쏟아내고 말았다.

"읍!"

지훈은 마리의 입술에 봉인당한 채 극한의 기쁨을 포효했다. 마리는 파르라니 몸을 떨어대는 그를 위해 곤히 잠이 든 것처럼 입술을 그대로 두었다. 대신 마주 댄 입술로 자신의 몸 안에 가득 찬 기쁨을 속삭였다.

"사랑해."

그러자 가까스로 눈꺼풀을 밀어 올린 지훈이 쉬어 버린 목소리로 메아리처럼 마리가 전해 준 사랑을 되돌렸다.

"사……랑해."

현관까지만 따라 나가겠다고 해도 기어이 도리질을 하고서는 이불로 꽁꽁 싸매 놓고 출근한 지훈 덕에 한잠을 달게 자고 일어났다. 그리고 기지개를 펴자마자 자리에서 발딱 일어나 집안일을 해나갔다. 지훈에게서 배운 대로 흰 빨래와 색깔 있는 빨래를 구분해 세탁기에 넣고 양말도 꼼꼼히 비누칠을 해 함께 넣었다. 콧노래를 흥얼거리며 먼지를 털고 걸레질을 하고 설거지를 했다. 사랑을 듬뿍 먹어선지 질색을 하던 집안일이 오늘은 재미나기만 했다.

탈수를 마친 빨래를 탈탈 털어 빨랫줄 가득 널고 나서는 늘 신던 하이힐 대신 신고 있던 슬리퍼를 그대로 신고 슈퍼로 향했다. 성실주부를 흉내 내는 참에 지훈이 보면 깜짝 놀랄 그럴듯한 저녁상까지 차리고 싶어서였다. 쪼르라니 슈퍼로 내려가자 콩나물을 뒤적이고 있는 슈퍼 주인이 보였다. 세상이 온통 핑크빛으로 보이는 마리는 머리털 나고 처음으로 먼저 인사를 건넸다.

"안녕하세요."

"어."

주객이 전도되었단 말이 이럴 때 쓰는 말인 것이리라. 명랑하게 인사를 건넨 마리에 반해 항상 쾌활하던 슈퍼 주인의 인사가 시큰둥했다. 즉시 마리의 미간이 좁아들고 팔이 저절로 팔짱이 되었다.

"삐졌어요?"

"무슨 뚱딴지같은 소리야?"

"아줌마 안 이랬잖아요. 항상 친절하던 사람이 퉁퉁 부은 사람처럼 눈도 안 마주치고…… 혹시 우리 지훈이 뺏긴 것 같아서 그래요? 눈에 넣어도 안 아픈 조카딸 주려고 했는데 웬 싹퉁머리 없는 노란 머리 계집애가 채가서 배 아파요?"

정곡을 찔린 슈퍼 주인이 정색을 하고 도리질을 했다.

"그게 무슨 뚱딴지같은 소리야? 내가 언제 그런 말을 했다고 그래?"

"아줌마 얼굴에 다 써져 있거든요?"

마리가 콕 찍어 말하자 슈퍼 주인은 부인을 접고 입술을 빼물었다.

"그럼 닭 쫓던 개가 이만도 안 할까. 아니, 우리 조카는 내버려 두자고. 단도직입적으로다가 처음부터 조카라고만 안 했어도 내가 이렇게 서운하지는 않았을 거야. 난 두 사람 철석같이 믿고 누가 허튼소리를 해도 아니라고 했는데 이게 뭐야?

뒤통수 맞은 격이잖아."

"왜요, 갈비집 아줌마가 뭐라고 했어요?"

"하면 뭐 하고 안 하면 뭐 해? 곧 결혼한다면서. 예전에야 교육자가 어쩌니 저쩌니 했지만 요샌 그러나? 그나저나 뭐 줘?"

단단히 서운했던지 슈퍼 주인이 눈도 안 마주치자 마리는 목을 가다듬었다.

"흠, 흠!"

그리고는 자꾸 쳐드는 '내가 왜?'라는 생각을 꾹꾹 내리누르고는 눈을 내리깔았다.

"처음부터 속이려고 한 건 아니었어요. 그때는 정말 소꿉친구 비슷한 걔한테 방 한 칸 빌려 산 것뿐이었으니까요. 그런데 어찌 저찌 하다 보니 이렇게 된 거예요. 만일 처음부터 작정하고 속였다면 그렇게 서로 데면데면하게 굴었겠어요? 그리고 솔직히 아줌마 소문의 온상이잖아요."

마리의 언질로 기억을 되짚어 보니 소 닭 보듯 하던 때의 두 사람이 떠올랐고 그럴 수도 있다 싶어진 슈퍼 주인의 입술이 원상복귀했다. 그리고 애꿎은 콩나물을 뒤적거리며 서운함이 많이 물러났음을 넌지시 암시했다.

"처녀 총각 연애하는데 소문 좀 나면 어쩐다고……. 반찬거리 찾아?"

"고등어 말고 다른 생선 없어요? 주는 대로 먹긴 하는데

굽는 제가 다 질려요."

"삼치도 있고 조기도 있어."

"어떤 게 조릴 수 있는 거예요?"

"둘 다 조려 먹지. 무 좀 숭숭 썰어 넣고 간장하고 고춧가루, 파, 마늘, 다시다 좀 넣고 자작하게 조려."

슈퍼 주인의 입에서 생선조림 레시피가 흘러나오면 나올수록 마리의 미간은 좁아들었다. 요리에는 통 관심도 없고 솜씨도 없는 그녀에게 생선조림 레시피는 외계어나 다름없었다. 하지만 마리의 곤란함을 미처 눈치 채지 못한 슈퍼 주인은 장황한 레시피를 죄다 읊고는 구매의사를 물어왔다.

"삼치로 줘, 조기로 줘?"

"아줌마."

"왜?"

"생선이랑 필요한 거 다 사고 만 원 더 드릴 테니까 양념 좀 해주시면 안 돼요?"

"엥? 안 돼. 가게는 누가 보고?"

"제가 봐드릴게요."

비록 제 손으로는 해먹이지 못하지만 그래도 정성이 담긴 반찬을 지훈에게 먹이고 싶어 얼굴에 철판을 깔고 매달렸다. 그러자 슈퍼 주인도 슬슬 입맛을 다셔 갔다. 넉넉잡고 10분이면 후딱 해치울 수 있는 생선조림에 만 원이라니 구미가 당겼다. 그리고 손님이 온다 쳐도 10분 안에 몇 명이나 올 것인가? 남는 장사였다.

"내가 딱히 돈을 받자고 하는 게 아니라 마리 씨 청이 하도 간곡해서 들어주는 거야."

"고마워요."

"삼치가 더 물이 좋으니까 삼치로 하자."

"조기도 줘요. 구워 주게."

"그러자고."

뜻밖의 매상에 입이 귀에 걸린 슈퍼 주인이 생선 상자를 덮어 두었던 종이를 걷어냈다. 그리고 그와 동시에 마리가 구역질을 했다.

"으읍!"

마리가 생선의 비린내를 맡자마자 창자가 뒤틀리는 것 같은 구역질에 입을 틀어막자 슈퍼 주인의 눈이 동그래졌다. 그 놀라움의 의미를 알아차린 마리는 얼른 손을 떼내고 정색을 했다.

"아니에요."

그러자 빤한 속을 들킨 것이 무안했던지 슈퍼 주인은 눈 크기를 원상태로 돌리고 오리발을 내밀었다.

"누가 뭐래? 난 아무 말도 안 했어."

그리고는 물 좋은 삼치를 뭉툭한 칼로 토막 내기 시작했다. 순간 마리는 또 치밀어 오르는 구역질에 입을 틀어막았다. 그리고 비린내를 피해 고개를 골목 쪽으로 돌린 마리의 손가락이 하나씩 곱아졌다 다시 펴졌다. 새끼부터 펴기 시작해 중지를 펼 때쯤 그녀의 눈이 활짝 커졌다.

남편과 나란히 앉아 세상 부러울 것 없는 미소를 머금은 임신부와 친구 사이로 추정해 볼 수 있는 아직 앳된 아가씨들이 열심히 문자를 보내고 있는 산부인과 풍경은 텔레비전에서 보던 모습과 별반 다를 것이 없었다. 그렇지만 그 속에 자신이 포함되어 있다는 것이 지독히도 낯설고 어색한 마리는 두근대는 가슴을 진정시키려 심호흡을 했다.
"휴우!"
설마, 설마 하는 마음에 산부인과를 찾아오긴 했지만 소변검사까지 마치고 난 뒤 곰곰이 생각해 보니 구역질은 괜한 것이 아니었다. 미처 생각지 못한 일이었지만 임신의 징후일 가능성이 농후했다. 생리가 늦어지고 있었고 구역질이 그랬으며 복병처럼 나타나던 아랫배의 통증도 임신에 대한 직감을 보태는 데 단단히 한몫을 했다.

아직 지훈과 아이에 대해서 말을 해본 적은 없다. 준비되지 않은 상태에서 만났다 놓쳐 버린 첫 아이에 대한 기억 때문에 서로 무의식적으로 피했는지도 모른다. 하지만 아이가 생긴다면 말을 잃을 정도로 기뻐할 것이 틀림없기에 가슴이 미친 듯이 뛰었다. 만일 임신이 맞다면 지독히도 외로운 자신들에게 가족이 생기는 것이다. 결손가정에서 나고 자란 자신이나 그나 그것은 말로 표현할 수 없는 전율이고 격정이었다.

'엄마 성을 따르지 않아도 돼. 만날 똑같은 아빠 얼굴을 그릴 수 있고 새 학기마다 실눈 뜬 아이들 눈치 보면서 아빠 없는 애로 낙인찍히는 손 안 들어도 되고……'

해묵은 상처를 뒤집자 코끝은 찡하고 괜스레 뜨거워진 눈시울이 촉촉하게 젖어들었다. 온전치 못한 가정을 가진 탓에 받았던 상처는 너무 컸다. 수많은 세월이 흘렀음에도 불구하고 이렇게 금방 파헤쳐진 듯 선뜩거릴 정도로. 그리고 애써 봉인해 두었던 다른 기억의 창고도 제멋대로 열어 버렸다.

'엄마……'

철저하게 부인하고 잊고 살았던 어머니였다. 그런데 이렇게 산부인과 의자에 앉아 있다 보니 문득 그녀가 몸서리쳐지게 그리워졌다. 물질적으로는 풍요롭게 해줬지만 정신적으로는 헐벗기고 굶주리게 만들었던 어머니 마담 오드리. 항시 그녀에게 있어서 자신의 존재가 무엇인지 궁금했었는데 이제 그 답을 알 것만 같았다. 늦은 나이에 손쉬운 낙태라는 방법을 두고 굳이 저를 세상에 내어 놓은 이유는 재앙이 아닌 기쁨으로 여겼기 때문이리라.

'엄마, 엄마도 나처럼 그랬어? 하품하는 앙증맞은 입이, 꼭 움켜쥐는 작은 주먹이 생각나서 가슴 설레고 손에 땀이 났어? 지독히도 냉랭한 얼음덩이를 낳을지도 모르고 그렇게 설레었어? 미안해, 난 정말 몰랐어. 엄마, 미안해……'

때늦은 회한은 기어이 마리의 눈에서 눈물줄기를 뽑아내 버렸다. 그 때 사무적인 간호사의 목소리가 들려왔다.

"박마리 님, 박마리 님?"

"예!"

마리는 허겁지겁 자리에서 일어나 눈물자국을 지워가며 간호사를 따라 진찰실로 들어갔다. 진찰실로 들어서자 네모난 뿔테 안경을 쓴 마흔 줄의 의사가 자리를 권했다.

"앉으십시오."

"예."

마리가 자리에 앉자 이 원장은 그녀 어깨 너머의 출입문으로 시선을 두었다.

"보호자분은?"

"출근해서 저 혼자 왔습니다."

"예, 그러시군요. 소변검사는 하셨지요?"

"예."

"금방 결과 나올 겁니다."

"예에."

사람 좋은 웃음을 보인 이 원장은 차트를 뒤적였다.

"으음, 유산한 경력이 있으시구요."

"사고로…… 교통사고로요."

"예. 복통이 있다고 하셨는데 어느 쪽입니까?"

"왼쪽 아랫배에서 몇 번 통증을 느꼈어요. 생리통처럼 아프기도 하고 좀 더 아프기도 했어요."

"일상에서요?"

"예."

"성관계 시에는 어떻습니까?"

"다른 때는 안 그랬는데 오늘은 꽤 많이 아팠어요. 혹 유산의 징후일까요?"

"우선 봅시다."

마리의 섣부른 걱정에 이 원장이 의자를 밀고 책상 옆으로 나오자 간호사가 마리의 티셔츠를 걷어 올려 주었다. 청진기를 손바닥으로 데워 찬기를 없앤 이 원장은 청진을 한 다음 마리가 말한 왼쪽 아랫배를 눌렀다.

"이쪽입니까?"

"좀 더 아래쪽이요. 예, 거기요."

"잡히는 건 없는데…… 일단 초음파를 해보는 게 좋겠습니다. 배가 아픈 이유가 백 가지도 넘거든요."

이 원장이 뒤로 물러서자 마리는 아까부터 궁금했던 것을 물었다.

"저기…… 만약에 임신이라면 초음파로 아이를 확인할 수 있나요?"

"그럼요. 단지 아주 조그마한 점으로 보일 뿐이라는 것이 문제지만요."

"예에."

뺨이 발갛게 상기된 마리는 간호사를 따라 초음파 기계가 있는 침상으로 가 누웠다. 차가운 젤이 평평한 아랫배에 발라졌다. 소름이 돋는 차가움에 마리의 발가락이 곱아들었다.

"차갑죠?"

"예에."

"조금만 참으세요. 자, 봐봅시다."

이 원장은 젤을 듬뿍 묻힌 스캐너를 둥글게 문질렀다.

"보호자분은 함께 안 오셨네요?"

"확실치 않아서 저 혼자 왔어요."

"그러시구나. 보호자분은 어떤 일을……!"

긴장을 풀어 주기 위해 자질구레한 질문을 던지던 이 원장이 움찔하더니 모니터를 뚫어져라 쳐다보았다. 그리고는 마리가 통증을 호소했던 바로 그 부위를 스캐너로 꾹 눌렀다. 찌릿한 통증에 마리의 입술이 벌어졌다.

"아야!"

"아, 죄송합니다."

사과를 건넨 이 원장은 잔뜩 미간을 모은 채 스캐너를 움직이며 모니터를 주시했다. 그러더니 스캐너를 걷어내고 간호사에게 마무리를 지시했다.

"닦아 드려요."

"예, 선생님."

간호사의 도움을 받아 마무리를 하는 사이 진찰실 문이 열리고 한 간호사가 서류 한 장을 들고 들어섰다.

"선생님, 박마리 씨 검사 결과입니다."

이 원장은 말없이 그것을 받아들고 모니터를 볼 때보다 배는 더 심각한 표정을 지어 보였다. 그것을 발견한 마리는 전전긍긍 애가 탔다.

'임신이 아니라 맹장이나 이런 건가? 왜 저런 표정을……'

심장병에 걸린 것처럼 마구잡이로 뛰는 가슴을 달래기 위해 손바닥으로 왼쪽 가슴을 지그시 눌렀다 뗀 마리는 이 원장 앞으로 다가가 앉았다. 그리고 야차처럼 달라붙는 불안감을 떨쳐 버리기 위해 단도직입적으로 물었다.

"임신이…… 아닌가요?"

"흐흠! 흠!"

이 원장은 뭐가 그리 곤란한지 잇단 헛기침으로 곤란함을 나타냈다. 애가 달은 마리가 이 원장 쪽으로 몸을 기울였다.

"아니에요?"

마리의 거듭된 재촉에 이 원장이 난감한 표정으로 입을 열었다.

"임신 4주째입니다."

"아!"

다소 딱딱하기까지 한 임신 판명 한 마디에 지옥에서 천국으로 올라선 마리가 탄성을 질렀다. 하지만 그런 기쁜 소식을 알고서도 주춤거리기만 하던 이 원장은 이내 그녀의 기쁨을 깡그리 앗아가 버릴 소리를 내놓았다.

"그런데 문제가 좀 생겼습니다."

마리가 눈을 깜박였다.

"문제라니요? 혹 예전에 유산한 것 때문에……."

"아닙니다. 복통과 관련이 있습니다."

"무슨……."

"왼쪽 난소에서 종양으로 보이는 물질이 발견됐습니다."

쿵 하고 지축이 울리는 것만 같았다. 귀가 먹먹하고 눈앞이 흐릿해졌다. 의료적 상식이라고는 전무했지만 임신과 난소의 종양이라는 것이 상반된 의미를 가지고 있음은 짐작하고도 남았다. 거기다 초음파 검사를 한 도중에서부터 이상해진 의사의 태도가 불길한 짐작을 더욱 확고히 만들어 버렸다.

세상이 정지해 버린 마리에게 이 원장은 미처 말하지 못한 소견을 상세히 전했다.

"경계가 불명확한 종양입니다. 어른 여자 주먹만 한 크기라 큰 병원으로 가보시는 것이 좋겠습니다. 소견서를 써 드릴 테니 보호자분과……."

"저, 저기요! 잠깐만요, 선생님."

허겁지겁 말을 가로챈 마리는 도저히 이해할 수 없는 의문점을 물었다.

"주먹만 하다고 하셨죠? 말이 안 되잖아요. 전혀 만져지지 않잖아요. 선생님도 금방 아무것도 없다고 하셨잖아요. 그런데 주먹만 하다고요?"

"만져지지 않는 경우도 다반사입니다."

귀가 먹먹하고 눈앞이 새까매졌다. 그러나 절망 따위를 느끼고 있을 새가 없었다. 아이! 단지 점에 불과하지만 자신과 지훈의 분신인 아이의 안위가 무엇보다도 중요했다. 마리는 저만치 도망가 버렸던 이성을 억지로 끌어다가 바싹 말라 버린 입술을 움직였다.

"수술……해야 하나요?"

"아직 분명치 않습니다. 이건 단지 제 소견일 뿐이고 자세한 소견은 정밀검사 후에 알 수 있습니다."

"만일이라고 가정한다면, 어른 주먹만 한 종양으로 보인다는 이게 종양이 맞다면 수술하는 거 맞……죠?"

오랜 진료 경험으로 미루어 보아 주먹만 한 크기로 자라 있는 종양일 가능성이 90%가 넘었다. 그것도 경계가 불명확한 종양으로 악성일 가능성마저 농후했다. 섣부른 기대는 심어 주지 않는 것이 환자를 위한 최선의 길이었다. 마음의 결정을 내린 이 원장은 두려움이 가득한 마리의 눈을 주시했다.

"가감 없이 말씀 드리겠습니다. 정밀검사를 한 이후에도 만일의 경우가 맞다는 결과가 나오면 일단 개복을 해 상태를 살피게 됩니다. 악성이든 아니든 어차피 척출해야 하기 때문에 조직검사 후 바로 수술에 들어갑니다. 여기까지는 태아와

산모에게 별 문제가 없습니다. 하지만 악성이고 이미 전이가 시작된 경우라면 태아는 물론 자궁까지 척출해야 합니다."

사형선고보다 더 끔찍한 선고가 내려졌다. 전기고문을 당하는 것처럼 몸에 진저리가 일어나고 이가 딱딱 부딪쳤다.

'하느님, 이러시면 안 되죠. 전 그렇다 쳐도 지훈일 봐서 이러시면 안 되는 거잖아요. 전 막 살았다지만 우리 지훈인 정말 착하고 착실하게 살았잖아요. 그런데 어떻게 이러실 수 있어요? 거기다 전 이미 한 번 우리 아이를 죽였어요. 아시잖아요. 그런데 그 끔찍한 일을 다시 되풀이하라고요? 그건 안 되는 거잖아요. 그럼 지훈이 저…… 버릴 거란 말이에요.'

온 세상의 절망을 모두 끌어안은 듯한 참담한 마리의 눈빛에 이 원장은 애먼 안경을 고쳐 썼다.

"하지만 이건 단지 가정일 뿐……."

"선생님, 다시 진찰해 주시면 안 될까요?"

도저히 진단을 받아들일 수 없는 마리는 손바닥으로 왼쪽 가슴을 잘게 두드려댔다.

"저, 그렇게 막 살지 않았어요. 난소에 종양이 생길 만큼 난잡하게 살지 않았어요. 그러니까 다시 검사해 주세요."

정상적인 사고가 불가능한 혼미 상태인 마리는 난소의 종양이 혹여 자신의 과거 때문인가 하는 자격지심에 사로잡혀 버렸다.

"그렇지 않습니다. 단지 종양일 뿐입니다. 성경험이 전혀 없는 미혼 여성에게서도 발견되는걸요."

이 원장은 나름대로 마리를 배려했지만 마리에게는 손톱만큼의 위로도 되지 못했다. 아니, 오히려 천형이라는 두려움만 더욱 팽배해졌다. 어떻게든 그 두려움을 떨쳐야 했다. 마리는 와들와들 떨며 지푸라기를 붙잡았다.

"수술 말고 다른 방법도 있겠죠? 죽은 사람도 살리는 시대인데 겨우 혹 하나 어떻게 못할까요. 그렇죠, 선생님?"

"수술이 최선의 방법입니다. 난소 쪽은 다른 곳에 비해 전이 속도가 매우 빠릅니다. 자칫하면 목숨을 잃을 수도 있습니다."

"약물치료는요? 아, 약은 안 되겠구나. 감기약도 안 되는데 약은 무슨. 선생님, 버티면 되죠? 약 안 먹고 열 달만 버티면……."

이 원장은 마리의 부질없는 희망의 싹을 잘라주었다.

"박마리 씨, 방법은 확실한 결과를 본 뒤에 논해도 늦지 않습니다. 지금 중요한 건 한시라도 빨리 큰 병원으로 가서 정확한 검사를 받는 겁니다."

"아아……."

마리가 절망의 한숨을 내쉬며 의자로 가라앉았다. 그러자 착잡함을 감추지 못하던 이 원장이 소견서를 적어 나갔다. 마침표를 찍는 그 순간 마리의 축축한 목소리가 그의 손을 멈추게 만들었다.

"선생님, 저 고아예요."

이 원장의 고개가 들렸다. 마리는 눈물을 주룩주룩 흘려내며 읍소했다.

"그리고 제 보호자인 그 사람도 고아고요. 그러면 좀 봐주셔야 하는 거잖아요. 저 밖에 있는 애들, 하룻밤 불장난으로 낙태하러 온 그런 애들을 혼내 주셔야지 왜 하필이면 저인 거죠? 선생님, 저 지훈이한테 아이 꼭 낳아 줘야 해요. 고아라서 핏줄에 집착하는 거 아니에요. 왜냐면, 왜냐면요……."

풍 들린 사람처럼 와들와들 떨어대던 마리가 울음과 함께 자신의 죄를 고백했다.

"제가…… 이미 한 번 우리 아이를 죽였거든요."

당황한 이 원장이 안경을 치켜 올렸다. 감정을 제어하는 기능을 상실해 버린 마리가 목이 졸린 울음을 토해냈다.

"끄윽! 끅! 너무 철이 없어서…… 아이가 생긴 줄도 모르고…… 오토바이에 올라탔다…… 유산을 했어요. 그런데 똑같은 죄를 지으면 안 되는 거잖아요. 안 되는 거잖아요. 흐흑! 이제 겨우 행복해졌는데, 이제 겨우 살고 싶어졌단 말이에요! 선생님, 저 좀 어떻게 해주세요. 네? 제발요!"

마리의 절규에 하늘이 무너져 내렸다.

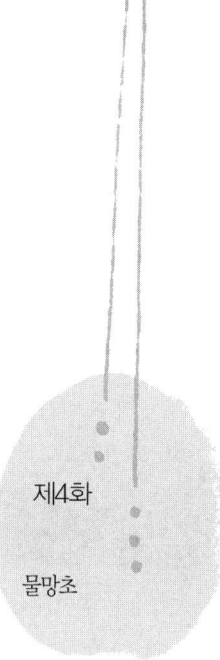

제4화

물망초

　사형선고나 마찬가지인 진단을 받은 지 일주일, 평소와 다름없는 나날들이 계속되었다. 함께 자고 일어났다. 소박한 아침을 함께 먹고 커피를 마셨다. 하지만 그를 멍하니 바라보고 있는 마리의 머릿속은 엉킨 실타래처럼 혼란스러웠다. 자신의 통곡을 죄다 들어 준 의사의 설득으로 받은 대학병원의 검사 결과가 나오는 날이 바로 오늘이었다.

　사형장으로 끌려가기만을 기다리는 사형수의 심정이 이러할까? 심장은 전기쇼크를 받은 것처럼 24시간 들썩거리고 물마저도 잘 넘어가지 않았다. 또 행여 지훈이 깰까봐 새우처럼 웅크린 채 지새우는 하얀 밤은 고문이었다. 아까부터 지훈은 뭐라고 잘도 이야기를 하는데 귀로는 단 한마디도 들어오지 않았다.

'괜찮을 거야. 난 그렇다 쳐도 지훈이 봐서 이번은 눈 감아 주실 거야. 그렇죠, 하느님? 그러실 거죠?'

막연한 존재일 뿐이었지만 이제는 유일한 구명줄이 된 조물주에게 자비를 갈구하고 있는 마리의 사정을 알 리 없는 지훈은 한껏 부푼 기대를 드러냈다.

"이번 주말에 예식장 알아보러 가자. 예식장 계약하고 난 다음에 드레스도 둘러보고. 괜찮지?"

그러나 뿌연 눈으로 지훈을 바라볼 뿐인 마리는 어떤 대꾸도 하지 않았다. 고개를 갸웃하던 지훈이 얼굴을 마리에게 가져다댔다.

"마리야."

"어? 어."

지훈의 부르는 소리에 화들짝 놀라 번민에서 빠져나온 마리는 애꿎은 머리를 매만지며 허둥댔다.

"미안. 뭐라고 했어?"

"무슨 생각을 그리 골똘히 해?"

"드레스. 저번에 봤던 거."

"안 그래도 그 말 했잖아. 예식장 알아보고 드레스 보러 가자고."

지훈의 제안에 마리는 연거푸 고개를 끄덕였다.

"그래, 그러자. 좋아."

"나도 좋아. 이크! 늦었다."

지훈은 시간을 보고는 자리에서 일어나 양복저고리에 팔을 꿰며 행복한 투정을 부렸다.

"아무래도 아침은 혼자 먹는 게 좋겠어. 너 쳐다보다가 요새 부쩍 지각이 늘어. 예전엔 안 그랬는데 너 때문이야."

"애먼 사람한테 책임 전가시키지 마."

"저녁에 학원으로 데리러 갈게."

"응."

현관으로 나선 지훈이 구두를 신으며 뜬금없이 물었다.

"카레 어때?"

"먹고 싶어?"

"아니, 내가 도전해 보려고. 너한테 만날 얻어먹기만 하니까 염치없잖아. 어때? 괜찮아?"

"좋아해."

"그럼 오늘 저녁은 카레다."

"응. 기대할게."

오늘따라 유난히 다정한 지훈과의 대화는 이미 균열이 일어난 마리의 심장을 산산조각 냈다. 새하얀 그의 웃음이 가슴에 비수처럼 박혔다.

'송지훈, 내가 너무 큰 욕심을 냈나 봐. 주제도 모르고 널 감히……'

마리가 회한에 사로잡히는 그 때 구두를 다 신고 현관문 옆에 놓아 둔 가방을 집어 들던 지훈이 깜빡 잊고 있던 하나를 떠올렸다.

"아참, 이거."

지훈은 가방을 열어 통장 하나를 꺼냈다. 그리고 그것을 멀뚱멀뚱 쳐다보기만 하고 있는 마리에게 내밀었다.

"받아. 내 월급 통장이야."

"그걸 왜 나한테 줘."

"우리 집 살림 네가 다 하고 있잖아. 그러니 당연히 네가 가지고 있어야지. 자."

지훈은 도통 받을 생각을 하지 않는 마리의 손을 끌어다가 통장을 쥐어 주었다. 하지만 납덩이를 받아든 것처럼 무겁기만 한 마리는 그것을 되돌려주고만 싶었다.

"나 지름신 있어서 하루아침에 홀라당 해먹을지 몰라. 알잖아."

"아무리 지름신이 와도 하루에 다 해치우긴 좀 어려울걸? 간다."

"지훈아, 송지훈!"

"저녁에 보자!"

마리는 찡긋 윙크를 날리고 쏜살같이 도망치는 지훈을 외쳐 불렀다. 그렇지만 지훈은 들은 척도 안 하고 대문을 빠져나가버렸다. 마리는 담 너머에서 손을 흔들며 사라지는 지훈을 눈 배웅 하는 수밖에 없었다. 그가 한 점 점이 되어 사라지자 마리는 제 손에 쥐어진 통장을 말끄러미 쳐다보았다. 남들에게는 통장에 불과할지 모르지만 그것은 저에 대한 지훈의 사랑과 신뢰라는 것을 모를 리 없었다.

일순 눈물이 핑 돌았다. 그리고 활화산처럼 타들어가고 있는 아린 속내를 드러냈다.

"미치겠다, 정말. 정말 미치겠어."

투명한 통장 비닐 케이스 위로 눈물 한 방울이 툭 하고 점을 찍었다. 그러나 마냥 울고 있을 수만은 없었다. 사형선고가 될지 아니면 그 반대가 될지 모르는 검사 결과를 받으러 가기 전에 대충 집안일을 봐놓아야 했다. 그래야 아무것도 모르고 있는 지훈을 좀 더 속일 수 있을 테니까. 손등으로 눈을 쓱쓱 문지른 마리가 터덜터덜 주방으로 향했다.

아이들이 맛없다고 성토를 할 만한 급식으로 점심을 해결한 지훈은 곧장 과학실로 돌아와 휴대폰을 켰다. 결혼날짜를 잡고 예식장을 알아보고 드레스를 보러 갈 생각까지 하면서 정작 가장 중요한 일은 처리하지 않았음을 뒤늦게 깨달은 것이다. 어머니들 말이다. 비록 고인이 된 지 오래지만 그래도 가장 먼저 자신들의 결합을 고했어야 옳았다.

거기다 마리는 파주를 떠난 후로는 단 한 번도 마담 오드리를 찾지 않았음이 분명했다. 그러니 이번 기회에 가서 그동안 쌓아 둔 묵은 원망을 죄다 쏟아내 버리고 화해를 하는 것이 좋을 것 같았다. 펄쩍 뛰더라도 잘 설득해 일요일에는 파주를 다녀올 요량으로 지훈은 1번을 꾹 눌렀다.

"어, 난데……."

"그럼 그렇게 해. 응. 나도."

한창 열 오른 십 대처럼 사랑해를 입에 달고 사는 지훈과의 통화를 끝낸 마리는 폴더를 닫았다. 그리고 앞에 앉아 있는 의사에게 미안함을 전했다.

"죄송합니다. 중요한 전화라서……."

"괜찮습니다."

백지장보다 더 창백해 보이는 얼굴의 마리는 고장 난 레코더처럼 의사로부터 들은 자신의 진단 결과를 되풀이했다.

"그러니까 악성일 경우가 70%가 넘어서 수술은 불가피하다는 말씀이시죠?"

"그렇습니다. 정확한 것은 개복을 해서 조직검사를 해봐야 알겠지만 지금까지의 검사 소견으로는 악성종양으로 추정됩니다. 수술이 시급합니다."

"전이 속도가 빨라 머뭇거리면 목숨을 잃을 수도 있으니까요."

"그렇습니다."

그냥 말로만 해도 될 텐데 의사는 굳이 고개까지 끄덕였다.

그것으로 이 끔찍한 악몽이 현실임을 인지한 마리의 힘없는 고개도 아래위로 주억거려졌다.

"그렇군요. 수술해야 하는군요."

그러자 소견서를 써준 친구로부터 마리의 안타까운 사연을 미리 전해들은 의사는 부연설명을 보탰다.

"혹시나 잘못된 선택을 하실까 미리 말씀 드리는 건데 수술 외의 다른 길은 없습니다. 암환자인 산모가 건강한 아이를 출산하는 것은 그야말로 기적입니다. 하지만 박마리 씨 경우에는 그런 기적을 기대하기 어려운 조건입니다. 수술을 받지 않으면 출산을 하기도 전에 사망에 이를 수 있습니다. 그러니 보호자 분과 상의하셔서 빠른 시일 내에 수술 받도록 하십시오."

거듭 똑같은 진단 따위 달달 외울 정도니 확인사살까지는 필요 없다고 멱살잡이를 해야 했다. 그러나 마리는 그 대신 고개를 주억거렸다.

"수술해야겠네요. 죽을 수는 없으니까요."

마리의 체념에 의사는 그녀보다 더 크게 고개를 끄덕였다.

"잘 생각하셨습니다."

"그럼 수술은 언제 할 수 있나요?"

"다음 주 수요일 괜찮으시겠습니까? 월요일에 입원하셔서 이틀간 상태 보고 수술하면 좋겠습니다만."

"예, 괜찮습니다. 보호자랑 월요일에 다시 들를게요. 고맙습니다, 선생님."

촉촉이 젖은 눈을 훔쳐낸 마리가 흔연스레 수술을 약속하고 일어서자마자 진료실 문이 열리고 대기하고 있던 다음 환자가 들어섰다. 마리는 그녀와 어깨를 스치며 진료실 밖으로 나섰다. 그런데 그 환자가 자리에 앉기 바로 전 홱 하고 돌아서더니 청진기를 챙기는 의사를 향해 급히 걸어왔다. 그리고 깜짝 놀라 쳐다보는 의사에게 바싹 마른 입술을 열었다.

"사진이요, 초음파 사진. 그거 제가 가져가면 안 될까요?"

다른 경우라면 사진을 내어주는 일이 뭐 대수겠는가? 하지만 마리의 경우에는 말이 달랐다. 겨우 체념한 아이에 대한 강한 집착을 더욱 깊게 해 수술을 거부할 가능성이 농후했다. 그래서 불가함을 전하려 입을 여는데 마리가 불쑥 끼어들었다.

"그 사람이 아직 아이를 보지 못했어요. 비록 점에 불과하지만 저희 아이와 교감할 수 있는 시간을 주고 싶어요. 시간이 얼마 남지 않았잖아요. 부탁드립니다, 선생님."

아무리 이성적인 선택을 해야 하는 의사라도 그렁그렁 맺힌 눈물을 떨어뜨리지 않기 위해 입술을 꽉 깨문 채 간구하는 마리의 간절한 애원을 거절할 수 없었다. 간호사를 불렀다.

"박마리 씨 초음파 사진 내드려요."

"예, 선생님."

"고맙습니다. 고맙습니다, 선생님."

"월요일에 뵙겠습니다."

마리는 약속을 상기시키는 의사에게 상그레 웃어 보였다.

"네, 그럼요. 선생님."

슈퍼 주인은 목을 길게 빼고 문 밖을 내다보았다. 그리고는 자꾸 신경을 쓰이게 하는 지훈을 보고 혼잣말을 중얼거렸다.
"저 삼촌이 오늘 왜 저래?"
쳇바퀴를 도는 다람쥐처럼 슈퍼 앞을 오르내린 것이 어림잡아 한 시간은 족히 되었을 것이다. 뭔가 초조한 듯 큰길가 쪽을 내다보다 휴대폰을 꾹꾹 눌러 귀에 가져가 댔다. 그러다 탁 하고 닫고는 집 쪽으로 올라갔다 내려오기를 반복하고 있었다. 슈퍼 주인은 궁금한 것은 못 참는 성질 자랑이라도 하듯 몽실몽실한 엉덩이를 흔들며 슈퍼 밖으로 나섰다. 그리고 지훈을 외쳐 불렀다.
"삼촌, 거기서……."
슈퍼 주인이 말을 꺼내는 그 순간 지훈은 내내 기다리던 사람을 발견했다.
"마리야!"
지훈은 슈퍼 주인이 마저 내놓지 못한 말을 머금고 입을 벙긋거리는 사이 쏜살같이 달려가 마리 앞에 섰다.
"어디에서 오는 거야? 전화는 왜 안 받고?"
"전화?"
마리가 핸드백을 뒤적여 잡다한 물건과 섞여 있는 휴대폰을 꺼냈다. 그리고 혀를 쏙 빼물었다.

"배터리 나갔네."

"지금까지 어디에 있었는데?"

"드레스 샵."

"드레스?"

"응. 네가 아침에 드레스 말했잖아. 그래선지 학원 가는데 드레스 샵이 눈에 띄는 거야. 그냥 구경만 할 생각이었는데 하도 입어 보라고 권해서 이것저것 입어 본 김에 다른 샵도 들러서 디자인도 알아보고 시세도 알아보느라고 학원 땡땡이쳤어. 미안."

드레스 따위를 봤을 리가 없었다. 병원을 나와 하염없이 걸었다. 손에는 초음파 사진을 꼭 쥔 채. 그러다 눈물이 앞을 가려 발을 헛딛는 통에 넘어져 버렸다. 일어나야 한다는 생각도 못한 채 목을 놓아 울었다. 친절한 사람들이 부축을 해주었지만 일어나지 못하고 자신에게 드리워진 불행에 몸서리를 치며 울었다.

그러나 지훈을 위해서는 눈가를 적시는 일도 해서는 안 되기에 몇 번이나 화장을 고치고 웃는 연습을 수십 번도 더 하고 난 후에 집으로 돌아온 것이다. 마리의 간절한 바람대로 지훈은 그녀의 흔연스러운 핑계를 철석같이 믿었다.

"놀랐잖아. 학원은 아무 연락도 없이 안 나왔다지, 전화는 불통이지, 안 놀래?"

"왜, 선녀처럼 너 두고 하늘로 돌아가 버릴까봐?"

지훈이 정색을 했다.

"장난으로라도 그런 소리 마. 그리고 드레스를 보러 갈 거면 나도 데려가야지. 결혼은 너 혼자 하냐?"

지훈이 은근히 뾰로통한 심사를 드러내자 무심코 꺼낸 하늘로 돌아간다는 말에 이미 목이 메어 버린 마리는 가까스로 입매를 늘어뜨렸다.

"드레스가 너무 예뻐서 깜빡했어. 봐줘."

"봐주고 말고가 어디 있어. 왔으니까 됐지. 가자."

"응."

"가방 이리 줘."

마리는 영국신사 부럽지 않은 매너를 보이는 지훈에게 가방을 넘기고 그의 팔짱을 낀 채 걷기 시작했다. 그러자 오지랖 넓은 슈퍼 주인이 쭉 지켜본 지훈의 전전긍긍을 전했다.

"삼촌이 아까부터 어찌나 왔다 갔다 하던지 아주 요 앞길이 다 패는 줄 알았어. 마리 씨는 좋겠다! 샘나!"

잠시 멈춰 선 마리가 슈퍼 주인의 악의 없는 시샘에 쾌활하게 대꾸했다.

"배 아프죠?"

"그래, 배 아파 미치겠다. 어이, 올라가."

"먼저 들어갑니다. 가자."

"응."

두 사람은 나란히 발을 맞춰 집으로 향했다. 도란도란 이야기를 나누며 집에 도착해 현관으로 향하던 마리가 집 안 가득 퍼져 있는 낯선 냄새의 정체를 물었다.

"이게 무슨 냄새야?"

"카레. 내가 한다고 했잖아."

"맞다, 그랬었다."

"먹어 보면 내가 너 때문에 얼마나 애 태웠는지 알 거야."

"태웠구나?"

"좀. 먹고 죽을지도 몰라. 너무 맛없어서."

지훈이 겸연쩍은 웃음을 짓자 마리가 훌륭한 해결책을 제시했다.

"키스해서 깨워 주면 되지. 난 공주니까."

"맞다. 그러면 되겠구나? 굿 아이디어야. 밥 안 먹었지? 얼른 씻어. 상 차릴게. 왜?"

주방으로 향하려던 지훈의 손목을 부여잡은 마리는 입매를 반달로 만들었다. 그리고 말했다.

"살려 줘."

"응?"

"죽을지 모르니까 살려 달라고."

활활 타오르고 있는 활화산 같은 속내를 죄다 까발릴 수는 없었다. 하지만 이렇게라도 토해내지 않으면 한 줌 재로 변하고 말 것 같아 그의 손목을 더욱 거세게 움켜잡았다. 지훈은 혼신의 힘을 다해 두텁게 장난스러운 표정을 둘러쓴 마리를 꿰뚫어 보지 못했다.

"좋게 뽀뽀하고 싶으면 하고 싶다고 말하지, 내숭은."

"얼른."

"알았어. 자, 한다."

마리의 재촉에 지훈은 그녀의 양 뺨을 두 손으로 다정히 감싸고 고개를 숙였다. 지훈의 입술이 제 입술에 닿는 순간 마리는 두 팔을 쭉 뻗어 그의 목을 끌어당겼다. 기꺼이 벌려진 입술 사이를 비집고 들어가 자신에 대한 열정을 적나라하게 드러내고 있는 지훈의 농밀한 혀를 얽어맸다. 그리고 소리 없이 부르짖었다.

'지훈아, 나 죽는대. 우리 아이도 죽고 나도 죽는대. 그러니까 살려 줘. 네가 살려 줘. 응?'

깜깜한 밤, 저를 껴안은 채 단잠에 빠진 지훈을 위해 고른 숨소리를 낸 지 족히 두 시간은 된 것 같았다. 줄곧 부동자세를 유지한 탓에 등허리는 물론이고 발끝까지 저려오자 마리는 제 허리에 둘러진 지훈의 팔을 조심스레 떼어냈다. 그러자 어느새 그녀의 체온 없이는 잠들지 못하는 습관이 생겨 버린 지훈이 몸을 뒤척이며 마리를 다시 끌어당겼다.

"으음! 왜에……."

"나 화장실."

"화장실? 어어."

가까스로 지훈의 속박에서 풀려난 마리는 조심스레 침대에서 내려와 까치발로 방을 가로질러 조심스레 방문을 열었다 닫았다. 지훈은 벌써 다시 잠속으로 빨려 들어가 버렸는지 미동도 하지 않았다. 그럼에도 마리는 한참을 숨을 죽이고 어두운 그림자 속에 몸을 숨기고 있었다. 그렇게 십여 분을 흘려보낸 후 살금살금 그를 향해 갔다.

 침대 가에 다다른 마리는 무릎을 굽혀 모로 누운 지훈의 얼굴을 들여다보았다. 그리고 마치 초상화를 그리는 화가처럼 그의 생김생김을 세세히 살폈다. 크지도 적지도 않은 적당한 크기를 가졌지만 깊은 눈빛을 품고 있는 눈, 타협이라고는 모르는 외곬수임을 잘 나타내는 강건한 콧날과 빈말은 하지 않는 입술임을 한눈에 알아볼 수 있는 결곡한 입매가 새록새록 눈에 들어왔다. 마리는 그의 반듯한 이마를 덮고 있는 검은 머리카락 몇 가닥을 손으로 거두었다.

 '조금만 덜 사랑할 걸 그랬어. 그랬으면 분에 넘치는 행복을 거머쥔 죄로 이런 죄 따위는 받지 않았을 테니까. 조금만 덜 사랑하지 그랬니. 그랬으면 나 이렇게 널 사랑하지 않았을 텐데. 그랬으면 이렇게 널 떠날 준비 따위 시작하지 않았을 텐데……'

 진통제만 먹을 수 있어도 지훈의 곁에 좀 더 머물고 싶었다. 하지만 마리는 열기 어린 눈으로 빤히 쳐다보는 줄도 모르고 여전히 잠이 들어 있는 지훈을 바라보며 결심했음에도 불구하고 갈팡질팡했던 결정을 확고히 했다.

'송지훈, 내 행복은 네가 행복해야 가능한 거야. 왜냐면 난 이미 또 하나의 네가 되어 버렸거든. 그래서 난 내 행복을 위해 떠나기로 했어.'

터키석처럼 푸른 두 눈에 스멀스멀 눈물이 차올랐다.

'그러니까 너도 행복해. 십 년 후에도, 이십 년 후에도, 아니, 백발이 성성한 할아버지가 될 때까지 쭉 행복해야 해. 나도 행복할 테니까 너도…… 그래 줘.'

목구멍으로 울음이 치솟았지만 눈앞에 지훈을 두고 한 줄기도 흘려서는 안 되기에 마리는 입술을 깨물었다. 그리고 턱을 치켜들어 눈물과 울음을 들이마셨다.

버스가 터미널로 진입하자 마리는 창밖으로 시선을 돌렸다. 12년 전 어스름한 새벽과는 사뭇 다른 찬란한 햇살이 내리꽂히고 있었다. 눈이 가늘어졌다.

눈에 익은 구석이라고는 하나 없고 낯설기만 한 고향이었다. 그런데도 자해의 방법으로 택했던 광란의 밤을 보내고 다시는 돌아오지 않겠다 저주하며 떠났던 그 새벽과 똑같은 암담함이 그녀의 어깨를 짓누르고 있었다. 그리고 씀벅거리는 통증도 마찬가지였다. 네가 처한 현실을 잊지 말라는 듯 아랫배가 쿡쿡 쑤셔 왔다. 아랫배를 지그시 눌렀다. 그리고 그에 맞춰 버스가 정차했다.

흔들림에 곤히 잠들어 있던 지훈이 깨어났다. 황급히 아랫배에서 손을 떼낸 마리가 잠이 덜 깨 어리둥절해 하는 지훈에게 파주에 다다랐음을 알렸다.

"다 왔어."

"깜박 졸았다."

"피곤했나 봐. 잘 자더라."

"달게 잤어. 내리자."

"응."

마리는 지훈이 내민 손을 잡고 버스에서 내렸다. 만물을 소생시킨다는 봄바람이 명주실 같은 마리의 머리카락과 꽃잎 같은 치맛자락을 살랑살랑 흔들었다. 떠날 때와는 완전히 달라진 발전된 고향 모습을 두루 돌아다보자 지훈이 말을 거들었다.

"많이 변했지?"

"응. 어디가 어딘지 통 모르겠다."

"나가서 술이랑 간단한 거 좀 사고 택시 타자."

"잠깐 나 화장실 좀."

"그래."

"아니, 넌 여기서 기다려. 여자 화장실 앞에 서 있는 거 꼴불견이야."

"그런가?"

"화장 좀 고치고 머리도 좀 다듬고 올게."

"천천히 하고 와."

"응."

당장 따라나설 품이던 지훈을 말린 마리는 어린아이를 물가에 내놓은 아버지같이 저를 지켜보는 그의 시선을 받아내며 천천히 화장실로 향했다. 런웨이를 걷는 모델 같은 그녀의 걸음걸이는 사람들의 이목을 모았고 지훈의 어깨를 절로 으쓱하게 만들었다. 그러나 화장실로 들어서자마자 내내 꼿꼿했던 마리가 와르르 무너져 내렸다.

"읍!"

신음을 꾹 참아낸 마리가 허리를 꺾었다. 할미꽃처럼 몸을 구부린 그녀는 뭇 사람들의 시선을 피해 화장실 칸막이 안으로 숨어 들어갔다. 일찍이 느껴 본 적이 없는 격렬한 통증의 무차별 공격에 정신을 차릴 수가 없었다. 진통제를 처방 받았으나 처음부터 먹을 생각이 없었기에 약국에 가지 않은 탓에 통증을 가라앉힐 방법은 전무했다.

"으읍! 읍!"

손으로 입을 틀어막고 허리를 굽혔지만 갑자기 거세진 통증은 십사리 가라앉지 않았다. 마리가 주르륵 화장실 한 귀퉁이로 주저앉았다. 차디찬 화장실 벽에 이마를 기댄 그녀는 헉헉 숨을 몰아쉬며 갈구했다.

"헉, 헉! 제발, 제발. 멈춰 줘. 멈춰……."

지훈은 초조히 손목시계를 들여다보았다. 마리가 화장실로 향한 지 이십 분이 훌쩍 넘었다. 다리도 뻣뻣하고 화장실 쪽으로만 쭉 빼낸 목이 기린처럼 길어질 지경이었다. 미리 오래 걸릴 거라고는 이야기했지만 그래도 이건 너무 심했다.

"도대체 뭘 하는 거야?"

슬슬 짜증이 몰려오는 지훈은 마리와의 약속을 어기고 화장실로 향했다. 막상 화장실 앞에까지 다다랐지만 변태 취급 받을까 싶어 고개만 쏙 빼내는데 마리가 모습을 드러냈다. 눈에 익은 짝의 모습을 찾은 순간 스멀스멀 끼쳐들던 짜증이 확 사라진 지훈이 얼굴을 활짝 펴며 손을 들었다.

"마리야? 어?"

마리의 얼굴이 민낯이었다. 화장을 고치겠다고 간 사람이 민낯이라니? 거기다 눈도 충혈되어 있었다. 이유를 묻지 않을 수가 없었다.

"너 얼굴이 왜 그래?"

그러자 마리가 얼굴에 온갖 짜증을 다 둘러썼다.

"아이라이너 그리는데, 아이라이너 알지? 이렇게 눈가에 검게 빙 두르는 거. 어떤 재수 없는 계집애가 어깨를 치는 바람에 화장이 싹 번졌지 뭐야. 눈에 다 들어가고. 눈 빨갛지?"

마리는 눈물 때문에 벌겋게 충혈된 눈을 까 보였다. 거듭 지훈과의 약속을 어기고 있다는 사실에 가슴이 묵직했지만 도리가 없었다. 악랄한 고문과도 같던 통증은 십여 분이 지나서야 겨우 멈췄다. 그렇게 몸부림을 치는 바람에 엉망이 된 화장을 고칠 시간이 없어 세수를 해버렸음을 고백할 수는 없었다.

그에 반면 마리와의 약속을 성실히 이행하고 있는 지훈은 그녀를 믿기에 의심 대신 걱정을 나타냈다.

"괜찮아?"

"눈은 괜찮은데 화장 아까워 죽겠어. 금의환향은 못할망정 이게 뭐야?"

마리의 젖은 머리카락을 털털 털어대며 짜증을 부리는 모습마저 마냥 예쁘기만 한 바보 지훈은 화장기 하나 없는 투명한 얼굴을 칭송했다.

"세 살은 어려 보인다."

그러자 마리가 입술을 쌜쭉거렸다.

"겨우?"

"열 살."

"거짓말하지 말자며?"

"정말 열 살."

"차라리 네가 음치가 아니라고 우겨. 늦었다. 가자."

마리는 언제까지나 자신의 자리일 지훈의 옆으로 다가가 늠름한 그의 팔짱을 끼었다. 단순한 팔짱 하나에도 입이 귀에 가 걸리는 지훈은 그녀와 나란히 발을 맞춰 걷기 시작했다.

나른한 아지랑이가 춤을 춰대는 공원묘지는 한가롭다 못해 적막해 보이기까지 했다. 휴일이라고 해도 때가 아니니 성묘

객들이 있을 리가 없었다. 간혹 울어대는 산새 소리만이 생경하기만 한 이름을 마주하고 있는 마리를 반겼다. 박정희, 17살 이후로는 쭉 오드리로 살았던 어머니의 본명이었다.

'엄마, 나 왔어. 보여? 난 엄마 보이는데. 다시 엄마를 볼 수 있으리라 생각지 못했어. 아마 지훈이가 먼저 가자고 안 했으면 엄마 보러 오지 않았을 거야. 너무 식상하잖아? 떼도 마르기 전에 온갖 저주만 퍼붓고 뒤도 한 번 안 돌아보고 떠난 딸년이 죽을병 걸려서 엄마를 찾아왔다, 삼류 드라마 감밖에 더 돼?'

마리는 12년이라는 긴 세월 동안 홀로 쓸쓸히 누워 저를 기다렸을 엄마에게 너무 미안해 괜한 이죽거림을 늘어놓았다.

"이름이 좋으면 팔자도 좋다는데 그럼 대통령은 못 되더라도 영부인 정도는 됐어야 하는 거 아니니? 같은 박정흰데."

봉분 주위를 돌며 볼썽사나운 잡초를 뜯어내던 지훈이 마담 오드리의 삶도 그다지 비루하지는 않았음을 일깨웠다.

"대통령이었잖아, 우리 동네 대통령. 주접스러운 허드슨 중령도 마담 한마디에 벌벌 떨었잖아."

"그랬었나? 기억이 잘 안 나."

"오래 됐으니까."

"그런가 봐."

'거짓말이야. 잊기는커녕 눈 감고 그리라고 해도 그릴 수 있을 만큼 또렷하게 기억하고 있는걸? 엄마 얼굴, 목소리, 몸짓 죄다. 그러니까 머지않아 다시 만날 때 엄마 못 찾아 헤매는 우스꽝스러운 짓은 하지 않을 거야. 알지? 나 곧 엄마 만나러 가는 거. 미련한 년이라고 욕하지 마. 안 들어. 엄마도 날 포기하지 않고 이 세상에 내놨잖아. 그러니까 나도 그럴 거야. 엄마…… 딸이니까.'

마리는 그렇게 처음으로 박정희, 그리고 마담 오드리였던 어머니를 인정했다. 그리고 그것으로 켜켜이 쌓아 두었던 해묵은 미움을 버리고 그 자리에 이해와 그리움을 덧칠했다.

"절 하자."

"응."

하염없이 묘비를 바라보고 서 있는 마리의 복잡한 심경을 알아차린 지훈의 제안에 마리는 그와 어깨를 나란히 했다. 두 손을 공손히 모은 지훈이 먼저 인사를 챙겼다.

"어머님, 저와 마리 결혼하기로 했습니다. 덜컥 일부터 내고 뒤늦게 말씀 드려서 면목 없습니다. 하지만 제 목숨보다 더 중하게 여기고 아끼면서 살 테니 축복해 주십시오."

지훈의 고하는 소리가 끝나자 두 사람은 똑같이 무릎을 꿇고 절을 올렸다. 두 번 절을 하고 나서 마담 오드리의 생전 취향을 잘 기억하고 있는 지훈이 고른 발렌타인을 묘 주위에 골고루 뿌렸다.

"사위 덕에 호강하네. 남들은 다 소주 마시던데 양주 마시고."

안주가 될 북어포를 잘게 찢던 지훈이 말을 받았다.

"허락도 안 받고 딸내미만 냉큼 도둑질 해온 도둑놈이 이것도 안 할까."

"아줌마는 나보고 도둑년이라고 할걸?"

"설마. 우리 어머니 너 예뻐하셨잖아."

"그건 네 짝이 아니었을 때 이야기지. 아무리 좋은 사람도 며느리를 보면 달라진다더라. 그치만 미워하신다고 해도 신경 안 써. 무덤을 박차고 나오시기 전까지는 넌 내 거니까. 한 잔 할래?"

"한 잔만."

지훈이 옆에 와 앉자 마리는 술을 따른 종이컵을 건넸다. 바닥에서 찰랑거리는 술을 본 지훈이 어이없음을 토로했다.

"애개, 겨우?"

"왜, 치사량에 도전해 보려고? 좋게 그것만 마셔."

"알았어. 너도 한 잔 해."

"멀미 할 것 같아. 안 마실래."

"혼자 무슨 맛으로 마시냐? 물이라도 한 잔 해."

"그럼 그러든지."

지훈은 물을 종이컵에 따라 마리에게 건넸고 두 개의 잔이 가볍게 부딪쳤다.

"짠!"

잔 부딪치는 소리를 낸 지훈은 단숨에 술을 들이켜고 부르르 몸을 떨었다.

"크으!"

"아."

"아아."

지훈은 마리가 입에 넣어 준 북어포로 입 안에 확 퍼진 쓴맛을 달랬다. 물 반잔을 마시고 난 마리가 지훈을 쳐다보았다.

"고마워."

"뭐가?"

"엄마한테 데려다 줘서. 네가 아니었으면 엄두도 못 냈을 거야. 너 알다시피 난 나쁜 딸년이잖아. 차라리 악이라도 썼으면 착한 딸이지, 항상 무시만 했잖아."

한참 예민하던 시절의 마리를 누구보다 잘 기억하고 있는 지훈이다. 모두가 마담 오드리의 딸이라고 했지만 그녀 혼자 마담 오드리의 딸이기를 거부했기에 꼭 필요한 말 외에는 먼저 건네는 법이 없었다. 마담 오드리 역시 좋은 것, 예쁜 것은 꼬박꼬박 챙기면서도 따뜻한 말 한마디 뱉는 법을 몰랐다. 모녀는 그렇게 상대가 자신을 미워한다고만 생각하고 먼저 한 발 다가서서 상대를 끌어안는 모험을 거부했던 것이다.

미움이라는 것도 사랑을 기반으로 하고 있음을 진즉 알았더라면 그렇게 외면하지 않았을 것이라는 안타까움이 끼쳐든 지훈이 짐짓 엄한 표정을 지었다.

"그래. 네가 좀 못되게 굴긴 했어. 내가 보기에는 어머님,

네게 최선을 다하셨거든. 다만 표현하는 방법이 서툴러서 마음을 보여주기보다는 물질공세에 의존하셨던 것이 문제였지. 하지만 그게 어머님으로서는 가장 큰 애정표현이었을 거야. 우리 어머니의 복숭아 통조림처럼 말이야."

"그랬나 봐. 이제야 어렴풋이나마 알겠어. 참 미련한 이야기지만 진즉 알았더라면 그렇게 못되게 굴지 않았을 텐데……."

염치없어 차마 말끝을 맺지 못하는 마리가 가여운 지훈은 하릴없이 종이컵을 흔들고 있는 마리의 손을 잡았다. 따스한 온기를 느낀 마리가 눈을 들자 그는 그녀를 이해할 수 있는 오로지 한 사람으로서의 충고를 아끼지 않았다.

"가장 늦었다고 생각하는 때가 가장 빠르다는 말이 있지? 너 지금 너무 잘하고 있고 또 앞으로도 잘할 거잖아. 그러니까 부질없는 후회와 미련 따윌랑 버려. 어머님도 그걸 원하실 거야."

"어. 나 잘할 거야. 내가 책임지지 못할 과거는 죄다 잊고 내가 책임질 수 있는 오늘과 내일에만 열중할 거야."

지훈은 구름 속을 헤집고 나온 해처럼 맑은 웃음을 보여주는 마리가 너무 대견스러워 그녀의 앞머리를 흐트러뜨렸다.

"우리 마리 참 착하다."

"하지 마. 내가 꼬마니?"

마리는 일부러 뾰로통하게 입술을 내밀며 지훈의 손을 머리에서 떼냈다. 그러더니 뚱딴지같은 소리를 내놓았다.

"지훈아, 우리 이사 가면 안 돼?"

"이사?"

"왜, 유명 탤런트가 선전하는 그런 아파트. 전화로 불도 켜고 커튼도 여는 그런 거 사줄 수 있니? 나 좋은 집에 한번 살아보고 싶어. 내가 화분도 고스란히 가져가고 빨래 줄도 그대로 가져갈게."

마리가 원한다면 하늘의 별도 따다 줄 지훈이 흔쾌히 고개를 끄덕였다.

"그래, 그러자."

"운전면허 있어?"

"없는데."

"나 있어. 그러니까 차 사자. 중형 말고 연비 적게 드는 소형. 너 출퇴근도 시켜 주고 장도 보고, 그럼 좋겠지?"

"와, 그거 좋은 생각인걸? 사실 하루 종일 수업하고 나면 지쳐서 지하철 안에서 꾸벅꾸벅 졸기 일쑤거든. 너도 더 일찍 보고 출퇴근도 편하게 하고, 그거 정말 좋은 것 같다."

"피아노 사준다고 했지? 그냥 그런 피아노 말고 그랜드 피아노 사줘. 내가 너 그렇게 좋아하는 마블 홀 날마다 불러 줄게."

"영광인데?"

"나 내년에 대학에 도전할래. 원장님께서 내 목소리가 팝페라에 어울린대. 그쪽으로 공부해 보고 싶어."

"미리 사인 받아 놔야 하는 건가?"

지훈은 매번 적극적으로 마리의 제안을 지지했다. 하지만 그러면 그럴수록 마리의 가슴은 패어갔다.

'단칸방이라도 좋고 걸어 다녀도 좋으니까 너랑 오래 오래 살고 싶어. 그렇지만 난 안 되니까 심술부리는 거야. 그런데 왜 넙죽넙죽 그러제? 나 정말 심술 나면 내 비밀 너한테 와르르 쏟아내고 살려 달라고 애원할지도 모른단 말이야. 그러면 안 되는 거잖아. 벌써부터 죽는다는 게 이렇게 두려운데 나 살자고 우리 애한테 이런 끔찍한 두려움 떠안길 수 없잖아. 그러니까 송지훈, 그렇게 친절하게 굴지 말아 줘.'

차마 내뱉지 못하는 말들을 눈빛으로 전하는 마리가 말끄러미 쳐다보자 어색해진 지훈이 제 뺨을 쓸었다.

"뭘 그렇게 봐?"

"꿈이 이루어진 것 같아서."

머릿속을 잠식하고 있었던 상념의 한 귀퉁이를 이야기하는 것으로 잠시 놓쳤던 긴장의 끈을 다시 붙잡은 마리는 입매를 빙그레하게 만들었다.

"믿지 않겠지만 마리아 칼라스 말고 내 다른 꿈은 현모양처였어. 우리 엄마하고는 정반대인 삶 말이야. 진한 화장 하고 코가 매울 정도로 독한 향수를 뿌리는 그런 여자 말고 넥타이 매고 출근하는 남편한테 다정하게 손 흔들어 주고 통통한 팔다리 가진 아이가 자고 일어나면 기지개도 펴주고 배에다 부우 하고 입술도 문지르고, 보글보글 된장찌개 끓여 놓고 남편 기다리는 그런 여자."

"꿈에도 생각 못했어."

"당연하지. 얼음공주였잖아. 남에게 마음 절대 안 내비치는. 훗!"

지훈은 겸연쩍은 듯 피식 웃고 마는 마리에게 고른 치열을 다 내비치는 흡족한 웃음으로 답했다.

"내가 다 이뤄 줄게. 넥타이 매는 거 별로지만 네가 원한다면 날마다 매줄게. 그리고 네가 끓이는 된장찌개 간은 언제나 내가 봐줄게. 또 너랑 나랑 반반씩 닮은 예쁜 녀석들도 힘닿는 데까지 만들어 볼게. 똥 기저귀도 잘 갈아주고. 흠, 흠!"

자신이 해놓고도 머쓱한지 헛기침을 내뱉는 지훈 때문에 마리의 눈앞에는 어지러운 아지랑이가 피어올랐다. 눈앞을 아득하게 만드는 아지랑이를 이기지 못한 마리가 참담한 마음 한 오리를 끄집어냈다.

"지훈아."

"응?"

"아주, 아주 나중에 내가 먼저 죽으면 나 우리 엄마 곁에 묻어 줘."

결혼을 앞둔 새 신부의 입에서 나올 만한 소리가 아니었다. 지훈은 이마에 주름을 촘촘히 잡았다.

"너 이상한 거 알아? 그것도 무지."

말을 하기 전까지는 몰랐었는데 돌이켜 생각해 보니 이상한 것이 한두 가지가 아니었다. 터미널에서의 일도 그랬고,

아니, 웨딩드레스를 입어 보느라 시간 가는 줄 몰랐다고 했던 그날부터 이상했다. 먼저 뭐 하나 사달라는 소리 한 번 없다가 오늘은 장난감을 갖지 못해 안달이 난 어린애처럼 온갖 것을 다 사달라고 졸라대기까지.

정확한 원인은 알 수 없었지만 막연한 한기가 등줄기에 엄습했다. 그러나 지긋한 미소를 보인 마리는 마담 오드리로 지훈의 허를 찔렀다.

"우리 엄마 혼자 누워 있음 쓸쓸하잖아. 아줌마는 너같이 잘난 아들 둔 덕에 아들에 손자들까지 두루두루 거느리겠지만 우리 엄마는 딸 가진 엄마라 어렵잖아. 보기 전에는 생각도 못했는데 이렇게 와서 보니까 그게 너무 마음에 걸린다."

"정말 그 이유뿐이야?"

"그 이유 아님 뭐?"

지훈은 유리알처럼 투명한 마리의 눈을 들여다보았다. 말갛고 반짝이는 눈동자에는 오로지 자신의 모습만 가득 차 있을 뿐 어떤 거짓도 동요도 존재하지 않았다.

"아니야. 그리고 좀 더 생각해 보기로 하자. 나 욕심 많아. 너 어머님한테 양보하기 싫어. 가족묘 같은 것도 있으니까 그 문제는 시간을 두고 천천히 생각한 다음에 최선의 방법을 찾아보자."

"고마워, 송지훈."

속 깊은 지훈에게 진심으로 고마움을 표시한 마리는 금방이라도 오열을 터트려 자멸하고 말 것 같은 저를 감추기 위해 화제를 돌렸다.

"너 흑백영화 좋아하니?"

"글쎄. 별로 본 기억 없는데?"

"그럼 그 노래도 모르겠구나."

"무슨 노래?"

숨소리 하나에도 귀를 기울여 주는 지훈이 관심을 보이자 마리는 차마 그에게 말로는 하지 못할 마음이 담긴 마지막 노래의 제목을 발음했다.

"물망초. 아주 오래된 흑백영화 중에 물망초란 영화가 있거든. 거기 남자주인공이 아주 유명한 성악간데 사랑하는 여자가 떠나는 찰나에 무대 위에서 그 노래를 불러. 사랑하는 사람을 위해 보내주긴 하지만 잊히는 건 싫었으니까. 그런데도 그 여자는 남자를 떠나."

"비극이네."

"아니?"

"돌아와?"

"응."

크게 고개를 주억거린 마리가 얼굴을 환히 빛냈다.

"모든 걸 체념하고 비탄에 빠진 그 순간 여자가 돌아와. 그래서 난 그 영화가 참 좋더라."

"멋지다."

"노래 들어 볼래?"

"물론이지. 박수!"

지훈의 열렬한 환호를 받으며 자리에서 일어난 마리는 양쪽 스커트 자락을 가볍게 잡고 살짝 무릎을 굽혀 답했다. 그런 다음 애달픈 제 마음을 온전히 담고 있는 노래를 시작했다.

"Partirono le rondini dal mio paese freddo e senza sole, cercando primavere di viole nidi d'amore e di felicit? la mia piccola rondine part……."

이태리어를 알 수 없으니 가사의 뜻은 전혀 알 수 없었지만 마리의 설명과 풍부한 표현으로 사랑하는 사람의 안타까운 마음을 십분 느낄 수 있는 지훈은 금세 노래에 도취되었다. 심금을 울리는 애처로운 가락과는 달리 마리의 속은 산불이 난 산처럼 활활 타오르고 있었다. 그 불은 욕심이었다. 혼자서 끌어안기에는 너무나 큰 형벌에 신음하는 저를 돌아다 봐 달라는 욕심이 지훈의 귀를 열게 만들었다.

"날 잊지 말아라. 내 맘에 맺힌 그대여. 나 항상 너를 고대하노라……."

'잊지 말아 줘. 내가 너로 인해 얼마나 행복했는지, 얼마나 간절히 널 원했는지 기억해 줘. 부디…….'

소리 없는 부탁을 마무리 지은 마리는 찢긴 깃발처럼 나부끼는 심장을 가까스로 부여잡고 마저 노래를 불러 나갔다.

제5화

안녕. 안……녕

이른 아침, 침대를 독차지하고 누워 있는 지훈은 눈을 뜨지도 못하면서도 뭐가 불만스러운지 이마며 두 눈을 있는 대로 찡그리고 있었다.

"으음!"

손으로 더듬더듬 옆자리를 더듬었다. 그리고 휑하니 텅 빈 느낌을 감지하자마자 심청이를 만난 심봉사처럼 눈을 확 열고 자리에서 벌떡 일어났다. 그에 맞춰 방문이 열리고 명랑한 마리가 들이닥쳤다.

"아침이다앙. 아침이다앙!"

뒤통수의 머리카락이 삐죽 올라간 지훈이 멍한 눈으로 구수한 된장찌개 냄새와 함께 등장한 마리를 쳐다보았다. 그러더니 덜 풀린 목으로 그녀를 나른하게 불렀다.

"마리야……"

"왜?"

"아, 아니야. 잠이 덜 깨서 그래."

지훈은 마른세수를 했고 침대 가에 걸터앉은 마리는 삐죽 하늘로 솟구친 지훈의 머리를 다정히 쓸어내렸다.

"꿈 꿨니?"

"아니, 그냥. 일어나는데 네가 없어서 놀랐어."

"이 몸은 서방님 먹이려고 발 동동 구르며 된장찌개 끓였지요?"

지훈은 얼떨떨한 표정으로 마리를 쳐다보았다. 늦잠이라고는 모르는 저니 이렇게 일어났다면 그건 7시 전후라는 소리다. 그런데 찌개를 끓였다고? 그것도 된장찌개를?

"지금이 몇 신데 밥을 해?"

마리는 짐짓 실망한 표정을 지었다.

"드레스 보러 가기로 한 거 잊었어?"

"그걸 왜 잊어. 네가 어제 자기 전까지 계속 쫑알대서 세뇌됐다."

"나 저번에 간 데 말고도 여러 군데 돌아볼 거란 말이야. 그러자면 일찍 나서야 해. 어서 일어나. 씻고 밥 먹자."

팔을 잡아 이끄는 마리에 의해 침대 밖으로 나온 지훈이

상당히 들떠 있는 마리의 콧잔등을 손가락으로 살짝 눌렀다.

"너 꼭 소풍 가는 꼬마 같아."

"당연하지. 웨딩드레스는 모든 여자의 로망이라고. 나가면서 청심환 사줄게. 드레스 입은 내 모습 보고 졸도라도 하면 곤란하니까."

"청심환 먹어도 졸도하면 키스해서 깨워 줘."

둘만의 비밀사인이 되어 버린 키스를 거론하자 마리는 대번에 그의 어깨에 손을 얹고 게슴츠레한 눈으로 은밀한 눈빛을 쏘았다.

"예방 차원에서 한 번 할까?"

마리가 붉은 혀로 입술까지 쓸어댔지만 지훈은 싱글싱글 웃으며 고개를 저었다.

"안 돼. 양치도 안 했어. 읍!"

지훈의 목을 낚아챈 마리가 양심상 거절하는 신사적인 그의 입술을 스트라이크처럼 저돌적으로 공격했다. 작열하는 사막의 해처럼 뜨겁고 플라맹고를 추는 무희처럼 열정적인 키스를 퍼부었다. 굿모닝 키스로는 너무 뜨거웠지만 마지막 키스로는 모자람이 없는 키스는 숨이 다 할 때까지 계속 됐다. 그것을 시샘이라도 하듯 제 할 일을 다 한 밥솥이 뻑 하고 신경질적으로 울어댔다. 그제야 서로의 숨을 죄다 교환한 두 사람의 입술이 떨어졌다.

"헉, 헉! Good morning, Mary."

"하아, 하! Good morning, Ji hoon."

"쿡!"

"홋! 후후!"

두 사람은 유치한 영어 인사에 이어 누가 먼저랄 것도 없이 동시에 쾌활한 웃음을 터트렸다. 구름 한 점 없이 맑은 날과 꼭 맞는. 하지만 이별을 앞두고 있는 연인들에게는 결코 어울리지 않는.

지훈과 함께 집을 나선 마리는 밤을 새우며 세뇌를 시킨 덕을 톡톡히 보고 있었다. 문단속을 하고 있는 지훈에게 마치 조증 환자처럼 수다스럽게 오만가지를 지껄여댔다.

"어떤 스타일이 좋아? 공주처럼 치렁치렁한 거? 아님 심플한 거?"

"내가 뭘 아나. 그리고 넌 아무거나 입어도 예뻐."

"아무것도 안 입으면 더 예쁘지 않니?"

"흠, 흐흠!"

마리의 적나라한 농담이 목에 걸려 버린 지훈이 눈자위 밑을 발갛게 물들이며 연방 군기침을 해댔다. 그런데도 마리는 장난을 멈추지 않았다.

"너 내숭 떠는 거 얼마나 귀여운지 알아? 어휴! 꽉 깨물어 주고 싶네. 앙!"

"사나이 대장부보고 귀엽다가 뭐냐."

"귀여운 걸 귀엽다고 하지 귀 없다고 하니?"
"썰렁해. 가자."
"응. 아차!"

좋게 지훈이 내민 팔짱을 끼던 마리가 팔을 쏙 빼내더니 갑자기 핸드백을 뒤집었다.

"왜 그래?"
"립스틱. 새로 산 립스틱을 두고 왔어. 드레스 입어 볼 때 화사하게 보이고 싶어서 장만한 건데, 이런 맹추. 잠깐만 기다려. 아냐, 내가 열게."

마리는 즉시 열쇠를 꺼내는 지훈을 말리고 제 몫의 열쇠를 꺼내 대문을 열고 집 안으로 들어갔다. 지훈은 똑똑똑, 멀어지는 경쾌한 구두 소리를 들으며 하늘을 올려다보았다. 막 짜낸 파란 물감을 칠해 놓은 듯 구름 한 점 없는 새파란 하늘이었다. 서울에서는 보기 드문 맑은 하늘은 새로운 출발을 앞둔 한 쌍의 연인들이 길조로 삼기에 충분했다.

괜스레 가슴이 설레는 지훈은 해바라기를 하듯 사르르 눈을 감고 햇볕처럼 쏟아지는 행복한 기운을 온몸으로 받아들였다.

바야흐로 결혼 시즌의 절정인 봄인지라 드레스 샵이 밀집되어 있는 거리에서는 예비부부로 보이는 커플들을 심심치 않게 발견할 수 있었다. 지훈과 마리도 그 속에서 예비부부

흉내를 톡톡히 내고 있었다.

 마리와 나란히 휘황찬란한 드레스들이 진열되어 있는 샵들을 구경하던 지훈이 한 드레스 앞에서 걸음을 멈춰 섰다. 그리고 꼭 잡고 있는 마리의 손을 끌어다가 그 드레스를 가리켰다.

 "이거 어때? 우아하지 않니?"

 마리는 지훈이 가리키는 드레스를 말끄러미 쳐다보았다. 날씬한 체형을 가진 신부에게 어울릴 것 같은 심플한 드레스였다. 균형 잡힌 쇄골과 풍만한 가슴 선을 자랑할 수 있는 탑 드레스로 치맛자락이 뒤로 길게 끌리는 디자인이었다. 해서는 안 될 상상이라며 안간힘을 써 거부했지만 그녀는 어느새 그 드레스의 주인공이 되어 있었다. 눈처럼 희고 깨끗한 드레스를 입고 안개처럼 뽀얀 면사포를 길게 드리운 자신을 바라보는 지훈의 모습이 절로 그려졌다. 그 잔상들은 날카로운 칼이 되어 마리의 가슴을 난도질 했다.

 '한 번만 입어 보고 싶어. 다른 의미 두지 않고 그냥 입어 보는 건 괜찮지 않을까? 웨딩드레스라고 생각지 않고 그냥 드레스라고만 생각하면…… 아, 미쳤나 봐. 박마리! 안 된다는 거 알잖아. 그런데 왜 이러는 거니? 왜!'

 마리는 주체 못할 욕심을 삭이기 위해 입술을 꼭 깨물었다. 그 때 지훈이 마리의 손을 잡아 이끌었다.

 "들어가자."

"잠, 잠깐만!"

"왜? 마음에 안 들어?"

한시라도 빨리 아름다운 드레스를 입혀 보고 싶은 마음에 막무가내로 손목을 잡아끌던 지훈이 의아함을 가득 떠올리자 마리는 얼렁뚱땅 변변치 않은 대꾸를 갖다 붙였다.

"그게 아니라 좀 더 둘러본 다음에 들어가자. 입어 보고만 나오기 좀 그렇잖아."

"입어 보고 마음에 안 들면 눈 한 번 찡긋 해. 그럼 내가 고개 젓고 다음에 온다고 할게. 됐지?"

속도 모르는 지훈이 선사한 욕심이 해일처럼 마리를 덮쳤다. 힘을 주어 버티던 발가락이 느슨해지고 뒤로 잡아 빼던 팔꿈치가 반듯해졌다. 응, 이라는 말보다 더 확실한 수락에 지훈은 싱글벙글 웃으며 그녀의 손목을 다시 부여잡았다. 그리고 헤어나지 못할 늪 같은 욕심에 풍덩 빠져 버린 마리는 주문에 걸린 공주처럼 그를 따랐다.

드레스를 입고 나타날 마리를 기다리는 것뿐인데 무슨 크나큰 시험을 앞둔 수험생 같은 심정이 된 지훈은 칼칼한 목을 냉수로 달랬다. 벌써 세 잔째인 물을 벌컥벌컥 들이켜자 그의 긴장을 알아차린 직원이 말을 걸어왔다.

"신부님과는 어떻게 만나셨어요?"

"예? 아, 예. 소꿉친굽니다."

"정말요? 너무 낭만적이다. 그럼 그때 이미 신랑, 신부로 낙점하셨던 거예요?"

"어려서부터 친구였긴 한데 소꿉놀이는 못했습니다."

"어머, 왜요?"

지훈은 눈을 동그랗게 뜨는 직원에게 사실 그대로를 이야기했다.

"예쁘잖아요. 어찌나 콧대가 높던지 안 놀아주더라고요."

"하긴 저렇게 예쁘시니 콧대가 높은 게 당연하죠. 만약 제가 신부님 반만 됐으면 장동군 오빠하고도 안 놀았을걸요?"

"진짜 예쁩니까?"

"그럼요. 립서비스가 아니라 지금껏 봐온 신부님들 중에 으뜸이세요. 슈퍼 모델도 울고 갈 것 같은데요?"

"그렇긴 하죠. 하하!"

팔불출의 면모를 유감없이 발휘하는 지훈의 웃음소리는 두터운 커튼 너머의 마리와 직원들에게도 또렷이 들려왔다. 드레스의 치맛자락을 정리하던 직원이 지훈을 대변하고 나섰다.

"신랑님이 무척 즐거우시나 봐요."

"예."

"눈이 선하신 게 성격 참 좋으실 것 같아요."

지훈의 성품을 잘 간파한 직원의 말에 거울에 비치는 제 모습을 말끄러미 쳐다보고 있던 마리가 걱정 한 줄기를 흘렸다.

"착해요. 그래서 탈이에요."

거울 속에 비친 모습은 스스로도 감탄할 만큼 아름다웠다. 드레스는 꼭 그녀를 위해 만들어진 것처럼 몸에 딱 맞았고 틀어 올린 머리 덕분에 환히 드러난 하얀 목선은 눈이 부셨다. 파헤쳐진 가슴에서 파란 눈물이 솟아났다.

'이대로 시간이 멈추면 얼마나 좋을까? 그럼 지훈이한테 날 찾아 헤매는 당혹스러움 따위 안기지 않아도 될 텐데…… 차라리 입어 보지 말걸. 그럴걸.'

웨딩드레스 따위가 탐이 나서가 아니었다. 단지 지훈의 신부로서 그의 곁에 나란히 서 보고 싶은 욕심에 제 손목을 잡아끄는 지훈의 손길을 뿌리치지 못했다. 하지만 곧 끔찍한 혼란스러움에 빠질 지훈을 생각하니 가슴이 무너져 내렸다.

제 말 한마디면 별도 따다 바칠 그인지라 꾀병에 불과한 저를 위해 한참 떨어진 약국으로 뛰어갈 것이다. 그러면 안녕이다. 저는 연기처럼 홀연히 사라질 것이고 허겁지겁 진땀을 흘리며 약을 들고 돌아와 황당한 경우를 직면하게 된 지훈은 전원이 꺼져 있을 제 휴대폰 번호를 손가락이 아프게 눌러댈 것이다. 죽 늘어선 드레스 샵을 일일이 다 뒤질 것이고 혹시나 하는 생각에 후들거리는 다리로 집으로 내달리면 그때서야 아침에 립스틱을 핑계로 다시 들어가서 미리 남겨두었던 잔인한 통보를 발견할 것이다.

얼마나 황당할 것인가? 얼마나 치가 떨릴 것인가? 지훈이 느낄 두려움을 생각하니 눈앞이 흐릿해져 거울 속의 모습도 일그러져 버렸다. 그런 그녀의 머리 위로 티아라가 얹히고 면사포가 씌워졌다. 그리고 맡은 바 임무를 다 한 직원이 지훈과의 마지막 시간이 다가왔음을 알려왔다.

"신부님, 커튼 열겠습니다."

마리는 뻣뻣한 고개를 끄덕였다. 그러자 직원이 벽에 달린 버튼을 눌렀고 화려한 자줏빛 커튼이 양쪽으로 열렸다.

"흡!"

지훈은 기척도 없이 열린 커튼 사이로 마리를 발견한 순간 저도 모르게 숨을 멈춰 버렸다. 예상치를 훌쩍 뛰어넘어 버린 마리의 아름다움에 세상이 정지해 버린 것만 같았다. 아무것도 보이지 않고 오로지 눈부신 하얀 빛에 둘러싸여 있는 마리만이 보일 뿐이었다. 동태처럼 딱딱하게 굳어 버린 지훈이 무척이나 걱정스러운 직원이 그의 팔을 살짝 흔들었다.

"신랑님, 신랑님?"

"예?"

"신부님 보셔야죠."

"아, 예."

직원의 권유를 듣고서야 가까스로 정신을 수습한 지훈은 쿵쾅 뛰는 심장을 달랠 생각도 못하고 수줍게 웃고 있는 마리에게로 향했다. 그리고 아름다운 공주에게 충성을 맹세하는 기사처럼 자신의 황홀함을 고백했다.

"예쁘다. 눈이 멀 만큼."

지훈이 바치는 최고의 찬사에 목이 메는 마리는 대답 대신 입매만 늘려 보였다. 그것을 새색시다운 쑥스러운 미소로만 이해한 지훈이 물었다.

"마음에 드니?"

마리가 고개를 끄덕여 보였다. 그러자 지훈은 고개를 더욱 크게 주억거렸다.

"나도."

그리고는 마리의 오른손을 가볍게 잡고 그녀가 아니라면 절대 맛보지 못했을 기쁨을 속삭였다.

"나보다 더 행복한 남자가 이 세상에 존재할까? 아니, 없을 거야. 분명 그래. 고마워, 마리야."

미사여구로 장식하진 않았지만 진솔한 사랑이 듬뿍 담긴 지훈의 고백은 괜한 직원들의 가슴까지 설레게 만들 정도였다. 그러나 입을 여는 순간 가까스로 감추고 있는 비밀을 와락 쏟아내고 말 것 같은 마리는 이번에도 그저 희미하게 미소 지을 뿐이었다. 그러면서 오로지 가슴으로만 외쳐댔다.

'사랑해, 송지훈. 사랑해. 하지만 이제…… 안녕…….'

혼자만의 이별식을 치르는 마리의 눈에서 기어이 눈물이 흘러버렸다. 마리가 황급히 고개를 돌려버리자 놀란 지훈이 그녀의 어깨를 붙잡았다.

"왜 그래?"

"아니야, 아무것도. 그냥……."

치밀어 오르는 울음을 곱씹느라 입술을 깨무는 바람에 더 이상 말을 잇지 못했다. 풍부한 경험을 가진 직원이 마리의 돌발행동을 설명하고 나섰다.

"종종 신부님 같은 분 계세요. 아무래도 여자라 감정이 섬세하잖아요. 감성도 풍부하고."

"그렇습니까?"

"예. 자, 신랑님. 이걸로 신부님 눈물 닦아 드리세요."

"고맙습니다."

직원으로부터 티슈를 건네받은 지훈은 마리가 대충 손가락으로 훔쳐낸 눈물자리를 꼼꼼하게 닦았다.

"신랑 신부님, 드레스를 결정하시겠어요?"

"예, 이걸로 하겠습니다."

"탁월한 선택이세요. 그럼 이제 신랑님 예복을 보실 차례네요. 신부님 이쪽으로 우선 나오시고 신랑님은……."

"사진은 안 찍어 줍니까? 이렇게 예쁜데."

지훈의 엉뚱한 요구에 직원이 웃음을 참으며 순서에 대해 말했다.

"신랑님도 예복 입으시고 찍으시는 게 낫지 않겠어요? 보통 그렇게들 하시는데요."

"그래, 그게 낫겠다."

그의 마음만 더욱 상처 입힐 뿐인 사진 따위는 찍고 싶지 않은 마리가 직원의 말을 거들었다. 그러나 다가올 이별을 짐작이라도 한 걸까? 도통 고집이라고는 모르는 지훈이 고집을 꺾지 않았다.

"우선 한 장 찍고 예복 입고서도 찍으면 되겠네요. 그렇게 해주십시오."

"그렇게 하세요."

직원은 즉시 즉석카메라를 준비했다. 그리고 목석처럼 뻣뻣해져 버린 마리와 지훈의 포즈를 지시했다.

"신부님 긴장 푸시고 웃으세요. 신랑님, 조금만 떨어지세요. 네, 좋아요. 하나, 둘, 셋!"

마리가 안간힘을 다해 입술을 빙그레 하게 만들자 플래시와 찰각 하는 소리가 동시에 터졌다. 곧 즉석 사진이 카메라 밑으로 밀려 나오기 시작했다. 직원은 그것을 뽑아 열심히 부채질을 한 후 지훈의 입을 헤 벌어지게 만들 찬사와 함께 건넸다.

"신부님, 사진빨 너무 좋으세요."

"고맙습니다."

깍듯하게 고마움을 챙긴 후 사진을 받아든 지훈은 사진을 마리에게 보여주며 입을 귀에 걸었다.

"정말 예쁘다. 괜히 공주가 아니었어. 후후!"

마리는 지훈이 내민 사진을 빤히 쳐다보았다. 비록 지훈이 평상복 차림이긴 하지만 그럼에도 누가 봐도 자신과 그는 완벽한 한 쌍이었다. 지훈의 아내이기를 소원했던 꿈이 이루어진 것이었다. 그리고 그것은 이제는 떠나야 할 시간이 됐다는 통보이기도 했다. 환히 웃고 있는 사진 속의 지훈이 얼핏 흔들리려던 마리의 결심을 확고히 만들었다.

"지훈아."

"응? 왜?"

"나 배 아파."

통곡을 하고만 싶은 심정이 고스란히 나타난 마리의 얼굴은 굳이 위장할 필요도 없이 절로 일그러져 갔다. 그리고 지훈은 일전에도 몇 번 배가 아프다는 소리를 들었던지라 심각해졌다.

"뭐? 어떻게 아픈데?"

"긴장 때문에 아침 먹은 게 체했나봐. 명치도 아프고 배도 아파."

"아랫배가 아니고?"

"응. 아무래도 소화제 먹어야 할까봐."

"알았어. 저기요, 이 사람이 체한 모양인데 소화제 좀 구할 수 있습니까?"

지훈의 요청에 직원이 난처함을 나타냈다.

"어쩌죠? 지금 준비된 게 없는데……."

"그럼 제가 약국에 다녀올 테니 위치 좀 가르쳐 주십시오."

"그러시겠어요?"

"예. 우선 체한 것 같다니까 드레스 좀 갈아입혀 주시고 편한 자리로 안내해 주십시오."

"알겠습니다."

당부를 마친 지훈이 죄책감에 식은땀을 흘리며 하얗게 바래나고 있는 마리를 달랬다.

"내가 금방 뛰어갔다 올 테니까 조금만 참아."

"콜라도 시원한 걸로 하나 사다 줘."

"알았어. 얼른 갔다 올게."

"어."

지훈은 다짐에 다짐을 하고서야 발걸음을 뗐다. 그리고 지훈의 부탁대로 마리를 편한 옷으로 갈아입혀야 하는 직원이 버튼을 누르자 커튼이 스르륵 닫히기 시작했다. 마리는 흐릿한 눈으로 점점 좁아지는 틈 사이로 약국 위치를 묻고 있는 지훈의 모습을 하염없이 지켜보았다. 하지만 무심한 커튼은 곧 마리와 지훈 사이를 완벽하게 차단시켜 버렸다.

예상 외로 먼 곳에 위치한 약국에 슈퍼까지 들르는 통에 달음질을 할 수밖에 없었던 지훈은 가쁜 숨을 몰아쉬며 드레스 샵으로 들어섰다.

"헉, 헉!"

어찌나 숨이 가쁜지 그는 손으로 무릎을 짚은 채 숨을 내쉬었다. 그래서 황당하기 그지없는 직원들의 표정을 살필 여력이 없었다. 가까스로 숨을 고른 그가 허리를 펴고 마리를 찾아 두리번거렸다.

"어디 있습니까?"

"만나지 않으셨어요?"

"그게 무슨 말씀이십니까?"

신랑 예복까지 고르기로 해놓고서는 신랑이 나가자마자 불현듯 드레스를 훌훌 벗어던지더니 일언반구도 없이 쌩하니 나가버린 마리 때문에 부아가 치밀었던 직원들은 그 사실을 고스란히 지훈에게 전했다.

"신랑님 나가시자마자 드레스 갈아입으시더니 그대로 나가버리셨어요. 저희들이 불렀지만 뒤도 안 돌아보고 나가시지 뭐예요."

"예?"

"말씀 드린 그대로예요. 신부님, 신랑님 나가시고 곧장 밖으로 나가셨어요."

다른 직원이 쏙 끼어들어 미친 듯이 문을 열고 내달리던 마리의 모습을 정확히 묘사했다.

"도망치는 것처럼요."

도망이라는 단어가 소금 기둥같이 굳어 있던 지훈을 깨워냈다. 관자놀이의 힘줄을 불끈 세워 올린 그가 훌륭한 비유법을 구사한 직원을 죽일 듯 노려보았다.

"지금 뭐라는 겁니까? 도망이요? 누가 도망을 갔단 말입니까!"

"아니, 그러니까 제 말은 진짜 도망이 아니라 그런 것처럼 서두르셨다는 그런 말……."

"됐습니다. 왜 뛰쳐나갔는지 안 봐도 알겠습니다. 말이라고 다 같은 말이 아니죠. 알았습니까!"

애꿎은 직원을 꾸짖는 것으로 홀연히 사라져 버린 마리로 인해 든 끔찍한 두려움을 애써 외면한 지훈은 그대로 등을 돌려 드레스 샵을 나왔다. 그리고 연이은 때 아닌 봉변에 할 말을 잃은 직원들이 지켜보는 가운데 바지 주머니를 뒤져 휴대폰을 꺼냈다. 바들바들 떨리는 엄지로 1번을 누르고 휴대폰을 귀로 가져갔다. 그 짧은 순간에 지훈은 아귀처럼 덮쳐드는 오만가지 불길함으로 떨고 있는 저를 달랬다.

'도망이라니, 그럴 리가 없잖아. 어디 다른 샵을 구경하고 있을 거야. 그래…….'

하지만 냉큼 건너온 소리는 그의 간절한 바람을 너무나 쉽게 무참히 짓밟아 버렸다.

—지금 거신 번호는 전원이 꺼져 있어 소리샘으로 연결됩니다.

눈앞이 캄캄하기만 한 저는 알 바 없다는 듯 너무나도 사무적인 목소리를 도저히 참을 수 없었다. 지훈은 종료 버튼을 눌러 그 목소리를 싹 지워 버린 후 다시 1번을 누르고 통화

버튼을 눌렀다. 그러나 마리의 목소리 대신 앵무새 같은 목소리가 그의 심장을 옥죄었다.

―지금 거신 번호는 전원이 꺼져 있어 소리샘으로 연결됩니다.

지훈은 집을 향해 달리고 있었다. 손목에는 저를 기다리고 있을 마리에게 줄 약과 캔 콜라가 들어 있는 검정 비닐봉지를 매달고 이마에는 구슬땀을 빼곡히 매단 채였다.

양쪽으로 길게 늘어선 드레스 샵을 일일이 뒤지고 암담함만을 전하는 휴대폰과의 씨름에서 진 후라 진이 다 빠져 버린 다리가 휘청거렸다. 하지만 오롯이 턱을 괸 채 화단의 앉은뱅이 꽃들을 바라보며 저를 기다리고 있을 마리를 한시라도 빨리 확인하고 싶은 간절한 마음이 그를 쉬지 않고 달리게 만들었다. 오가는 사람들이 단거리 육상 선수처럼 내달리는 그를 힐끔힐끔 쳐다보았다. 박스 정리를 하던 슈퍼 주인도 그를 발견하고 손을 들었다.

"삼촌! 오늘 문저리가 들어왔는데 매운탕 감으로는 최고오오······."

기차 화통을 삶아 먹은 크나큰 목청을 자랑했건만 지훈이 들은 척도 안 하고 쌩하니 그대로 달려가 버리자 슈퍼 주인의 말은 오뉴월 엿처럼 길게 늘어졌다.

슈퍼 주인의 부르는 소리 따위는 전혀 듣지 못하고 전력질

주한 지훈이 드디어 대문 앞에 다다랐다. 열쇠를 꺼낼 생각도 못하고 목이 터져라 제 심장을 타들어가게 만든 마리를 외쳐 불렀다.

"마리야, 마리야! 박마리!"

주먹으로 대문을 두드리기까지 했지만 답하는 소리가 들리지 않자 지훈은 허둥지둥 열쇠를 찾아 꽂았다.

"젠장!"

겁으로 곱아버린 손가락 때문에 몇 번을 돌려서야 대문이 열렸다. 쾅 소리가 나도록 대문을 밀어젖힌 지훈은 고함을 지르며 마당을 가로질렀다.

"마리야! 박마리!"

당연히 있어야 할 마리의 구두가 없다는 것도 눈치 채지 못한 그는 무작정 현관문을 열어젖혔다. 그리고 석상처럼 우뚝 멈춰 서 버렸다. 마리가 끼고 있어야 할 반지가 하얀 종이 위에 놓인 채로 주인이 자신을 버렸음을 암시하고 있었다. 불현듯 아침나절의 일이 떠올랐다. 좋게 집을 나섰던 마리가 새로 산 립스틱을 잊었다면서 다시 집으로 들어갔었다.

'이걸 남기려고? 아니야. 그럴 리가 없잖아. 마리가 왜!'

억센 손에게 목이 졸리고 거센 주먹에 명치끝을 얻어맞은 듯 숨이 쉬어지지 않는 지훈은 숨을 멈춘 채로 그것을 향해 떨리는 손을 뻗었다. 반지를 집어 들자 따사로운 봄볕을 받은 다이아몬드가 쨍하니 빛을 발했다. 그 빛은 겁에 질린 지훈의 눈을 잠시 감게 만들었다. 두 눈을 질끈 감은 지훈은 반지를 꼭 쥔 채 저를 엄습해 오는 극악한 공포를 애써 밀어냈다.

'악몽을 꾸고 있는 거야. 가위에 눌린 거야. 눈을 떠, 송지훈. 눈을 떠야 해. 그러면 괜찮아질 거야. 그래, 괜찮아. 괜찮고말고.'

지훈은 그렇게 저를 격려하며 아교를 붙인 듯 착 달라붙어 버린 눈꺼풀을 죽을힘을 다해 밀어 올렸다. 어느새 붉게 충혈되어 버린 흐릿한 눈동자가 드러나고 고사해 버린 고목의 가지 같던 손이 천천히 움직이기 시작했다. 마치 만져서는 안 되는 어떤 금기를 향해 가는 것처럼 손끝이 와들와들 떨렸다.

지루할 정도로 느릿하게 뻗은 손가락이 드디어 간결하게 반으로 접은 흰 종이를 집어 들었다. 지훈은 이 견디기 힘든 악몽을 설명해 줄 글자들을 품고 있을 종이를 펼쳤다. 그곳에 마리가 있었다.

넌 영리하니까 이 편지가 무엇을 의미하는지 굳이 구구절절이 설명하지는 않을게. 난 떠나. 왜냐면 내가 원하는 것은 손에 닿았으니까. 기대치보다 훨씬 많아서 무척 설레. 아! 요행으로 달려가도 이미 늦은 후니까 헛수고하지 마.

그것만으로도 지훈을 모래성처럼 무너지게 만들기에는 충분했다. 그러나 티끌만 한 잔정도 남겨서는 안 되기에 모진 마음으로 써내려간 편지는 그것이 전부가 아니었다.

> 그리고 너무 원망하지는 마. 충분히 분시 받았잖니? 전에 네 잠자리 덥혀
> 준 거 아니냐고 하니까, 잘 원망이라는 걸 하고 싶거든 내저분한 사랑이라는 단
> 어에 속아 넘어간 미련한 널 탓해. 그동안 잘 해줘서 고마워. 두 번씩이나 속
> 아 넘어가 준 것에 대한 고마움이 훗시라도 다시는 네 앞에 나타나지 않을게.
> 안녕.

 조롱과 멸시로 가득 찬 편지는 지훈의 어깨를 무자비하게 내리눌렀다. 저항할 수 없는 힘에 짓눌린 그가 휘청거렸다. 그 바람에 영원한 사랑의 맹세로 주고받았던 반지도 바람에 떨어지는 동백꽃처럼 톡 떨어져 내렸다. 굴렁쇠같이 데굴데굴 굴러가던 반지가 또르르 나뒹굴자 먹빛처럼 변한 지훈의 입술이 열렸다.
 "아니야. 어떻게…… 그래. 하아, 하! 일어날 수 없는 일이잖아. 어떻게 또…… 그렇잖아. 그렇잖아……."
 허망한 푸념과 기막힌 한숨을 번갈아 내놓는 지훈의 심장이 새카맣게 타들어갔다.

 딸깍, 하는 소리에 문이 열리고 파리한 얼굴의 마리가 그 틈으로 들어섰다. 작은 손가방 하나를 든 그녀는 신축답게 깔끔하고 안락해 뵈는 모텔 방 안을 둘러보았다. 빳빳하게 손질된 시트가 덮인 침대와 벽면 티브이, 최신형 컴퓨터까지, 당

분간 은신처로 삼기에는 안성맞춤이었다.

마리는 뚜벅뚜벅 걸어 침대로 다가섰다. 그리고 손가방과 핸드백을 내려놓고 냉장고를 열어 물병을 꺼내 바싹 타들어 간 입술과 목을 적셨다. 거의 한 병을 다 비우고 나서야 바싹 조이고 있던 심장을 풀어 주었다.

"하아!"

작은 새의 날갯짓 같은 한숨을 토해낸 그녀는 들고 온 손가방을 물끄러미 쳐다보았다. 손가방 안에는 깔깔한 만 원짜리 묶음이 한 가득 들어 있었다. 지훈이 준 현금카드를 이용해 미리 자신의 계좌로 이체시켜 두었던 지훈의 돈 중 일부였다. 편지에는 마치 십 원짜리 하나 남겨두지 않을 것처럼 썼지만 그것은 순전히 지훈을 위한 배려였을 뿐이다.

'일부와 전부의 차이가 뭐야? 이거나 저거나 배신한 건 매한가진데.'

생각이 거기에 미치자 저를 쏘아보는 지훈의 증오 가득한 눈이 떠올랐다. 갑자기 거세진 통증보다 배신감에 진저리 치는 그 눈빛을 견딜 수 없는 마리는 고개를 흔들었다. 그리고는 마른침을 삼킨 다음 잠시 흐트러진 결심을 확고히 했다.

"돌이킬 수 없는 일 따위는 생각지도 마. 하등 도움 안 돼. 박마리, 네가 지금 집중해야 할 것은······."

불현듯 목이 메어 온 마리는 잠시 말을 끊고 아직 밋밋하기만 한 아랫배로 손을 가져다댔다. 분명 생명체이긴 하나 너무나 미약한 탓에 어떤 존재감도 전해 주지 못하고 있었다. 하지만 본능과도 같은 모성이 깊은 자궁 속에서 조용히 숨 쉬고 있는 아이와의 교감을 가능케 만들었다.

"지켜줄게. 무슨 일이 있어도 버리지 않을게."

말을 마친 마리의 손바닥 중앙이 간질거렸다. 아지랑이를 맞는 것 같기도 하고 이슬비를 맞는 것과도 같은 연약한 느낌을 이제 점에 불과한 아이가 줄 리는 없었다. 환상일 따름이었다. 마리 역시 그것이 자신의 환상일 뿐이라는 것을 알고 있었다. 그러나 물 위를 걸어가고 있는 것만 같은 그녀에게 그것은 기꺼이 신앙이 되어 주었다. 배에 손을 댄 채로 화장대 쪽으로 움직여 갖가지 음식메뉴들과 전화번호가 빼곡히 차든 메뉴판을 집어 들었다.

제6화

잠적

이층 석탑을 이룬 권 선생과 방 선생이 귀를 바싹 대고 있는 교장실에서 쩌렁쩌렁한 고함이 터져 나왔다.

"송 선생, 지금 정신이 있는 겁니까! 시험 기간에 가타부타 말도 없이 무단결근이라니요!"

천노한 교장 앞에 고개를 숙인 채 선 지훈은 입 달싹도 하지 않고 쏟아지는 질책과 비난을 고스란히 받아냈다. 입이 열 개라도 할 말이 없음이다. 마리가 사라진 충격으로 아무것도 할 수가 없었다. 해가 뜨고 달이 지는 것도 모른 채 막연하기만 한 그녀의 흔적을 캐고 다닌 바람에 저지른 과오였다. 지훈은 더 깊숙이 고개를 숙이는 것으로 저조차도 용납할 수 없는 어이없는 사태에 대해 깊이 반성하고 있음을 나타냈다.

"죄송합니다."

"흐흠!"

교장은 한껏 치솟은 혈압을 군기침으로 달랬다. 다른 사람이라면 모를까, 어영부영한 사람이 아니다. 교사와는 비교가 안 될 좋은 직장을 가질 충분한 능력을 갖췄지만 교육자로서의 자부심을 선택해 지금껏 최선을 다해 왔음을 누구보다 더 잘 알고 있음이다. 그런 그가 어지간한 일로 이런 어처구니없는 일을 저질렀을 리가 없었다.

"대체 무슨 일입니까? 혹 집안에 무슨 우환이라도 있는 겁니까?"

하지만 지훈은 묵묵부답을 고수했다. 애가 탄 교장은 손동작까지 섞어가며 그를 설득했다.

"아, 말을 해야 도와주든지 경질을 하든지 할 거 아닙니까?"

"자중하겠습니다."

"정말 말 안 할 겁니까?"

"죄송합니다."

지훈의 거부에 적잖이 자존심이 상한 교장의 코가 벌름거렸다.

"확실히 하세요. 차후로 다시 이런 일이 일어날 시에는 묵과하지 않겠습니다. 아셨습니까?"

"예."

"나가 보세요."

지훈은 고개를 숙여 보인 다음 교장실을 나섰다. 그러자 대기하고 있던 권 선생과 방 선생이 쪼르라니 따라붙었다.

"송 선생, 괜찮아?"

"불벼락을 맞았는데 괜찮을 리가 있어?"

"심려 끼쳐 드려서 죄송합니다."

"우리한테 죄송할 것이 뭐 있어. 그나저나 무슨 일이야? 속 시원하게 좀 털어놔 봐라. 내가 다 해결해 줄게!"

어깨를 쭉 편 권 선생이 큰소리를 땅땅 치며 카운슬러를 자처했다. 하지만 마리의 마 자도 입에 올리기 싫은 지훈은 할 말이 없었다.

"실례하겠습니다."

"어? 송 선생, 송 선생!"

권 선생은 기다려 준 보람도 없이 쌩하니 바람을 일으키며 뚜벅뚜벅 앞질러 가버리는 지훈을 외쳐 불렀다. 그러나 감정이라고는 느껴지지 않는 무생물 같은 지훈은 당연한 것처럼 들은 척도 하지 않고 자신의 은신처인 과학실로 향했다. 철저한 무시에 머리에 뿔이 난 권 선생이 부아를 토해냈다.

"지금 송 선생이 내 말을 씹었어? 그래?"

"아마도."

"뭐야? 내가 이 자식을 그냥!"

"아서. 보아하니 좋은 일도 아닌 것 같은데 관두자고. 퀭한 눈 보지도 않았어?"

"내가 좋은 일이면 이래? 얼굴에 나 파토 났소이다 하고 써 붙이고 유령처럼 어슬렁거리고 다니니까 정말 순수한 의도로다가 미력한 힘이나마 보태 주려고 하는 거 아냐. 안 그래?"

권 선생이 동조를 청해 왔지만 대쪽 같은 성품의 방 선생은 소신을 확고히 했다.

"어, 안 그래."

"뭐?"

"솔직히 호기심이 앞서서 그러는 거잖아. 그것도 좋은 호기심이 아니라 가십거리를 찾는 파파라치 같은 호기심. 내 말이 틀려?"

"흠, 흠!"

정곡을 찔린 권 선생이 머쓱한 헛기침을 하자 방 선생이 좋게 타일렀다.

"좀 놔둬. 말할 때 되면 어련히 말하려고."

"뭐 입 꼭 다물어 버렸는데 벌릴 수도 없고 두고 보는 수밖에 더 있나. 그나저나 이 자식은 소개팅 해준다고 꽃등심 3인분이나 꿀꺽하고 함흥차사야, 함흥차사길."

권 선생이 애먼 친구 핑계를 대며 슬슬 움직이기 시작하자 방 선생은 그의 유치함에 절레절레 고개를 저으며 그 뒤를 따랐다.

홀연히 사라져 버린 마리 때문에 졸지에 둥지에서 은신처로 바뀌어 버린 과학실로 찾아든 지훈은 거친 손놀림으로 휴대폰을 열어 저장해 둔 번호를 눌렀다.

"수고하십니다. 가출인 신고를 했었는데 혹 소식이 있나 싶어 전화 드렸습니다. 이름은 박마리고 주민번호는 790418-2******, 예. 혼혈 맞습니다. 예? 아, 예. 혹시 소식 있으면 바로 연락 좀 부탁드립니다. 감사합니다."

가출 신고를 해두었던 경찰서에서 아무 성과를 보지 못한 그의 어깨가 주저앉았다. 그러나 여기서 주저앉을 수는 없다는 생각에 다시금 어깨를 올려 세웠다. 그런 후 며칠 사이에 색아 바래나 버린 1번을 눌렀다.

—지금 거신 번호는 전원이 꺼져 있어…….

귀에 못이 박히도록 들은 지겨운 소리는 그의 관자놀이의 힘줄을 발끈 올려 세웠다.

—메시지를 남기시려면…….

"잇!"

저를 조롱하는 것 같은 짜증스러운 기계음에 제어 능력을 상실해 버린 지훈은 휴대폰을 바닥에 내동댕이쳐 버렸다. 그리고는 흡사 적과 싸우는 것 같은 사나운 손놀림으로 가방을 뒤적였다. 두툼한 서류가 딸려 나왔다. 마리의 통화 내역서였다.

 미간이 닿을 정도로 눈썹을 휜 지훈은 그것을 있는 대로 노려보았다. 얼마나 완벽하게 계획했던지 이 수많은 통화기록 중 어떤 단서가 될 만한 번호 하나가 없었다. 대부분을 차지한 저와 댓 번이 나온 학원 외에는 딱히 연관 있는 전화번호가 존재하지 않았다. 위치 추적도 신청해 놨지만 전원을 꺼놓은 상태라 무용지물이었다. 동네 레이더망을 자처하는 슈퍼 주인이 외려 마리를 찾는 것을 보면 저 외에 유일하게 대화라는 것을 했던 그녀에게도 어떤 암시나 흔적도 남기지 않았다.

 삼 일간 미친놈처럼 그녀의 흔적을 찾아 헤매면서도 사랑을 농락하고 심장을 짓이겨 버린 것에 대한 미움은 안개처럼 옅기만 했다. 장난일 것이라고 자위하며 불안한 밤을 지새운 뒤 은행에 가서 이미 닷새 전에 돈이 인출된 사실을 알았을 때도 그럴 만한 이유가 있지는 않나 싶어 오히려 그 점을 더 걱정했다.

 불현듯 끼친 섬뜩함에 경찰서에 가출신고를 하고 아무 연고도 없는 응급실들을 뒤진 후 허탈하게 돌아올 때도 다행이다는 생각만 들었지 이렇게 분노가 솟구치지는 않았다. 하지만 인내심도 조바심도 또 자비심마저 동이 나 버린 오늘은 그 모든 것이 죄다 분노로 변해 버렸다.

 지훈의 손가락에 힘이 들어갔다. 그는 관절이 하얗게 솟아난 그 손으로 파렴치한 마리의 허물 같은 통화내역서를 힘껏 찢어 버렸다. 북 소리와 함께 소망이나 다름없었던 통화내역서들이 갈가리 찢겼다. 갈가리 찢긴 지훈의 마음과 같은 종잇조각들이 눈송이처럼 내렸다.

'꼭 찾아내겠어. 온 세상을 다 뒤져서라도! 세상 끝까지라도 쫓아가서! 널 찾아내고 말겠어. 그래서! 네가 너저분하다고 명명한 그 사랑의 다른 모습이 얼마나 무자비한지 깨우쳐 주겠어. 꼭, 꼭!'

부질없는 마리에 대한 사랑과 연민을 모두 내팽개치고 복수만을 끌어안은 지훈은 쓰레기가 된 통화내역서의 잔해를 밟고 선 채로 내팽개쳤던 휴대폰을 집어 들었다. 신호는 가는데 좀처럼 번호의 주인공은 나타나지 않았다. 네 번을 지나 다섯 번을 세는 사이 확 치민 울화에 지훈의 입매가 한일자가 됐다.

"씨팔!"

알고는 있었지만 입술 밖으로는 내뱉어 본 적 없는 천박한 욕설을 내뱉은 지훈이 사포처럼 거친 목소리를 냈다.

"뭐 하는 거야, 지금! 전화를 받아야 할 거 아니야! 왜 안 받는 거야, 왜!"

표출할 상대를 찾지 못한 그의 활화산과도 같은 엄청난 분노가 전파를 타고 전해진 것일까? 영영 연결되지 않을 것만 같던 통화가 이루어졌다. 잠에 완전히 취한 광현의 나른한 목소리가 건너왔다.

―여보세요…….

지훈이 기다렸다는 듯 와락 고함을 질렀다.

"너 이 자식! 왜 이렇게 전화를 안 받아!"

―선생……님?

설마 하는 티가 역력한 광현의 놀란 목소리에 굶주린 사자의 그것 같던 지훈의 입매가 굳어졌다. 목구멍까지 치민 불덩이를 꿀꺽 삼키는 것으로 본연의 모습을 되찾은 그는 무턱대고 화를 낸 것에 대해 사과했다.

"미안……하다아…….."

쉬 꺼지지 않은 잔불 때문에 바르르 떨어대는 지훈의 목소리에 광현은 졸음기라고는 없는 말짱한 목소리를 냈다.

―선생님, 무슨 일이세요? 무슨 일이 있으십니까? 예?

지훈은 보지 않아도 기겁을 하고 이부자리를 박차고 일어났을 광현에게 자초지종 대신 그의 저녁 시간을 예약했다.

"저녁에 시간 좀 낼 수 있겠냐?"

"이런 씨팔!"

약속 장소인 업소 앞 해장국 집에서 술국 하나와 소주 한 병을 놓고 지훈과 마주 앉은 광현은 그만 뇌가 다 뜨끈해져 지훈의 앞이라는 것도 잊고 욕설을 내뱉고 말았다. 그래 놓고서도 제 실수는 깨닫지 못한 채 거짓된 사랑에 빠져 자신의 충고를 너무나 가볍게 물리쳐 버린 지훈을 타박했다.

"그러게 제가 그런 인간들은 믿어서는 안 된다고 말씀 드렸잖습니까? 도대체 뭘 믿고 그 큰돈을 맡기세요, 맡기시길! 젠장, 돈이 문제가 아니지. 제까짓 게 뭔데 사람의 마음을 농락해? 그것도 저한테는 분에 차고도 넘치는 우리 선생님을 감히!"

"그만 해라. 창피하다."

"선생님이 왜요? 부끄러워할 인간은 사랑 가지고 장난 친, 아니, 사기 친 그 여자죠! 에잇!"

제가 당한 것에 딱 열 배는 더 울화가 치민 광현은 이가 다 얼얼할 정도의 얼음물을 벌컥벌컥 들이켰다. 그리고 물 한 잔도 마시지 않고 미간만 좁히고 있는 지훈에게 자신의 역할에 대해 물었다.

"제가 뭘 도와드리면 되겠습니까? 말씀만 하세요."

"찾아야겠어."

"당연하죠! 찾아서 잘못했다고 두 손으로 싹싹 비는 꼴을 봐야죠. 암이요!"

지훈은 이까지 악물고 전의를 다지는 광현에게 자신의 애로사항을 털어놓았다.

"흥신소에 맡길까 생각해 봤는데 알고 있는 것이 거의 없어서 말이야. 내가 알고 있는 거라곤 이름하고 아주 오래전 일일 뿐이거든. 너희 가게에서 다시 만나기 전까지 어디서 일을 했는지 알아야 하는데 그걸 알려면 너희 연예부장이라는 사람에게 물어보는 것이 제일 빠를 것 같다. 얼핏 했던 말 중에 기획사 사장이 그쪽으로 연결시켰다고 했거든."

지훈의 말을 듣다 보니 절대 다시 엮여서는 안 됐을 두 사람의 인연이 저로 인해 비롯되었다는 것을 깨달은 광현이 바르르 불타올랐다.

"그때 죽으라고 내버려 뒀어야 하는 건데 괜히 살려가지고!"

"알아봐 줄 수 있겠니?"

"그럼요. 오늘 당장 가서 알아보고 연락드리겠습니다. 아 참, 선생님. 저희 부장님 친구 분 중에 돈 떼먹고 도망친 업소 애들 전문적으로 찾는 분이 계시는데요. 그쪽으로는 타의 추종을 불허한답니다. 아무래도 이쪽에 있었으니 흥신소보다는 그 사람들이 더 잘 찾을 것 같은데 알아볼까요?"

더할 나위 없이 좋은 제안이었지만 지훈은 선뜻 답을 하지 못했다. 인간 사냥꾼으로 불리는 그들을 너무나 잘 알고 있었기 때문이다. 오아시스에 있을 때도 종종 선금을 당겨 먹고 도망치는 아가씨들이 있었다. 그럴 때면 마담 오드리의 지시에 따라 그들이 움직였는데 정말 신통방통하게도 전국방방곡곡에 콕 숨어 있는 아가씨들을 찾아오곤 했다. 거기다 다시는 도망칠 생각을 못하게 확실히 겁을 주기 위해 잔인한 폭력에 성폭행까지 서슴지 않는 악귀들이었다.

그런 사람들에게 마리를 맡길 수는 없었다. 아무리 배신을 하고 떠난 그녀라 할지라도 저 아닌 다른 사람 손에 그런 곤욕을 치르게 하고 싶지는 않았다. 미련한 바보천치로 보일지라도……

"그건 좀 더 생각해 보마."

"쇠뿔도 단김에 빼랬다고……."

지훈은 동조 대신 빈 술잔을 쓱 내밀었다. 그것으로 그의 의중을 알아차린 광현은 울컥울컥 울화를 쏟아내던 입을 다물고 술병을 들어 지훈의 잔을 채웠다. 그러자 광현의 잔을 채워 줘야 한다는 생각도 못할 정도로 황폐해져 버린 지훈은 마리에 대한 미련과 분노로 가득 찬 잔을 단숨에 비웠다. 화한 술이 도화선처럼 썩은 내가 물씬 나는 그의 내장을 태워 나갔다.

"누구?"

파라파라 연예부장에게 마리를 소개시켰다는 기획사 사장은 좀처럼 마리를 기억해내지 못했다. 가명을 쓴 탓일지도 모르겠다는 생각이 들자마자 지훈의 뇌리에 문뜩 떠오른 단서 하나가 있었다.

"늦겨울쯤에 김세레나 씨랑 비슷한 이름으로 고희연에서 민요를 부르기도 했는데요."

"김세레나, 고희연? ……아, 강하니 그 재수 없는 년?"

한때 강하니로 활동했던 마리를 생각해낸 기획사 사장이

대뜸 육두문자를 내뱉었다. 그리고 지훈은 모르는 마리의 과거에 대해 줄줄 늘어놓기 시작했다.

"알지, 알다마다. 뭣도 없는 주제에 고개만 빳빳한 년 있어. 내가 그년 때문에 손해 본 거 생각하면 지금도 머리에서 피가 거꾸로 솟아. 밤무대 가수 서른이면 퇴기 아냐? 그런데도 지가 무슨 톱 가수라도 되는 줄 알고 들어간 업소마다 사고를 치지 뭐야. 생긴 건 반반하니까 그 장점 잘 살려서 메인 무대 하나 꿰차면 될 텐데 꼭 위장취업 한 공주마마처럼 손만 대도 지랄을 떠니 어떤 놈이 곱게 봐? 그래서 족족 잘리고 지방 삼류 카바레 돌기 싫다고 하도 사정, 사정하기에 가여워서 언감생심 꿈도 못 꾸는 자리 알아봐 줬더니 확 뒤집어엎어가지고 내 밥줄 다 끊어 먹은 년, 바로 그년이야."

열변을 토해낸 사장이 흙빛이 된 지훈에게 넌지시 추잡한 호기심을 드러냈다.

"돈 떼먹고 토꼈수?"

"예."

"얼마나?"

"조금 됩니다."

"조금이 얼만데?"

사장은 뭐가 그리 궁금한지 꼬치꼬치 금액을 캐물어 왔다. 아무리 삼류 인생들이라고 성상납이나 시키는 파렴치한 사장에게 미주알고주알 털어놓을 생각은 없는 지훈은 대신 안주머니에서 꺼낸 봉투를 그에게 밀었다. 힐끔 눈을 뜬 사장이 의뭉하게 물었다.

"이게 뭐요?"

"성의입니다."

"뭐, 이런 걸 다⋯⋯ 흐흠! 흠!"

어울리지도 않는 점잔을 빼는 척하다 내용물을 보고서는 만족해 헛기침을 터트린 사장은 얼른 그것을 주머니에 갈무리하고 일단 말투부터 바꿨다.

"그런데 우리 선생님께서는 강하니, 아니, 박마리? 하여간 그년의 뭐가 궁금하실까나?"

지훈은 그에게 걸고 있는 희망을 이야기했다.

"연락을 하고 지낼 만한 가까운 동료나 친구들을 만나 보려고 합니다."

"그년은 그런 인간들 안 키우는데?"

"아주 친하지 않아도 괜찮습니다. 사소한 것이라도 알 만한 사람들이면 됩니다."

지훈의 마지노선을 듣고 난 사장은 각질이 허옇게 일어난 입술로 시큰둥하게 입맛을 다셨다.

"쩝. 뭐, 굳이 소개해 달라면 같은 업소에서 일하던 애들 몇 소개는 해줄 수 있지만 만나나 마나일 거요. 어찌나 잘나신 분이시던지 같은 처지에 있는 애들하고는 말 한마디 섞는 법이 없는 웃긴 년이라 얼굴이나 알면 다행이지."

마리의 성격을 모른다면 기획사 사장이 돈만 꿀꺽한다 생각하겠지만 십분 공감을 하는 지훈은 암담해졌다. 몇 가닥 안 되는 희망의 줄 가운데 하나가 또 끊어진 것이다. 눈치 빠른 사장이 차선책을 제시했다.

"하지만 좁은 바닥이니 나한테 오기 전에 나가던 업소 알아보면 연줄이 닿은 애들이 있을지도 모르지. 내가 적극적으로다가 알아봐 주리다. 여기다 연락처 하나 적어 주고 가슈."

별 도리가 없는 지훈은 사장이 내민 메모지에 자신의 전화번호와 휴대폰 번호를 꼼꼼히 적었다. 그리고 그것을 건네며 제가 원하는 것을 알아낼 경우에 치를 대가를 전하는 것도 잊지 않았다.

"도움 주시면 섭섭지 않게 사례하겠습니다."

"서로 돕고 사는 세상인데 사례는 무슨. 내 당장 알아보고 좋은 결과 있으면 곧장 연락하리다."

"고맙습니다."

"고맙긴. 내 꼭 좋은 소식 전해 주리다."

지훈은 허풍선이의 면모를 유감없이 발휘하는 사장의 달콤한 말을 뒤통수에 매단 채 조악한 사무실을 나섰다. 빈속에 들이부은 술에 깎인 위벽이 쓰라림을 호소하며 쓰디쓴 위액을 목구멍으로 밀어 올렸다.

"으읍!"

어금니를 악물어 목구멍과 입 안에 가득 찬 쓴물을 겨우

넘긴 지훈은 계단의 난간을 주먹으로 쿵쿵 내리쳤다. 소리는 점점 박자를 빨리 했고 그에 맞춰 그의 얼굴도 일그러져 갔다. 한 손으로는 모자라 다른 한 손을 보태 두 손으로 꼭 미련한 저처럼 무딘 난간을 부술 듯 내리쳤다. 벌겋게 부어오른 손이 고통을 호소했지만 아랑곳하지 않던 그가 멈춘 것은 숨이 턱에 다다라서였다. 숨을 쉬는 것조차 잊어버렸던 것이다.

"하아! 하!"

그는 고개를 앞뒤로 끄덕이며 바싹 조여든 허파에 공기를 불어넣으며 왼쪽 가슴을 두드려댔다. 전력질주하는 기차처럼 맹렬히 뛰고 있는 심장이 마치 마리라도 되는 듯 미움을 가득 담아 두드렸다. 가슴이 저릴 정도로 거세게 대여섯 번을 치자 가까스로 미친 듯 뛰어 숨을 가쁘게 만들던 박동이 점점 느려졌다. 지훈은 다시 두 손으로 난간을 부여잡았다. 그리고 두 팔 안에 머리를 묻고 마리의 추악한 거짓들을 되새김질했다.

'아무리 극악한 죄인이라도 자신의 어머니를 두고는 거짓말하지 않아. 하지만 넌 그런 기본적인 도리조차 지키지 않았어.'

피폐해질 대로 피폐해진 그의 눈앞으로 아름다운 날의 행복한 소풍으로만 기억되어 있던 파주의 오후가 파노라마처럼 떠올랐다. 현모양처가 꿈이었다면서 이제 그 꿈을 이루게 되어 행복하다고 했다. 그뿐 아니라 정말 미래에 대한 설렘으로 가득 찬 사람처럼 구체적인 청사진까지 그렸다.

근사한 집에서 꽃을 키우고 손수 운전하는 차로 출퇴근을 시켜 주겠다고 했다. 또 저로 인해 알게 됐고 좋아하게 된 마블 홀을 평생 들려주겠다며 피아노를 사달라 졸랐었다. 그렇게 세세한 미래의 청사진을 제시했기에 그때는 그것이 연막작전이었다는 것을 몰랐었다. 느닷없이 영화 이야기를 꺼내고 그 영화 제목과 똑같은 노래를 불렀다. 영화는 떠났던 사랑이 다시 돌아왔다고 했지만 노래에서는 돌아오지 않았다. 다만 돌아오라 간절히 호소할 뿐이었다.

'그랬던 거니? 이렇게 숨어 버린 널 찾아 미친 듯이 헤매는 내 꼬락서니를 미리 예상하고 그 노래를 선택했던 거니? 그래, 그랬구나. 마담 오드리에 대해 단 한 번도 너그럽지 않았으면서 내가 아닌 그 곁에 묻어 달라고 했던 그 말도 안 되는 이야기도……!'

온몸이 활활 타들어가는 것 같은 분노와 원망을 쏟아내던 지훈이 그대로 얼음기둥이 되었다. 도가니 속의 쇳물처럼 들끓던 피가 순식간에 얼음장이 되었다. 섬뜩한 예상이 새파랗게 질린 그의 뇌리를 독차지했기 때문이었다. 그날 마리가 말했었다.

[아주, 아주 나중에 내가 먼저 죽으면 나 우리 엄마 곁에 묻어 줘.]

생뚱맞았었다. 아무리 암시라고 우겨 보려 해도 곧 떠날 저에게 죽은 후를 부탁한 것은 엉뚱한 일이었다. 배신을 암시했다고 우격다짐했던 노래도 순식간에 불길한 예언으로 변질되었다. 다름 아닌 마리 자신의 죽음.

"설마……!"

말을 마치지도 못한 지훈이 더러운 계단을 미친 듯이 뛰어내려가기 시작했다.

두꺼운 화장으로 감췄지만 절대 감출 수 없는 천박한 기를 품은 펨프(펨프: 나이가 들어 은퇴한 양공주)와 이제는 색 바래난 간판 몇 개로 호시절에는 미군들로 북적대던 기지촌임을 나타내는 거리는 쌍둥이처럼 닮아 있었다. 그 거리로 들어선 지훈은 불안정한 눈으로 좌우를 살피며 오아시스가 있던 자리로 향했다.

십여 분쯤 걸어가자 이제는 창고가 들어선 오아시스 자리가 싸늘하게 맞아주었다. 별처럼 빛나던 네온사인도 없고 달러가 화수분처럼 솟아나던 클럽의 모습은 온데간데없었다. 다만 고단한 삶에 찌들 대로 찌든 노파의 이마처럼 더럽고 초라한 창고뿐이었다.

문을 열어 보려고 했지만 자물쇠로 굳게 잠긴 문은 작은 틈밖에 용납하지 않았고 그마저도 어둠 때문에 아무것도 구분할 수가 없었다. 지훈은 자물쇠를 문짝에 쳐댔다.

"마리야, 박마리! 거기 있니? 대답해! 박마리!"

미련하고 부질없고 비굴한 일이라는 것을 알았지만 지훈은 허깨비와 같은 마리를 부르는 일을 멈출 수 없었다.

"마리야, 마리야! 박마리이!"

목이 갈라지도록 외치고 손이 다 얼얼할 정도로 문을 두드렸다. 그러나 그 안에 있을 리가 없는 마리는 대답이 없었고 대신 무슨 일인가 해서 고개를 쑥 내민 옆집 사람의 그림자가 길게 드리워졌다.

"누군데 마리를 찾아요?"

흠칫 어깨를 떨며 동작을 멈춘 지훈이 고개를 홱 돌렸다. 장미꽃 한 송이를 든 자그마한 체구의 아주머니였다.

"오아시스가 없어진 지가 언젠데……."

지훈의 미간이 좁아들었다. 상당한 나이에도 불구하고 멋진 보브 단발에 빨간 립스틱을 멋들어지게 바른 아주머니는 마리아였다.

"마리아…… 아줌마?"

"누구세요?"

지훈은 부여잡고 있던 자물쇠를 내팽개치고 한달음에 마리아에게 달려갔다. 와르르 달려오는 낯선 남자에게 놀란 마리아는 냉큼 문을 닫아 버렸다.

"아줌마, 저 지훈입니다! 오아시스에 살던, 지나 송 아들 송지훈이에요."

"지나 송?"

"예, 예."

마리아가 겨울나무 가지처럼 앙상한 손으로 죽자 사자 틀어잡고 있던 문을 빠끔히 열었다. 그리고 너무도 변해 버린 지훈을 찬찬히 뜯어보다 눈을 크게 열었다.

"어머나! 정말 지훈이구나? 지훈이야."

"예, 접니다. 안녕하세요?"

"그래, 그래. 이게 얼마 만이니? 니네 엄마한테는 종종 다녀간다면서 어째 여긴 한 번도 안 왔어? 하긴 여기가 오고 싶을 리가 없지. 서울 산다고 했던가?"

"예."

"뭐 하고 사니?"

"학교에서 애들 가르칩니다."

마리아가 손뼉을 짝 마주쳤다.

"세상에, 선생님이래! 이게 바로 개천에서 용 났다는 말이네. 지나가 살았으면 얼마나 좋아했을까? 장하다, 장해."

눈물까지 글썽이는 마리아는 목이 터져라 마리를 부르던 지훈의 모습은 싹 잊어버리고 훌륭하게 장성한 것을 그저 탄복할 따름이었다.

"저기, 아줌마."

"응?"

"마리 혹시 여기 안 왔습니까?"

"아차, 마리."

지훈이 마리를 찾고 있었음을 기억해낸 마리아가 고개를

아래위로 끄덕였다. 심장이 덜컥 내려앉는 지훈이 다급하게 물었다.

"왔습니까?"

하지만 무심한 마리아의 고개는 좌우로 움직여 버렸다.

"아니, 못 봤어. 그런데 네가 왜 걔를 찾니?"

"그게 그러니까……."

당연한 질문이건만 지훈의 혀는 얼어붙어 버렸다. 마리아는 그런 그를 유심히 살피며 척 맞아 들어갈 것이 분명한 가능성을 내놓았다.

"혹시 둘이……."

거짓말에는 손톱만큼의 재주가 없는 제가 산전수전 다 겪으며 사람 보는 눈만 남은 마리아를 속일 수 없다는 것을 깨달은 지훈은 적당한 마지노선을 그었다.

"예."

"어머나! 서프라이즈다. 그 콧대 높은 공주마마가 너랑?"

"예에."

"사랑싸움 했구나?"

"예에에……."

숨도 쉬지 않고 달려오게 만든 희망이 사위어 드는 탓에 지훈의 대꾸는 뙤약볕에 아래 풀포기처럼 시들어 갔다. 그제야 그의 안타까움을 알아본 마리아가 위로를 건넸다.

"여자들은 싸움하고 나면 젤 생각나는 게 엄마야. 난 꽃 만드느라 못 봤지만 다른 언니들이 봤을지도 몰라. 한번 물어 보자."

"아직들 계십니까?"

"그럼. 공동묘지에 묻힌 언니들 말고는 다 있어."

애교스럽던 마리아의 눈빛이 슬픈 푸른빛으로 변했다.

"다들 이곳에서 죽어야 하는 운명들이라서 말이야. 그래도 참 다행이야. 우리가 마지막이라서."

그렇게 눈물과 닮은 미소를 보인 마리아가 지훈에게 손사래를 쳤다.

"얘, 이것 좀 들어 줄래? 스카프만 하고 나올게."

지훈은 마리아가 가리키는 꽃 양동이를 순순히 집어 들었다. 그러자 방으로 들어갔던 마리아가 자신만큼 추레해진 샤넬 스카프로 머리를 감싸고 나타났다. 그녀는 옷과 전혀 어울리지 않는 스카프를 바라보는 지훈의 안쓰러운 눈길에 머쓱한 웃음을 지으며 스카프를 매만졌다.

"나이가 드니까 머리가 휑해져서. 가자."

"예."

작은 참새 같은 마리아가 잰걸음으로 앞장을 섰고 한순간에 산산조각이 났던 희망을 다시금 긁어모은 지훈이 향긋한 향내를 뿜어내는 꽃 양동이를 들고 바싹 쫓아갔다.

호기심이 고양이를 죽인다고, 먹음직스러운 가십거리를 발굴한 갈비집 주인은 어두컴컴한 지훈의 집을 빼꼼히 내다보며 방정맞은 입술을 놀렸다.

"아무래도 이상치 않아?"

"마리 씨?"

"어머, 자기도 눈치 챘구나?"

"내도 이상한 거 같다. 벌써 며칠째고? 뭐 아는 거 없나?"

어린애처럼 아이스크림을 쭉쭉 빨던 세탁소 주인이 묻자 슈퍼 주인은 자신의 고성능 레이더망도 좀비 같은 지훈 앞에서는 무용지물임을 밝혔다.

"은근슬쩍 물어보려고 해도 대꾸를 해줘야 말이지. 완전 무시야. 그나저나 뭘 먹고 살기나 하는지 모르겠어. 도통 뭘 안 사가."

"으이그! 잘 가다 왜 옆으로 빠져? 지금 그게 중요해? 중요한 건 마린지 머린지 하는 애가 어디로 갔냐는 거거든?"

"그렇지."

두 사람이 동의하자 삼류 소설가로서의 훌륭한 자질을 갖추고 있는 갈비집 주인은 상황과 가정이 적절히 조합된 그럴듯한 시나리오를 줄줄 읊어댔다.

"봐. 노란 머리가 갑자기 사라졌어."

"지금은 검은 머리 아이가?"

"아, 노란 머리나 검은 머리나 그게 그거지!"

"알았다. 문디, 성질하고는."

입이 근질거리는 갈비집 주인은 세탁소 주인의 입을 단단히 봉한 후 잠시 끊겼던 맥을 이어나갔다.

"여하튼! 노란 머리가 사라졌어. 그것도 갑자기. 아무 말도, 아무 이유 없이 사라졌어. 원래 머리뿐만 아니라 싹수도 노라니까 그래, 뭐 여행을 갔다거나 혹은 결혼 앞두고 친정 나들이 갔을 수도 있다 쳐보자."

슈퍼 주인이 갈비집 주인이 던진 화두에 반론을 제기했다.

"여행은 아니지. 낼모레 결혼할 신랑 혼자 두고 이렇게 길게 혼자 여행을 가?"

"그럼 친정 갔을까?"

"송 선생 얼굴 보고도 그 소리가 나와? 아주 침울할 대로 침울한 것이 영락없이 소박맞은 여편네 같은 꼴이잖아."

"거, 꼴이 뭐꼬? 꼴이. 스승님 그림자도 안 밟는다는 옛 말도 모르나?"

"송 선생이 내 선생님이야?"

"꼭 그라지는 않아도 바르고 고운 말을……."

"이크! 송 선생이다!"

"힉!"

고성능을 자랑하는 레이더를 발동시킨 슈퍼 주인의 경보에 괜한 말본새 가지고 열변을 토하던 두 사람이 목을 움츠렸. 아니나 다를까, 저만치서 머리 위에 먹구름을 인 음울한 지훈이 올라오고 있었다. 호기심 어린 눈 세 쌍이 뚫어져라 쳐다보는데도 그는 고개 한 번 들지 않고 묵묵히 앞으로만 걸었다. 그늘진 그의 옆모습이 보일 참, 사람 좋은 슈퍼 주인은 아침나절에도 무시당한 것을 잊고 또 그를 손을 저어 불렀다.

"삼촌! 열무김치 맛있는데 좀 나눠어어 주울라고오오……."

찬바람보다 더 지독한 투명인간 취급에 슈퍼 주인의 호의는 이로 꽉 깨물린 꽈리처럼 꼬리를 축 늘어뜨렸다. 그럼에도 지훈은 어떤 반응도 하지 않았고 눅눅한 그의 등이 작아 보일 무렵 갈비집 주인은 고개를 끄덕이며 단호한 결론을 내렸다.

"노랑머리, 도망쳤다."

슈퍼 주인과 세탁소 주인이 동시에 입을 떡 벌리며 소스라쳤다.

"설마!"

그리고는 마치 자신의 일인 듯 적극적으로 반론을 펼쳤다.

"그럴 리가 없어. 삼촌 같은 일등 신랑감을 두고 와?"

"맞아. 마리 씨가 삼촌을 얼마나 좋아하는데."

"겉 다르고 속 다르다는 말이 괜히 있는 줄 알아? 틀림없어. 두고 봐. 내 말이 백이면 백 맞을 테니까."

두 사람의 소란에도 짐짓 비장하게 고개까지 끄덕이고 난 갈비집 주인이 뜨악해 있는 슈퍼 주인의 두툼한 옆구리를 쿡 찔렀다.

"왜에?"

"조카 아직 시집 안 갔지? 얼른 줄 세워 봐. 또 알아? 놓쳤던 물고기 다시 잡을지. 물고기 잡으면 우린 원님 덕에 나팔 한번 불어보자."

"됐네. 확실치도 않은 일 가지고 김칫국 마실 일 있어?"

"아, 확실하다니까? 이 내 동물적인 육감으로 말하자면……."

"니는 넘의 불행이 곧 행복이제. 그제?"

옳은 말 잘하는 세탁소 주인이 말 중간에 끼어들어 정곡을 콕 찔러오자 가슴이 뜨끔한 갈비집 주인이 세탁소 주인의 말투로 맞받아쳤다.

"뭐라 씨부리쌌노?"

"내사마 마리 씨 오면 지금 니가 한 말 다 일러줄 기다. 그람 참 좋아라 할 기다."

"뭐야?"

"사람이 그라믄 못 쓰는 기라. 기쁜 일에는 같이 기뻐해 주고 불행에는 같이 슬퍼해 주는 것이 사람의 도리라 이 말이다."

"어이구, 성인군자 나셨네. 그렇게 잘난 분이 국회로 안 가시고 왜 쬐만한 세탁소에 콕 처박혀 있을까나?"

"그 구정물통에 내가 왜 가노? 빈충이들이나 목 매지 영리한 사람은 일부러 피해 가는 기라. 지영이 엄마야, 그카나 안 그카나?"

슈퍼 주인은 구구절절 옳은 소리만 내놓는 세탁소 주인의 손을 흔쾌히 들어 주었다.

"자네 답이 명답이네."

"하모, 하모."

두 사람이 은방울 자매처럼 똑같이 고개를 끄덕이자 졸지에 왕따 신세가 된 갈비집 주인이 목에 핏대를 팍 세웠다.

"그래도 지구는 돌듯이 그래도 노란 머리는 도망갔거든!"

대문을 열고 집 안으로 들어서던 지훈은 물끄러미 가로등 불빛에 의지해 더욱 처량해 뵈는 집을 주시했다. 마리가 있을 때도 함께 들어오는 날이 더 많았기에 불이 켜져 있는 일은 극히 드물었다. 하지만 오늘따라 유독 처량하다 못해 을씨년스러운 집이었다. 꼭 갈대처럼 이리저리 흔들리느라 만신창이가 돼 버린 제 모습과 겹쳐지는 것만 같은 집을 당장 깨부수고만 싶었다. 그러나 그런 이유 없는 분노는 하등 도움이 되지 않는다는 지극히 이성적인 생각을 되살린 그는 뚜벅뚜벅 걸어가 현관문을 열고 외등을 켰다.

따스한 오렌지빛 불이 확 퍼져 나가며 어둠 속에 잠겨 있던 집의 윤곽을 드러냈다. 그리고 주인을 잃어 생기를 잃은 지 오래된 깡통 화분들이 애처로운 모습을 드러냈다. 거기다 바싹 조인 바이올린 줄처럼 팽팽하던 빨랫줄도 게으른 아낙처럼 나른한 모습으로 애써 자기제어를 하고 있는 지훈을 조롱했다.

 갑자기 무섭게 끼쳐든 직감 하나 믿고 오아시스를 찾아간 것도 모자라 펨프들을 일일이 찾아다녔다. 그리고 붉은 석양을 둘러쓴 마담 오드리의 묘까지 찾았다. 그런데 아주 당연하다는 듯 마리는 그곳에 없었다. 그 순간 정말 우습게도 안도했다. 그리고는 그보다 더 우스운 짓을 한없이 저질렀다. 죽을병에 걸렸다는 아무런 증거도 없는데 혹여 오다가 쓰러진 것은 아닐까 해 왔던 길을 되짚고 혹여 몰라 어머니의 묘까지 뒤졌다. 하지만 역시나 아무런 흔적도 없었다.

 거기서 멈춰야 했다. 그렇지만 광적인 집착은 응급실이 있는 병원을 죄다 찾아 허탕을 치고 난 후에야 끝을 맺었다. 그리고 모든 것이 원점으로 돌아왔다.

 '송지훈, 넌 배신당했어. 그것도 철저히……'

 제 우미함을 다시금 곱씹은 지훈의 눈매가 사나워졌다. 가련하게 죽어 버린 화분의 꽃들을 무섭게 노려보다가 갑자기 그것들의 목을 움켜쥐었다. 그리고 축 늘어진 꽃들을 마구잡이로 뽑아내기 시작했다. 뽑고 또 뽑았다. 뽑혀진 꽃들은 아무렇게나 던져져 마당을 나뒹굴었다. 화분으로서의 기능을 상실해 버린 분유 깡통들은 성난 그의 발길질에 짓밟혀 신음했다. 그것들은 그저 꽃과 화분이 아니었다. 바로 사랑 그 하나만을 믿었었던 지훈의 순수한 마음이었다. 앉은뱅이 꽃들이 보는 앞에서 그들처럼 두 손을 마주 잡은 채 수줍은 입맞춤을 나눴던 기억이었다.

지훈은 형체를 알 수 없는 넝마가 되어 버린 그 소중한 것들을 짓밟고 또 짓밟았다. 순식간에 작은 화단은 아수라장이 되었다.

"헉, 헉!"

벌건 눈의 지훈은 파멸의 신처럼 소중했던 모든 것들을 파괴해 버리고 가슴을 들썩이며 숨을 내쉬었다. 그런데 그런 그의 눈을 거슬리게 하는 것이 아직 남아 있었다. 두 손을 머리 위로 번쩍 들었다. 그리고 방만하게 늘어져 있던 빨랫줄을 힘껏 잡아 당겼다. 우악스러운 힘에 줄이 툭 끊기고 행복을 상징하는 것만 같던 파스텔 톤의 빨래집게들이 짓뭉개진 꽃들과 같은 신세가 되었다. 부르르 떨리는 주먹을 부르쥐고 엉망진창이 되어 버린 그것들을 노려보며 잇사이로 독한 말을 내뱉었다.

"끝났어, 박마리."

그 한 마디로 그는 마리와의 인연을 끊어 버렸다. 인연이 끊기고 사랑이라는 온기를 버려 버린 그의 가슴 반쪽이 급속도로 서늘해져 갔다. 그리고 그 자리에는 증오가 차들었다. 파멸이었다.

제7화

술래잡기

마리는 밤새 통증으로 몸부림을 친 탓에 옥수수염처럼 엉켜 버린 머리를 손가락으로 빗으며 푸른 동해 바다를 한 가득 품고 있는 베란다로 나왔다. 문을 열어젖히니 아침 조업을 끝내고 쉬고 있는 대여섯 척의 고기잡이배와 방파제 한쪽에서 낚싯대를 드리우고 있는 두어 명의 사람들이 보였다. 짭조름한 바다 바람이 여윈 볼이며 손등을 어루만졌다.

모진 밤과 새벽을 잘 버틴 데 대한 포상과 위로가 필요했던 그녀는 그 바람에 자신을 온전히 내맡겼다. 눈을 감고 따뜻한 햇살을, 맑은 공기를 욕심껏 들이마셨다. 그러다 갑자기 나비 날갯짓처럼 가벼운 웃음을 터트렸다.

"훗!"

딱히 바다를 찾아든 특별한 이유는 없었다. 단지 버스 터미널에서 제일 먼저 눈에 들어온 버스가 강릉이었을 뿐이다. 그런데 생각해 보니 하나같이 바다였다. 너무 흔해 구린내가 난다고 한참을 외면당했던 백혈병을 신드롬으로 부활시킨 드라마의 여주인공도, 또 신의 사람을 사랑한 죄로 심장병을 얻었던 다른 여주인공도 바닷가를 찾아 들었었다. 그밖에도 두 손을 다 꼽아도 모자랄 만큼의 여주인공들이 바다를 바라보고 있더니만, 영락없이 제 꼴이 그 짝이었다.

입으로는 웃음이 나는데 입 안은 씁쓸해졌다. 그들 대부분이 바다에서 마지막 숨을 거두었다는 확률을 떠올린 탓이었다. 그러나 이내 지훈을 버리고 도망칠 때 품었던 독한 마음을 되살리고 시답잖은 핑계를 댔다.

"혼혈은 없었잖아."

그렇게 뭉게구름처럼 퍼지고 있는 죽음에 대한 공포를 떨쳐내고는 은신처로 삼은 펜션 안으로 들어왔다. 욕실로 가 세수를 하고 곧바로 냉장고 문을 열어 반찬들을 꺼냈다. 펜션 안주인에게 웃돈을 얹어주고 마련한 밑반찬들이었다.

혼자 몸에 종양 따위를 키우고 있지 않았더라면 서울에서처럼 인스턴트나 얼렁뚱땅 만든 조미료 범벅의 반찬들로 배를 채웠을 테다. 하지만 홀몸도 아니고 악성일 가능성이 농후하다는 종양까지 키우고 있는 처지라 은연중에 정성이 들어

간 가정집 음식을 찾게 되었다.

마리는 반찬통을 있는 대로 다 꺼낸 다음 밥통에서 밥을 펐다. 한 사나흘은 굶은 사람처럼 꾹꾹 눌러 담았다. 그런 다음 자리에 앉아 밥 한 수저를 그득 뜨고 그 위에 김치를 얹어 한껏 벌린 입 안에 담뿍 넣었다. 아삭아삭 소리를 내며 밥과 김치를 씹어 넘기고 새큼한 오이소박이도 먹었다. 결코 맛으로 먹는 음식이 아니었다. 기적을 바라는 일종의 의식이었다.

고난을 선사한 조물주가 들으면 뒤로 까무러칠지 모를 일이지만 저를 포기할 생각은 없었다. 쪼글쪼글한 얼굴로 울음을 터트릴 아이와 첫 눈맞춤도 하고 오물거리는 입술에 젖도 물리고 기저귀도 갈아 줄 것이라 다짐했다. 살고 싶었다. 살아 돌아가 지훈과 아이와 저를 트라이앵글처럼 엮고 평범하게 살고 싶었다. 그래서 아이와 저 중 하나를 선택하는 대신 둘 다 선택하기로 마음을 돌려먹었다.

의지를 다시 한 번 상기한 마리는 장조림에 열무김치까지 고루고루 섞어 밥 한 공기를 뚝딱 해치우고 설거지를 시작했다. 예전에는 정리정돈이라는 것을 몰랐지만 요새는 무엇이든지 쓰면 제자리에 두고 설거지도 그때그때 하는 습관을 들이고 있었다. 속옷도 하루에 두 번씩 갈아입었다.

'사람 일은 모르는 거니까.'

아무도 없이 홀로 죽은 후에 발견됐을 때를 대비하기 위해서라는 분명한 이유가 있긴 했지만 굳이 되뇌고 싶지 않아 통상적인 의미로 바꾸어 버리고는 밥그릇에 묻은 밥알들을 북북 문질렀다. 통증이 없는 평온한 시간에 해내야 할 일이 너무나 많았다.

 원래 시장 따위 좋아하지 않았다. 우선 사근사근한 백화점이나 마트 직원들과는 달리 수틀리면 육두문자도 서슴지 않는 억척스러운 아줌마들이 마음에 들지 않았다. 또 모난 성격 탓에 덤으로 집어 주는 것도 싫고 간혹 생김새만 보고 나쁜 물건을 섞어 주는 일도 있어 이용하지 않았다. 그런데 임신 때문인지 아니면 삶에 대한 애착 때문인지 알 수 없는 묘한 기분에 마트 대신 오일장을 비집고 들어서 이것저것을 사들였다.
 제일 먼저 브로콜리를 샀다. 암 예방에 좋다니 치료에도 좋지 않을까 하는 생각에서였다. 싱싱한 오이를 사고 한 켤레에 500원씩 하는 양말도 네 켤레 샀다. 붕어빵도 천 원어치 사 먹었는데 그 안에 든 달달한 팥 때문에 갑자기 상큼한 오렌지가 먹고 싶어졌다. 그 순간 정말 우습게도 드라마 속의 여자 주인공들이 임신만 하면 오렌지나 귤을 찾던 것이 생각났다. 그리고 입 안은 새콤달콤한 것에 대한 기대로 흥건해졌다.
 곧장 사람들을 이리저리 피해 가며 오렌지를 찾아 나섰다. 한참 걷다 보니 알록달록한 옷들을 걸어 놓은 노점상 옆에 먹음직스러운 오렌지를 한 바구니씩 담아 놓은 과일 가게가 보였다. 발걸음을 빨리 했다. 오렌지 앞에 서자마자 제일 첫 번째 바구니를 손가락으로 가리켰다.

"이거 주세요."

"예."

주인은 허리춤에 차고 있던 검정 비닐봉지를 톡 하고 뜯어내 주먹만 한 오렌지들을 담았다. 그리고는 마리가 일찌감치 준비하고 있던 돈을 받을 생각은 않고 오랜 세월 동안 갈고 닦은 상술을 발휘했다.

"거봉도 맛있는데 좀 들여가."

"됐어요."

"키위는 어때? 이게 변비에도 좋고 피부에도 짱이야."

"거스름돈 주세요."

정나미 떨어지는 마리의 거절에 주인은 떨떠름한 표정을 감추지 않았다. 일순 마리의 미간도 좁아 들었다.

'도대체 이게 무슨 짓이니? 좋은 말로 됐다고 해도 됐잖아. 꼭 그렇게 톡톡 쏘아붙여서 벌 받은 태를 내야겠어? 이러면서 무슨 기적을 바라? 나라도 너 같은 애 짜증나서 안 살려주고 싶어. 한심해.'

"여기 5천 원."

"키위 주세요."

"어?"

주인은 멀쩡한 양쪽 귀를 의심했고 마리는 입매를 가까스로 반달로 만들었다.

"피부에 좋다니까 먹어 보려구요."

"진짜 좋다니까? 자, 이거 먼저 받아. 털 묻으니까 따로 담아 줄게."

"고맙습니다."

오렌지 봉지를 받아들며 깍듯이 인사도 챙겼다. 너무 가식적이라는 비꼬임이 들려왔지만 그보다는 기적에 한 발 더 가까워졌다는 웃기지도 않은 생각이 가져다준 평안이 더 컸다.

"두 개 더 넣었어."

"잘 먹을게요. 많이 파세요."

"또 와요."

마리는 싱글벙글 웃는 과일장수를 뒤로했다. 그러나 몇 걸음 가지 못했을 때 뭔가에 홀린 것처럼 우뚝 멈춰 서고 말았다. 그녀를 붙잡아 맨 것은 색색의 옷가지들 속에서 유독 도드라지는 흰빛을 마음껏 발산하고 있는 남방이었다. 그저 뭉게구름처럼 새하얄 뿐 밋밋한 디자인이었다. 교복 안에 받쳐 입어도 무리가 아닐 정도로 단순했다.

그런 밋밋한 단순함이 자동적으로 지훈을 떠오르게 만들었다. 남방은 유난히 깨끗하고 정리정돈을 잘하는 지훈과 꼭 닮아 있었다. 그리움이 눈에 거짓을 씌웠을 수도 있지만 가슴이 찌릿할 정도로 흡사했다. 후회가 가슴을 벅벅 긁어댔다. 늘 받기만 했지 변변한 선물 하나 해주지 못했었다. 평범한 남방 하나, 넥타이 하나, 양말 한 짝도 사주지 못했다.

'그거야 계속……'

그의 곁에 영원히 머물 줄 알아서 미처 생각지 못했다는 변명은 부끄러웠다. 눈이 자동적으로 움직이고 입술도 따라 움직였다.

"아저씨."

마리의 부르는 소리에 할머니와 몸뻬 하나를 두고 흥정을 하고 있던 주인이 대꾸를 건넸다.

"예예."

"저 남방 얼마예요?"

"원래 만 오천 원 받고 팔던 건데 예쁜 아가씨니까 내가 파격 할인해서 만 원!"

주인이 검지 하나를 치켜세우자마자 천 원 한 장 가지고 주인과 실랑이를 하던 할머니가 꼬투리를 잡고 늘어졌다.

"어이, 주인양반! 나는 늙었다고 괄시하는 거야 뭐야? 나는 안 된다면서 왜 저 아가씨는 자진해서 빼준대?"

"아이고, 어머니는 참. 아, 저긴 만 원이고 어머니 몸뻬는 오천 원이잖어. 오천 원에서 천 원 빼주면 이 아들은 뭘 먹고 사나. 자자, 그러지 말고 오백 원 빼드릴게. 차 떨어지기 전에 가셔야지."

"진짜 안 돼?"

"될 것 같았으면 내 진즉 빼드렸지."

"오백 원짜리가 있나 없나 어디 보자."

할머니와 주인이 흥정을 마치는 사이 마리는 내내 하얀 남방만을 쳐다보고 있었다. 웨딩드레스를 벗고 도망치는 순간부터 맥을 못 추는 이성이라는 고약한 것이 불쑥 나타나 쥐 흔든 까닭이었다. 어떤 이유에서든 무용지물이 되고 말 현실을 직시하라며 비아냥거렸다. 반발심이 확 솟구쳤다.

'알아. 기적이 일어나서 다시 만난다 해도 반팔 같은 거 입을 철이 아니라는 것도 알고 영영 전해 주지 못할 수 있다는 것도 알아. 누가 뭐래? 하지만 겨우 만 원인데 버려도 그만 아냐? 그러니까 잔소리 따위 하지 마.'

마리는 이성을 깡그리 무시해 버리고 몸뻬가 든 봉지를 들고 돈 받을 차비를 하고 있는 주인을 쳐다보았다. 그리고 아까 그랬던 것처럼 길고 곧은 손가락으로 뭉게구름 같은 흰 남방을 가리켰다.

"저거 주세요."

똑같은 교복을 입고 한 교실에 앉아 있건만 아이들의 모습은 천태만상이었다. 문제풀이를 아예 포기하고 엎드려 자는 애들부터 시작해 한숨을 푹푹 내쉬는 아이들도 있고 그와 반대로 초롱초롱한 눈으로 칠판을 주시하고 있는 아이도 있었다. 그리고 그런 제자들 앞에서 알쏭달쏭한 문제를 풀어 나가는 지훈의 목소리는 교실 밖을 벗어나 있는 마음처럼 붕 떠

있었다.

"49번, 49번 문제 읽어 봐."

"예."

양 뺨에 여드름이 숭숭 난 녀석이 볼펜을 뱅글뱅글 돌리며 문제를 읽어 나갔다.

"10m/s의 속도로 달리던 자동차가 가속 페달을 밟아서 일정한 비율로 속도가 증가하여 5초 후에 속도 20m/s가 되었다. 5초 사이의 가속도는 몇 m/s인가?"

걸걸한 49번의 문제 읽기가 끝나자 지훈은 칠판에 가속도란 단어를 적고서는 밑줄을 두 번 그었다.

"이 문제의 키포인트는 이 가속도다. 가속도란 뭐지?"

"속도의 변화량입니다."

"그래. 그것만 안다면 이 문제는 너무 간단해서 공식 따위가 필요하지도 않다. 자, 속도의 변화를 살펴보려면 증가된 속도에서 증가 전의 속도를 뺀 다음……."

칠판에 기계적으로 문제를 풀어 나가는 지훈의 목소리는 그에게 최면을 걸어왔다. 웅웅 울리는 것만 같은 목소리에 본디도 그다지 맑지 않았던 정신이 구정물처럼 혼미해져 갔다. 좀처럼 감기지 않던 눈꺼풀이 파르르 떨어대며 피곤을 호소했다.

'꿈을 꾼 걸까? 꿈이 아니었다면 이렇게 머리카락 끝조차도 찾지 못할 리가 없잖아.'

찾는 것이 문제가 아니라 어디에서도 실마리를 잡을 수조차 없는 실정이다. 가출인 신고에 대한 답도 없으며 돈봉투를 건넨 기획사 사장한테서도 변변한 답은 듣지 못했다. 그리고 저는 무슨 수를 써서라도 꼭 찾아내리라 장담했던 첫 다짐과는 달리 어디에서부터 찾아야 할지 감을 잡지 못한 탓에 어디로도 찾아 나설 수가 없다.

'이렇게까지 계획적일 필요는 없었어. 이렇게까지 잔인하게 굴 필요는 없었다고! 그깟 돈 얼마든지 포기해 줄 수 있어. 상처 입은 마음 따위 외면하고 살면 더 큰 상처도 달래주고 완쾌시켜 주는 세월에 맡기면 돼. 그러니 넌 그 뻔뻔한 모습 그대로 나타나서 네 본질이 얼마나 천박하고 교활한지 알려주면 됐어. 그것만 바랐어. 그런데 넌!'

쿵!

좋게 문제를 풀어 나가던 지훈의 손이 주먹으로 변해 칠판에 박혔다. 그 바람에 함부로 퍼질러 잠들어 있던 녀석들이 벌떡 일어나 어리둥절해 하며 그를 바라보았고 문제풀이에 귀를 기울이던 녀석들도 얼떨떨하기는 마찬가지였다. 수많은 아이들의 시선이 감전이라도 된 듯 부르르 떨고 있는 지훈의 등에 꽂혔다. 일순 뜨거운 눈물이 뻑뻑한 눈알을 감싸고 가슴은 먹먹해진 그의 이마가 차가운 칠판에 닿았다. 그리고 피가 맺힐 정도로 깨물던 입술이 사르르 열리며 다시는 하지 않으리라 결심했던 원망이 너무나 쉽게 흘러나와 버렸다.

"네가…… 어떻게 이럴 수가 있니…… 어떻게…….."

너무나 작은 목소리라 그의 웅얼거림을 알아듣지 못한 아이들은 그의 돌발행동에 대한 책임이라도 질까봐 자세를 바르게 했다. 하지만 그의 눈과 뺨은 이미 흠뻑 젖은 후였다.

하늘과 맞닿은 바다를 끼고 있는 보금자리로 돌아가는 마리의 팔이 묵직했다. 눈에 보이는 족족 사들였더니 양 손목에 올망졸망 매달린 아기 호박 같은 보따리들 때문이었다.

"비련의 여주인공이 검정 봉지라니, 이거 너무 언발란스한데? 시니컬하고."

최악의 상황에 굴복하지 않으려는 생존본능이 충만해 그렇게 우스갯소리를 하고 있는데 머리를 흐트러뜨리는 해풍이 낯선 목소리를 실어 날랐다.

"이봐요, 아가씨!"

고개를 돌리니 육중한 몸매를 가진 아주머니가 손사래를 치며 바삐 걸어오고 있었다. 동네 사람인 것 같은데 전혀 안면이 없는 터라 마리는 미간을 모았다. 그러는 사이 그녀 앞에 도착한 아줌마가 인적사항을 확인했다.

"저기 꽃자리 펜션에 있는 아가씨 맞죠? 교회 소개해 달라고 했다던."

아주머니의 설명에 마리는 오늘 아침에 펜션 안주인에게 부탁했던 일을 상기해냈다.

"아, 예."

"맞네. 할렐루야. 아버지, 감사합니다!"

다소 과한 감동이긴 했지만 억지스러운 기는 없는 아주머니가 자기소개에 나섰다.

"나는 김 권사라고 해요. 반가워요."

혹여 지훈이 찾을지도 모른다는 생각에 철저히 혼혈임을 감추고 있는 마리는 새로 지은 이름을 댔다.

"안녕하세요. 김은정이라고 합니다."

"종씨네? 어디 김씨우?"

"김해요."

"그렇구나. 난 광산인데. 아! 내 다름이 아니라 오늘 저녁 7시에 수요예배 있는데 참석할 수 있겠수?"

"예."

"그럼 내가 6시 좀 넘어서 데리러 올게, 같이 갑시다."

"고맙습니다."

마리가 고개를 숙여 고마움을 전하자 김 권사는 푸근한 미소와 함께 덥석 그녀의 손을 잡았다.

"내가 고맙지. 이 손바닥만 한 동네에서 전도를 한다는 게 어디 보통 일인가? 우리 잘 지내봅시다. 할렐루야!"

분위기상 할레루야를 외쳐야 할 것이다. 그러나 한 번도 발음해 보지 않은 낯선 발음을 입에 올리는 것이 괜스레 낯간지럽기만 하기에 그냥 고개만 정중히 숙였다.

"잘 부탁드립니다."

"그럼 내 저녁에 오리다."

"예. 안녕히 가세요."

"예, 예!"

연속으로 고개를 숙여 보인 김 권사가 육중한 엉덩이를 흔들며 왔던 길을 되돌아가자 마리도 다시 제 갈 길을 향했다. 펜션으로 들어서자 마당에서 빨래를 널고 있던 안주인이 그녀를 반겼다.

"장구경은 재미있었어요?"

"예."

"뭘 많이 샀네?"

"먹을 거 몇 가지하고 양말이요. 싸서."

"그랬구나. 아참, 택배 와서 받아 놨어요. 내실에 우리 애 있을 테니까 달라고 해요."

"고맙습니다."

"별말을요."

마리는 계단을 올라가 현관문을 열었다. 그러자 마침 방에서 나오던 주인집 딸이 그녀를 보자마자 택배 이야기를 꺼냈다.

"잠깐만요. 택배 가져가세요."

그리고는 다람쥐처럼 날쌔게 내실로 들어가 상자 하나를 들고 나왔다. 상황버섯이었다. 약을 먹지 못하니 민간요법에 의존해 보려고 수많은 정보를 찾은 끝에 낙점된 것으로 끓여 수시로 음복하면 효과가 크다고 했다.

"잠깐만."

마리는 상자를 건네받는 대신 지갑을 열어 만 원짜리 한 장을 꺼내 주인집 딸에게 건넸다. 갸름한 달걀형 얼굴의 예쁘장한 아이는 고개를 저었다.

"엄마한테 혼나요."

"엄마한테 말 안 하면 되지. 친구들이랑 피자 사먹어."

찰떡궁합인 친구와 피자는 아이의 고개를 가로가 아닌 세로로 젓게 만들었다.

"고맙습니다."

"앞으로도 잘 부탁해."

"예."

마리는 배시시 웃으며 대답하는 아이에게 화사한 미소로 답했다. 그리고는 진즉부터 물어봐야겠다고 마음먹었던 것을 물었다.

"아참, 여기 유명한 절이 어디니?"

"교권이 떨어질 대로 떨어진 현실만을 탓하고 있는 거, 이거 세상에 제일 미련한 선생들이 하는 말입니다. 연구하고 노력하세요. 기고 난다는 학원 선생님들만큼 잘 가르쳐 보세요. 감히 누가 무시하겠습니까?"

족족 맞는 말이긴 하지만 일선에서 한 걸음 떨어져 있는 교장의 조례에는 공감할 수 없는 권 선생이 붕어처럼 입을 벙긋거리며 투덜댔다.

"걔들은 잡무도 안 하고 월급도 많지 않습니까? 우리도 다른 일 안 하고 집 장만 걱정 안 하면 죽어라 연구하고 노력하죠. 안 그래, 송 선생? 어잉? 헉!"

지훈의 옆구리를 쿡 찌르던 권 선생의 작은 눈이 확 커졌다. 모범생처럼 경청하던 여느 날과는 달리 딴 짓을 하고 있는 줄 알았던 지훈이 쓰고 있는 글자가 눈에 박혔기 때문이었다. 그것은 바로 하루에 열두 번도 내던지고 싶은 바로 그것! 빤한 일신상의 이유로 시작하는 사직서였다. 턱을 쏙 빼고도 남을 놀라움에 입을 떡 벌린 죄밖에 없는 권 선생에게 교장의 불벼락이 떨어졌다.

"집중하세요!"

"예? 예!"

권 선생이 군기가 바싹 들어간 이병 흉내를 내는 사이 지훈은 처음 써본 사직서에 마침표를 찍었다.

교장은 갑자기 묵직해진 안경테를 밀어 올렸다.

"이게 뭡니까?"

두 손을 모은 채 묵묵히 서 있던 지훈이 답했다.

"사직서입니다."

"누가 못 읽어서 묻습니까?"

"죄송합니다."

자신한테는 아닌 밤중에 홍두깨였지만 이미 마음을 단단히 굳힌 것 같은 지훈의 사직서를 냉큼 받을 수는 없는 교장이 대화를 청했다.

"일단 앉으세요."

지훈은 순순히 자리에 앉았다. 그러자 그의 외곬수적 성격을 잘 아는 교장은 이유를 캐묻기보다는 최선의 방법을 선택하라는 조언을 건넸다.

"이렇게 나올 정도면 소소한 일은 아닌 것 같으니 못 받는다는 말은 않겠습니다. 시간이 얼마나 필요합니까?"

"잘 모르겠습니다."

"점입가경이로군요."

"죄송합니다."

"일단 이렇게 합시다. 두 달 동안 쉬어 보고 그때도 송 선생 마음이 변치 않으면 그때 수리하죠."

사직서를 내던진 순간 내로라하는 다른 학교와 학원에서 스카우트 제의가 쏟아질 지훈이 아니었다면 생각지도 못할 파격적인 특례였다. 하지만 피폐해질 대로 피폐해져 버린 지훈은 그마저도 내쳤다.

"그때도 변하는 건 없을 겁니다."

그러나 교장은 연륜에서 우러나는 지혜로 단언이라는 것이 얼마나 부질없는지 일깨워 주었다.

"인생이라는 것이 마음먹은 대로만 되는 것이 아닙니다. 우선 받아둘 테니 그렇게 아세요."

두 달이 아니라 이 년이 지나고 이십 년이 걸릴 수도 있는 일인지라 당장 수리해 달라 조르는 것은 아무런 의미가 없었다. 그래서 천천히 일어나 그저 고개만 꾸벅 숙여 보였다.

제일 유력한 마리만 젖혀 놓고는 별의별 예를 다 들어댔다. 집안에 우환이 있느냐에서부터 시작해 보증을 섰다 잘못했느냐, 펀드를 해서 말아먹었냐까지, 시답잖은 예를 줄줄이 늘어놓았다. 하지만 마냥 입을 꼭 다물어 버리는 지훈에게 이유를 묻다, 묻다 제풀에 지쳐 권 선생은 두 손을 번쩍 들고 항복을 선언했다. 그리고 대신 이별의 시간이 얼마나 남았는지를 물었다.

"언제까지 나오는데?"

"임시 선생님 오실 때까지 나와야죠."

심란한 마음을 고려해 묵묵히 삼겹살만 뒤집던 방 선생이 눈을 동그랗게 떴다.

"그럼 내일이라도 못 볼 수 있는 거잖아? 임시가 아니라 일일 선생님도 서로 하겠다고 줄을 섰는데."

"그럼 다행이구요."

"어째 꼴 보기 싫은 나 안 봐서 다행이라는 소리로 들린

다?"

"그럴 리가요."

권 선생의 밉지 않은 핀잔을 옅은 미소로 받아넘긴 지훈은 마음속에 담아두기만 했던 말을 어렵사리 꺼냈다.

"그동안 보살펴 주셔서 감사합니다. 두 분 아니었다면 아마 적응하기 힘들었을 겁니다."

좀처럼 속내를 내비쳐 보이지 않던 지훈의 속말에 괜스레 코가 찡해진 권 선생이 너스레를 떨어댔다.

"특히 나한테 고마워해야지. 나 아니었음 입에 곰팡이 피었을 거 아냐?"

"예."

"무슨 선택을 하든지 송 선생 마음이지만 그래도 두 달 후에는 다시 봤으면 좋겠다."

"글쎄요."

"정나미 떨어지게 대답이 뭐 그러냐? 안 나오더라도 네, 이렇게 말하면 덧나냐? 나 돌아온다에 한 장 걸 테니까 무조건 돌아와야 해. 자, 그런 의미에서 한 잔 받으라고."

권 선생은 빈 잔에 소주를 찰랑찰랑하게 채웠고 방 선생은 잘 구워진 삼겹살 한 점을 파무침 위에 올려주었다. 잔을 들자 제일 말발이 좋은 권 선생이 건배의 의미를 지정했다.

"우리의 우주인 송 선생의 무사귀환을 위하여!"

쨍 하고 소주잔이 부딪치고 더 이상 타들어가는 독한 기가 안 느껴지는 달큼한 소주가 지훈의 식도와 창자를 타고 내렸다. 전처럼 몸이 부르르 떨리지도 않고 혀끝이 알싸하지도 않고 그저 달기만 했다. 잔을 내려놓은 그는 문득 깨달은 사실에 씁쓸한 미소를 머금었다.

'고통과 비슷한 맛이로군. 쓰지만 달고 뜨겁지만 차가운……. 좋아, 아주 좋아.'

웃고 있었지만 결코 웃고 있지 않다는 것을 확연히 드러내는 지훈의 미소를 확인한 권 선생과 방 선생은 걱정의 눈빛을 교환했다. 그리고 건드려서 좋을 것 하나 없지만 그래도 그저 두고 볼 수 없다는 정의감에 불탄 권 선생이 입을 열었다.

"여자는 말이야, 버스하고 똑같아. 그것도 순환버스. 놓친 것 같지만 반대편에서는 다른 버스가 나를 향해 달려오고 있거든? 그러니까……."

화들짝 놀란 방 선생이 권 선생의 옆구리를 쿡 찔렀다.

"왜 뜬금없이 버스 이야기는 하고 그래? 이거나 한 점 해."

"내 입은 고기 처먹는 데만 쓰냐? 내가 이 삶에서 우러나는 철학 한마디 전해 주려고……."

권 선생이 다수의 경험으로 터득한 이별을 극복하는 방법 백한 가지를 펼치려던 중 지훈의 휴대폰이 울렸다. 광현이었다.

─선생님, 저 광현입니다.

"어, 그래."

―어디십니까?

"선생님들이랑 삼겹살에 소주 한 잔 하고 있는데."

―그럼 제 말만 들으세요. 소식은 있었습니까?

"아니."

입 안을 감돌던 단맛이 불식간에 소태처럼 변해 버렸다. 잠시 잊고 있었던 마리의 배신이 또렷하게 떠오르면서 관자놀이의 혈관을 자극하고 만신창이가 된 심장을 옥죄었다.

―그래서 말인데, 일전에 제가 말씀 드렸던 사람들 있잖습니까? 돈 떼먹고 도망간 업소 아가씨들 전문으로 잡아다 주는.

"응."

―마침 오늘 그분들이 오셨는데 선생님께서 직접 나서기 뭐할 것 같으면 제가 대신 의뢰를 해볼까 해서요.

지훈은 대답 대신 방 선생이 뒤집고 있는 삼겹살만 뚫어져라 쳐다보았다. 돈봉투를 전해 주었던 기획사 사장도 함흥차사고 스스로 찾아볼 길은 더욱 만무했다. 그리고 사람 찾는 데는 이골이 난 사람들이니 무턱대고 찾아 나선 저보다는 훨씬 많은 기대를 걸어 볼 수 있을 터다. 그러니 개의치 않고 당장에 응, 이라든지 그래, 라든지 그것도 아니면 고개를 주억거려야 옳을 일이다. 일말의 양심도 없이 자신의 믿음을 배신하고 사랑을 배신했으니 인간사냥꾼 따위에게 걸려든들 주저할 필요가 없었다. 아니, 오히려 대가치고는 약하다고 비아냥거려야 했다.

'내가 시작한 일이 아니야. 난 최선을 다했어. 난 피해자야. 그러니까 내가 느낀 지옥을 통감할 수 있도록 되갚아 줘도 무방해.'

그러나 가까스로 굳힌 결심을 비웃기라도 하듯 강퍅한 마음속에 숨어 있던 약한 마음이 쑥 얼굴을 내밀었다.

'하지만…… 그렇다고 해서…… 그렇게까지는…… 아아!'

찰나와 같은 시간이었지만 머릿속이 도저히 가닥을 잡을 수 없을 정도로 헝클어져 버린 지훈에게는 영원과도 같은 시간들이 흘러갔다. 심각한 표정으로 휴대폰만 잡고 입을 봉해 버린 그를 보다 못한 권 선생이 말참견을 하고 나섰다.

"끊겼어?"

광현도 거들었다.

―선생님?

"어."

두 사람이 연이어 거들어서야 정신을 차린 지훈이 멍한 대답을 내놓았다. 그런 후 광현이 엄지를 쳐들어 보일 만한 선택을 결정했다.

"가게로 가면 되겠니?"

머리털 나고 처음으로 참석해 본 마리의 예배는 절정을 달리고 있었다. 열 명 남짓한 신도들 앞에서 하기엔 너무 열렬한 목사의 설교와 그가 전하는 이야기를 무조건적으로 믿는 교인들은 일심동체였다.

"예수님은 능력의 주님이십니다. 무덤 속에 있던 나사렛이 살아났고!"

"아멘!"

"앉은뱅이가 일어났고! 소경이 눈을 떴습니다."

"믿습니다! 아멘!"

"이 모든 것을 누가 행하셨습니까? 바로 우리 주님이십니다!"

"아멘!"

병에 걸리지 않았더라면 짜고 치는 고스톱처럼 무조건 아멘을 외치는 것을 코미디라고 밀어붙였을지도 모를 일이다. 또 죽은 사람이 살아나고 침에 괸 진흙을 바르고 어디 연못에 가서 눈을 씻었다는 이야기는 사기라고 들은 척도 하지 않았을 것이다. 그렇지만 모든 가능성을 붙잡아야 하는 마리는 한 번도 발음해 본 적이 없어 어색하기 그지없는 아멘 소리를 덩달아 힘차게 내뱉었다.

"아멘!"

신앙을 가진 사람들이 듣는다면 큰일 날 소리지만 마리의 중심은 단 하나였다. 쥐를 잡는데 흰 고양이면 어떻고 검은 고양이면 어떠냐 하는 말이 있다. 그와 같이 아이와 저 둘 중 하나만 선택해야 하는 잔인한 병을 낫게만 해준다면 언젠가

뉴스에서 본 사람들처럼 미친 듯이 뛸 수도 있고 울며불며 기도할 수도 있었다. 그런 그녀의 간절함을 모르는 김 권사는 예배에 집중하고 있는 마리 때문에 어깨가 다 으쓱해질 정도였다.

"우리는 이런 우리 주님의 사랑을 항시 기억하고 감사해야 합니다. 그것이 곧 아버지 하나님을 기쁘게 만드는 길이고 내 영혼을 구제하는 길임을 잊어서는 안 됩니다. 늘 깨어 있으십시오. 기도하십시오. 구하십시오! 그러면 주실 것입니다. 틀림없이 주십니다. 믿습니까?"

"믿습니다!"

"기도합시다. 아버지 하느님, 오늘 저희는 아버지의 무한한 사랑과 능력에 대하여……"

열정이 넘쳐나는 목사는 유려한 말솜씨로 마지막 기도를 시작했고 눈을 감은 신도들은 정성스레 손을 모으고 그 기도를 함께 간구했다. 그러나 그보다는 제 목숨과 아이의 목숨이 절박한 마리는 이기적인 기도만을 되풀이했다.

'살려 주세요. 제가 아니라 아무 죄 없는 우리 아기를 봐서 살려 주세요. 너무 착해서 탈인 우리 지훈이를 봐서라도 살려 주세요. 살려만 주시면 뭐든지 다 할게요. 다 할게요……'

파라파라의 가장 깊은 곳에 있는 작은 룸에 때 아닌 휘파람 소리가 울려 퍼졌다.

"휘익!"

그 소리에 지훈의 이마에 주름이 신경질적으로 접혔다. 그러거나 말거나 눈치라고는 없는 해결사는 손에 든 즉석 사진 속의 마리를 손가락으로 튕기며 제멋대로 값을 매겼다.

"이천만 원 값어치를 하네요. 원래 외제가 더 비싸니까. 아니, 이 경우는 외제가 아니라 기술제휴네요. 하하!"

음흉하고 얄궂은 눈으로 훑어보는 것이, 아무것도 모른 채 벙실거리고 있는 제 곁에 웨딩드레스 차림으로 서 있는 마리를 까발려 보는 것이 틀림없었다. 화를 낼 가치조차 없는 일이건만 지훈의 이마 주름은 더욱 깊은 골을 패고 목소리에는 화가 스며들었다.

"비용은 얼맙니까?"

지훈의 못마땅함을 눈치 챈 해결사가 입맛까지 다셔가며 바라보던 마리의 사진을 내려놓고 안드로메다에 던져두었던 개념을 찾아왔다.

"뭐, 비용이야 소스가 적냐 많냐에 따라 천차만별이죠."

"아는 건 이름과 나이, 그리고 주로 업소에서 밤무대 가수로 활동했다는 것뿐입니다."

"자, 한번 봅시다."

해결사는 일수 가방 같은 곳에서 검은 다이어리를 꺼내고 그 사이에 끼워 두었던 볼펜을 꺼내 이마로 꼭지를 쿡 찌른 다음 신문 같은 정보수집에 나섰다.

"부모나 친척관계는 어떻습니까?"

"없습니다."

"친한 친구는요?"

"없는 걸로 알고 있습니다."

"자주 가던 곳은?"

"집 앞 슈퍼하고 음악학원이 있습니다. 이건 그 음악학원 약도입니다."

지훈이 건넨 음악학원 원장의 명함을 받아든 남자가 고개를 갸웃거렸다.

"밤무대 가수라고 하지 않았습니까?"

"원래 성악을 했었습니다. 요새 들어 다시 시작했었구요."

"예에."

다이어리 사이에 명함을 끼워 넣은 해결사가 다시 질문을 시작했다.

"신체적 특징은? 점이나 흉터, 이런 종류."

순간 지훈의 목소리가 높아졌다.

"그런 게 왜 필요합니까?"

미주알고주알 찾고자 하는 사람에 대해 모든 것을 까발리는 뭇 사람과는 사뭇 다르게 까칠한 지훈에게 이상한 낌새를 느낀 해결사가 다만 철저히 직업에 입각한 질문이었음을 주장했다.

"그런 것보다 더 확실한 증거가 어디 있겠습니까? 특정 부위의 점이라든가 상처자국, 혹은 손가락이 휘었다거나 이런 특징 말입니다."

잔뜩 힘이 들어갔던 지훈의 어깨가 손톱만큼 처져 내렸다.

"없습니다."

"원래 머리색은요."

"금발입니다."

"신용은 어떻습니까? 은행권이라든지 카드, 사채 등등."

"불량자입니다."

"운전면허는 있습니까?"

"있다고 했습니다."

"철없는 것들이 선불 땡겨서 중고차 사는 경우가 종종 있습니다."

"예."

지훈이 점점 믿음을 줘가는 해결사에게 고개를 끄덕여 보이자 험상궂었던 얼굴을 한결 보드랍게 편 해결사가 다음 질문을 던졌다.

"지병이 있습니까?"

"병이요?"

"예. 원래 이쪽 계통에 있는 애들이 소화불량 뭐 이런 건 기본적으로다가 끼고 있고 또 산부인과에도 잘 들락거리는 터라 병원에서 잡는 수도 있습니다."

해결사의 설명에 지훈은 마리가 종종 배가 아프다고 했던 것을 기억해냈다.

"배가 아프다고 한 적은 몇 번 있었습니다."

"혹 집에 병원에서 처방 받은 약 봉지나 이런 게 있습니까?"

"아니요. 아프다고는 했지만 따로 약을 먹는 것 같지는 않았습니다. 병원에 다니지도 않았구요."

"그렇군요."

"그래도 혹 모르니 병원 쪽도 한번 찾아봐 주십시오."

"알겠습니다."

"비용은 얼마나 드리면 되겠습니까?"

"잠시만요. 어디 보자. 으음."

지훈의 긍정적인 대답으로 질문을 마친 해결사가 손으로 괸 턱을 끄덕거리며 적절한 계산을 뽑았다. 그새를 참지 못한 지훈이 불쑥 말을 던졌다.

"속성으로 할 수도 있습니까?"

"인원수를 늘리면 아무래도 빨리 결과를 볼 수 있으시죠. 비용은 두 배구요."

"그럼 그걸로 하겠습니다. 얼맙니까?"

"그러시다면 한 장 반으로 하죠. 착수금은 3분의 1로 하고 기한은 한 달, 그 후로 한 달 이상 지체될 경우에는 잔금은 돌려드립니다."

시원시원한 해결사의 제안에 지훈의 고개가 즉각 아래위로 움직였다.

"그렇게 하죠."

티셔츠와 청바지 차림의 마리가 날아갈 듯 가벼운 걸음걸이로 펜션의 입구를 나섰다. 등에는 밤새 달인 상황버섯 물 한 병과 오렌지 두 알, 화장지 등 소소한 것들을 담은 작은 배낭을 멘 채였다. 열심히 기도한 덕인지 몸서리 쳐지는 통증 없이 아침을 맞았다. 그래서 절로 콧노래가 나와 정원의 잡풀을 뽑고 있는 안주인을 발견하자마자 먼저 인사를 건넸다.

"안녕하세요!"

안주인이 넓은 챙 모자를 들어 올리며 알은체를 했다.

"어디 가요?"

"날이 좋아서 바람 좀 쐬려고요. 따님이 그러는데 가까운 데 산책하기 좋은 절이 있다던데요?"

"아, 화영사? 거기 참 좋아요. 철쭉도 한창일 테고 또 시간만 잘 맞추면 절밥도 먹어 볼 수 있고요."

"절밥 맛있어요?"

"별미라고 생각하면 맛있고 식당에서 사먹는 음식에 비하면 심심하고 그래요."

"한번 먹어 봐야겠어요."

"그래요. 잘 다녀와요."

"예!"

마리는 안주인의 친절한 배웅을 뒤로하고 마을버스를 타기 위해 펜션 앞 도로로 나섰다. 온화한 해풍이 머리카락을 간질이고 몸에 따스한 기운을 불어넣었다.

"으으음!"
지훈은 빠개질 것 같은 머리를 쥐어뜯으며 엉망이 된 이부자리를 뒹굴었다. 권 선생, 방 선생과 마신 이별주로 인한 숙취에 제대로 자지 못해 생긴 두통까지 합세해 그를 괴롭혔다. 침대 가장자리까지 굴러가며 몸부림을 쳐봤지만 숙취가 가라앉기는커녕 이제는 목이 쩍쩍 갈라지는 갈증까지 데려와 공격을 해왔다. 더 이상 눈을 감고 버티는 것은 무리였다.

"끄응!"
발가락에 가시가 박힌 곰처럼 묵직한 신음을 내뱉으며 가까스로 몸을 일으키고 침대에서 내려와 비틀거리며 방문을 열고 주방으로 나갔다. 냉장고 문을 열고 갈증과 숙취를 한꺼번에 해결해 줄 생수병을 찾아 더듬거렸다. 그러나 곧바로 잡혀야 할 생수병은 잡히지 않았다.

"젠장!"
나지막이 욕설을 내뱉은 지훈이 꾹 감은 채 찡그리고 있던 눈을 떴다. 생수병이 가지런히 줄을 서 있어야 할 자리는 텅텅 빈 채였고 먹을 것이라고는 없는 냉장고 안은 적막감마저 느껴질 정도였다. 언제 장을 봤는지 알 수 없으니 당연한 일이었다.

자괴감이 밀려들었다. 이를 아득바득 갈며 잘 버텨도 모자랄 판에 사직서를 내고 숙취에 시달려 더듬더듬 물이나 찾는 꼴은 비참 그 자체였다. 밑바닥을 전전할 때도 이렇게 망가진 적은 없었지 않나? 감당할 수 없는 부끄러움은 그로 하여금 제정신을 추스르게 만들었다.

냉장고 문을 닫고 싱크대로 가 컵 하나를 찾아 수도꼭지 밑에 댔다. 손잡이를 올리자 시원한 물이 쏟아져 나왔다. 한 컵이 가득 차자 그는 그것을 벌컥벌컥 마셨다. 그런 후 두 손 가득 물을 받아 엉망이 된 얼굴을 씻었다.

"푸우. 푸!"

일부러 입술을 불어 큰소리를 내며 얼굴을 씻은 다음 찰거머리처럼 달라붙는 숙취를 쫓아내기 위해 아예 머리를 수도꼭지 밑에 가져다대 버렸다. 까치집이 된 머리로 수돗물이 쏟아지면서 아무렇게나 헝클어진 머리를 개운하게 만들었다. 그런데 그 때 대문을 두드리는 소리와 함께 귀에 익은 목소리가 들려왔다.

"삼촌! 송 선생 삼촌!"

지훈이 고개를 들었다. 그러자 누군지 고민할 틈도 주지 않는 성마른 슈퍼 주인이 자신의 정체를 밝혀 왔다.

"삼촌! 나야, 나! 슈퍼 지영이 엄마! 안에 있는 거 아니까 문 좀 열어 줘봐!"

목이 터져라 부르고 주먹이 얼얼해지도록 대문을 두드렸건만 기척이라고는 없는 집을 까치발을 하고 들여다보던 슈퍼 주인이 덜컥 달려든 겁을 말로 바꾸었다.

 "이거 뭔 사단이 난 거 아냐? 정말 마리 씨가 도망가고 그 배신감에 몸부림치던 송 선생 삼촌은 그만 잘못된 선택을! 헉!"

 끝이 빤한 시나리오를 써 나가던 슈퍼 주인이 숨을 들이마셨다. 현관에서 불쑥 모습을 나타낸 지훈 때문이었다. 씻다 나왔는지 머리는 젖어 있었고 목에는 수건을 두른 채였다. 슈퍼 주인은 대문을 부여잡은 채 다소 부풀린 방문 이유를 말했다.

 "내가 깨웠나 봐. 어지간히 급한 일 아니면 안 깨웠을 텐데 급한 일이라."

 이유를 말했지만 고개만 쑥 내민 지훈은 도통 문을 열어 줄 기미를 보이지 않았다. 애가 탄 슈퍼 주인이 너스레를 떨었다.

 "문 닫고 할 이야기 아니니까 문이나 좀 열어 줘봐. 안에는 안 들어갈게."

 그렇게 다짐을 해서야 꿈쩍도 하지 않을 것 같던 지훈이 느릿느릿 현관문 아래 벗어두었던 슬리퍼를 꿰신고 나섰다. 마당을 가로질러 온 지훈이 대문을 열자 슈퍼 주인은 대뜸 잘

삭은 열무김치가 든 반찬통 하나를 그의 품에 안겼다.

"어!"

엉겁결에 반찬통을 껴안은 지훈이 놀라움 한 줄기를 흘렸다. 그러자 해묵은 숙제를 해치운 것만 같은 슈퍼 주인이 생글생글 웃으며 진짜 방문 이유를 밝혔다.

"열무김치야. 아침 먹다가 삼촌이랑 마리 씨 생각나서 싸 왔어. 별건 아니지만 내 성의다 하고 먹어 줘."

악의라고는 손톱만큼도 없는 친절이었지만 마리의 마 자만 들어도 가슴에서 피가 나는 지훈에게는 잔인한 일이었다. 상처 입은 지훈의 낯빛이 차츰 어두워졌지만 먹을 것을 나눠 주는 일 외에도 또 다른 용건이 있는 슈퍼 주인의 눈은 날쌔게 그의 어깨 뒤를 넘나들었다.

빨랫줄은 뜯겨 나갔고 화단은 엉망이었으며 지훈의 구두 곁에 나란히 있어야 할 아찔한 굽을 자랑하는 마리의 구두가 없었다. 궁금증이 뭉게구름처럼 커져 버린 슈퍼 주인의 입이 절로 열렸다.

"그런데 요새 통 마리 씨가 안 보이네?"

칙칙한 지훈의 이마에 즉시 굵은 주름이 잡혔다. 그러자 제풀에 놀란 슈퍼 주인이 더듬더듬 말을 이었다.

"절대 나쁜 뜻으로 한 소리가 아냐. 남들은 시답잖은 소리를 지껄이지만 두 사람 속 환히 아는 난 그런 헛소문에 눈도 안 떠. 그럴 리가 없잖아. 마리 씨가 삼촌을 얼마나 좋아하는

데. 삼촌은 또 마리 씨를 얼마나 좋아하고."

속사포 같은 슈퍼 주인의 말소리는 또 다른 숙취가 되어 지훈의 창자를 비틀어댔다. 단숨에 목구멍을 타고 오른 신물을 입 밖으로 토해낼 것만 같았다.

"고맙습니다."

그리고 대문을 닫으려고 했다. 그런데 그의 그런 반응에 괜한 자책감을 느낀 슈퍼 주인이 팔짝 뛰었다.

"삼촌! 난 절대 아니야. 홀몸도 아닌 마리 씨가 도망을 갔을 리가 없지! 암!"

빤한 본질을 들킬까봐 생각도 없이 와락 토해낸 말이 벌써 반쯤 대문을 닫아 버린 지훈의 손을 멈추게 만들었다. 그가 대문을 확 열어젖혔다. 그 바람에 중심을 잃은 열무김치 통이 텅 소리를 내며 바닥으로 떨어졌다. 땅에 떨어지자마자 빨간 김치 국을 줄줄 흘려내는 김치통을 본 슈퍼 주인이 기겁을 했다.

"에그머니! 저걸 어째!"

그러나 김치 따위가 눈에 들어올 리가 없는 지훈은 방금 제 두 귀로 똑똑히 들은 황당한 소리에 대한 진위를 캐고 들 뿐이었다.

"그게 무슨 말입니까? 홀몸이 아니라니요? 누가요? 마리가요?"

눈을 부릅뜨고 따지듯 묻는 그의 기세에 놀란 슈퍼 주인이 바싹 움츠러들었다.

"나는…… 그러니까 내 말은, 꼭 임신을 했다는 소리가 아니라 그런 것 같다는 이야기야. 아, 요새 그게 무슨 흉이 돼? 필수혼수품이라더라. 나도 우리 지영이 아빠랑 결혼 전에 우리 지영이……."

슈퍼 주인은 지훈의 험악한 표정에 놀라 애먼 딸까지 가져다 붙여가며 발뺌을 하려 했다. 하지만 펴지기는커녕 더 무서워지는 지훈 때문에 이실직고할 수밖에 없었다.

"그냥 나 혼자만 생각하고 있었지, 누구한테도 입 벙긋도 안 했어. 마리 씨가 생선 비린내에 헛구역질했다는 거 나만 알아. 그러니까 오해 마, 삼촌. 알았지?"

슈퍼 주인은 행여나 덤터기를 쓸까봐 신신당부를 해왔다. 하지만 그것은 둔기로 변해 지훈의 뒤통수를 가격했다.

'마리가…… 임신을 했어?'

단순히 헛구역질만 가지고 임신을 추정하기에는 무리였지만 어떤 갈피도 잡지 못하고 있는 지훈에게 그것은 바닷물을 들이켠 것 같은 갈증을 불러일으켰다. 단서를 잡아야 했다.

"마리가 뭘 어쨌다고요?"

"아니, 그러니까 삼촌이랑 결혼한다고 말하고 나서 며칠 후에 삼치를 사러 왔더라고. 삼촌 해준다고. 그래서 내가 삼치를 꺼냈는데 구역질을 했어. 내가 놀래서 보니까 정색을 하고 아니라고 하더니만 좀 있다가 또 구역질이 나는지 입을 가리고 손을 꼽더라고. 그러고 집에 가더니 곧장 큰길로 내려가기에 난 병원 가나 보다 했지."

뭐가 뭔지 전혀 감을 잡을 수가 없었다. 슈퍼 주인의 말대로라면 마리의 임신 가능성은 농후했다. 거기다 비린내에 얼굴을 찌푸리고 코를 쥐어 막는 정도가 아니라 연달아 헛구역질을 했다면 예삿일은 아니었다. 또 임신을 못한다는 말에 피임을 생각지도 않았던 적을 떠올리니 가능성의 수치는 자꾸 올라갔다. 그 때 어제 만난 남자가 했던 말이 번뜩 떠올랐다.

[원래 이쪽 계통에 있는 애들이 소화불량 뭐 이런 건 기본적으로다가 끼고 있고 또 산부인과에도 잘 들락거리는 터라 병원에서 잡는 수도 있습니다.]

망망대해에서 지푸라기를 잡은 심정이었다. 희망이 태양처럼 솟으면서 숙취가 말끔하니 사라졌다. 그리고 지금 당장 해야 할 일이 떠올랐다. 지훈은 부랴부랴 인사를 챙겼다.

"고맙습니다. 잘 먹겠습니다."

"그럼 삼촌은 모르고……."

쾅!

지훈은 미련 없이 대문을 닫아 버렸다. 말실수를 한 거 아닌가 해서 절절매던 것을 잊고 호기심을 발동시키던 슈퍼 주인은 미처 닫지 못한 입을 어찌해야 할지 몰라 난감해 했다.

절이라고 부르기에는 거창하고 암자라고 하기엔 또 큰 화영사는 황금빛 햇살의 축복을 아낌없이 즐기고 있었다. 대웅전의 지붕은 빛나고 화려한 단청은 때깔이 나고 바람에 흔들리는 풍경은 마음을 맑게 해주는 청아한 노래를 조용히 읊조렸다. 그런 고요한 아름다움 속에서 마리는 마음을 다해 절을 올리고 있었다.

후끈한 땀줄기가 이마와 턱, 콧날을 가리지 않고 타고 내리며 상기된 얼굴을 흠뻑 적셨다. 등줄기가 축축해졌고 무릎은 후들거리고 아랫배는 펴지 못할 만큼 당겼다. 그럼에도 마리는 후들거리는 무릎을 기꺼이 굽혔다. 너무 혹사시켜 푹 꺼져버린 방석 위에 몸을 옹크리고 이마를 댄 뒤 손바닥을 뒤집었다. 처음 열 번을 할 때만 해도 엉성하기 짝이 없던 절하는 품세가 신실한 신자에 버금가게 완벽했다. 간구하는 마음으로 몸을 낮추고 입에 단내가 날 정도로 되뇐 소원을 다시 한 번 빌었다.

'살려 주세요. 아이와 저 모두 건강하게 지켜주세요. 지훈이에게 우리 둘 모두 돌아갈 수 있도록 도와주세요.'

어제는 교회였고 오늘은 절이라니, 신들의 자비를 바라는 것인지 아니면 저주를 바라는 것인지 알 수 없는 행동이었다. 그러나 어떤 것을 붙잡아야 두 목숨을 살릴 수 있는지 알지 못하는 마리는 일말의 양심의 가책도 거리낌도 없었다. 단지 효험이 있다는 백팔 배를 채워야 한다는 결심밖에 없는 그녀는 백한 번째의 절을 하기 위해 몸을 일으켰다. 하지만 익숙지 않은 절로 인해 물 먹은 솜뭉치가 되어 버린 몸은 딱딱한 마룻바닥에 땀방울을 점점이 찍을 뿐 까닥도 하지 않았다. 어금니를 깨물었다.

"으음!"

그리고 손바닥으로 방석을 쥐어짜듯 움켜 집으며 천근만근 무거운 몸을 억지로 일으켰다.

"하아, 하!"

가까스로 몸을 일으킨 마리는 가슴을 들썩이며 가쁜 숨을 몰아쉬었다. 현기증이 일어 시야가 빙글빙글 돌았다. 쑥쑥 아리는 것 같은 아랫배를 움켜잡았다. 그럼에도 백한 번째 절을 하기 위해 후들거리는 무릎 한쪽을 구부렸다. 그 때 큰스님의 엄명으로 억지기도를 해야 하는 혜연이 법당으로 들어서다 마리를 발견했다.

한눈에 봐도 뭔가 절절한 사연이 있는지 몸을 가누지도 못하면서 절을 하려는 것 같았다. 첨 해본 염색이 잘못된 덕에 머리를 박박 밀기까지 한 천방지축 말괄량이이긴 하나 그래도 절밥으로 큰지라 가련한 중생을 보면 그냥 못 지나치는 혜연은 무리를 하는 마리를 말렸다.

"그렇게 죽자 살자 절만 해서 바라는 것을 이룰 것 같으면 불행이라는 말은 존재하지 않을 거예요."

힘이 달려 절로 끄덕이는 고개를 돌리자 합장을 하는 앳된 비구니 스님이 보였다. 아직 십 대인 것 같은 스님의 얼굴은 금방 세수를 하고 난 것처럼 맑고 밝았다. 그녀가 낭랑한 목소리로 물었다.

"점심공양 함께 하실래요?"

펜션 안주인의 말대로 확 끌어당기는 맛은 없지만 담백한 맛이 깃든 절밥을 한 톨도 남기지 않고 비웠다. 그리고 따스한 햇볕이 스며드는 마루에 앉아 정성껏 끓인 차까지 대접 받았다. 그때까지 마리는 입 벙긋도 하지 않았고 어린 나이에도 불구하고 세상을 초월한 듯 고요해 보이는 혜연은 사적인 이야기는 단 한 마디도 묻지 않았다. 그저 나란히 앉아 바람에 흔들리는 풍경 소리를 들으며 생기를 불어넣어 주는 녹차를 음미할 따름이었다.

그렇게 시간은 흘러갔고 잔은 가벼워졌다. 먼눈으로 완만한 곡선을 그리는 산과 푸른 하늘을 응시하던 혜연이 불쑥 입을 열었다.

"이곳에서 열여덟 해를 살았는데 늘 새로운 것 같아요. 아마 시시각각 변하는 저 구름 때문인 것 같아요."

마리는 그제야 고개를 옆으로 돌렸다. 빙그레 웃고 있는 혜연이 구름 이야기를 꺼낸 것은 자신의 해묵은 이야기로 마리를 위로하고자 하는 뜻임을 알렸다.

"강보에 싸인 채 왔으니까 올해가 꼭 여덟 해째랍니다. 업둥이거든요."

혜연의 친절한 설명이 이어졌지만 마리는 마치 귀가 먼 사람처럼 한 모금 남은 차만 들이켰다. 그러자 혜연이 먼저 통성명을 해왔다.

"전 혜연이에요, 이혜연."

"예에."

"저 스님인 줄 알고 따라오셨죠?"

통성명을 하기 싫어 마지못한 대꾸로 얼버무리던 마리가 다시금 혜연을 바라보았다. 장난꾸러기 같은 웃음을 머금은 그녀는 동그랗고 만질만질한 제 뒤통수를 매만지고 있었다.

"이렇게 민둥산이 될 줄 알았다면 폼 나게 진짜 스님이나 되는 건데…… 작년 겨울에 덜컥 암에 걸려 버렸지 뭐예요. 혈액암이요."

혜연의 폭탄선언에 전기에 감전된 것 같은 충격을 받은 마리는 저도 모르게 아직 따스한 온기를 품고 있는 찻잔을 꽉 움켜쥐었다. 그리고 혜연은 큰스님께 경을 맞아도 쌀 일이지만 누군가의 위로가 절실히 필요해 보이는 마리를 위해 극단적인 설정을 가져다 붙였다. 원래 사람이란 남의 불행이 자신의 불행보다 더 컸을 때 위로를 받고 안도하는 법이니까.

"전 백혈병은 여주인공들이나 걸리는 줄 알았거든요? 근데 제가 그 주인공이 될 줄 누가 알았겠어요? 그것도 멋있는 남자주인공도 없이. 너무 슬프죠? 신파야, 신파."

예상치 못했던 혜연의 고백은 마리의 입술을 아무렇게나

움직이게 만들었다.

"나았어요?"

그 한 마디에 혜연은 비틀거리면서도 절을 멈추지 않던 마리의 깊은 번뇌를 짐작하게 되었다. 건강에 문제가 있는 모양이었다. 더 그냥 지나칠 수 없게 된 혜연은 능청스레 어깨를 으쓱해 보였다.

"건강해 보이지 않나요?"

그러자 더욱 간절한 눈을 한 마리가 확실한 답을 요구해 왔다.

"그럼 나은 거예요?"

"낫고 있는 중이에요. 골수 이식 받았거든요. 거부반응이 관건이긴 한데 이 정도면 산 거나 마찬가지죠."

"불공을 얼마나 드렸어요? 하루에 몇 시간이나요? 새벽기도도 하셨어요?"

마리는 숨도 쉬지 않고 어떻게 놓칠 뻔했던 목숨 줄을 다시 거머쥐었는지 물었다. 다급한 마음에 너무 많은 태를 낸 덕에 혜연이 대뜸 물었다.

"암이세요?"

일순 놀란 마리는 눈에 힘을 주고 몸을 경직시켰다. 그러나 이내 뻣뻣한 입술을 열고 두 가지의 진실 중 하나를 선택했다.

"아니에요. 난 아이 때문에 왔어요. 임신했거든요. 순산하게 해달라고 기도하러 왔어요."

혜연은 굳이 더 캐묻지 않고 고개를 까닥였다.

"그러시구나. 축하드려요."

"고맙습니다."

"뭘 물어보셨더라? 아, 불공을 얼마나 드렸냐고 물어보셨죠? 병원에서 생사의 갈림길에 섰을 때는 정말 열심히 했죠. 매달릴 분이 부처님밖에 없었거든요. 그런데 죽어라 하는데도 이놈의 백혈구 수치가 안 올라가는 거예요. 그래서 제가 무슨 짓까지 했는지 아세요?"

마리는 뭔가 특별한 방법이었을 것 같은 혜연의 대답을 기대했다.

"날라리이긴 해도 그래도 절밥으로 큰 주제에 병원 근처에 있는 교회는 물론이고 성당까지 가서 기도했어요. 울며불며 아무나 좋으니까 나 좀 살려 달라고요. 살려만 주면 뭐든지 다 하겠다고 떼를 썼어요. 아마 큰스님한테 안 걸렸으면 이태원인가에 있다는 이슬람 사원도 찾아갔을지 몰라요. 참 한심하죠?"

"아니요!"

와락 소리를 내지른 마리는 놀라 눈을 끔뻑이는 혜연을 마냥 바라보았다. 자신의 반응이 지나치게 감정적이라 곤궁한 처지를 들킬 수도 있다는 생각은 들었다. 그렇지만 혜연의 간절함을 저 또한 절실하게 공감하고 있음을 숨길 수 없는 입술이 스르륵 열렸다.

"나라도 그랬을 것 같아요. 살 수만…… 있다면 나라도 그랬을 것 같아요."

마리는 지푸라기라도 잡고 싶은 절박함을 통감한지라 말로 표현하는 것도 모자라 고개까지 끄덕여 가며 동조했다. 그것으로 마리의 번뇌의 원인을 알아본 혜연은 속으로 얼른 나무관세음보살을 외친 다음 화사하게 웃어 보였다.

"네. 그렇게 떼를 쓰니까 들어주시더라고요. 그러니까 보살님도 막 저처럼 아무나 붙잡고 떼쓰세요. 그럼 들어주실 거예요, 분명."

유치하기 짝이 없었지만 혜연의 진심 어린 위로는 황량한 겨울 벌판에 홀로 서 있는 것 같던 마리를 포근히 감싸 안기에는 충분했다. 마리의 고개가 더욱 크게 주억거려졌고 그 바람에 그녀의 눈가에 매달려 있던 뜨거운 눈물방울이 동백꽃처럼 뚝뚝 떨어졌다.

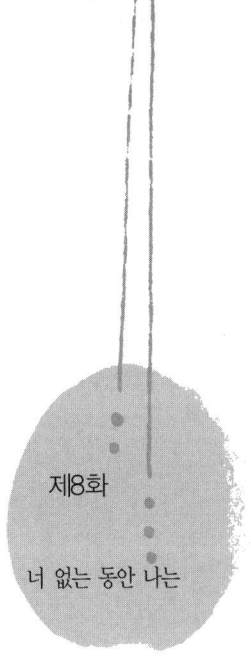

제8화

너 없는 동안 나는

사미센 소리가 이국적인 정취를 더욱 고취시켜 주고 있는 일식당 백야에서는 오랜만에 만난 친구들이 허물없는 대화를 나누고 있었다.

"산부인과 간판 내리고 여성 병원으로 고칠까 생각 중이야."

"그것도 좋지. 요새 산부인과 하나만 보는 데 별로 없어. 오히려 레이저 시술만 전문적으로 하는 데가 더 많더라고."

"그러니까. 나도 어지간만 하면 하던 것만 하고 싶은데 수지 맞추기가 영 어려워서 말이야."

친구의 고민을 덜어주고 싶은 최 박사는 도움을 자처하고 나섰다.

"하려고 마음먹음 나한테 말해. 내가 레이저 잘하는 친구 소개해 줄게."

"피부관가?"

"아니, 가정의학관데 처음 개원할 때부터 비만하고 피부에다 중점을 두더니 지금은 어지간한 피부과보다 더 유명해. 말 들으니까 2년 만에 세 들어 살던 병원 건물을 통째로 샀다고 하드만."

"정말 괜찮나 보네."

"그런가 봐."

"그럼 내가 마음 정하는 대로 연락 줄 테니까 연결 좀 해 줘."

"그래. 자, 먹자고."

"그러세."

친구 덕에 고민을 좀 덜어낸 이 원장은 무지갯빛이 돌 정도로 신선한 농어회 한 점을 입 안에 넣었다. 걱정거리를 덜어내선지 좀 전에는 미처 몰랐던 감칠맛이 입 안 가득 맴돌았다.

"역시 봄에는 농어가 최고야."

"이 회는 뭐니 뭐니 해도 직접 잡아 그 자리에서 먹는 게 최고지. 낚시 한번 가자고."

"좋지. 아참, 그 환자 어떻게 됐나?"

"환자? 누구?"

"왜 그 있잖나, 오바리 캔서(오바리 캔서: 난소암, Ovary ca.)로 의심돼서 내가 보냈던. 임신 중이었잖아. 혼혈로 대단한 미인이고."

이 원장의 자세한 설명에 너무나 침착하게 현실을 받아들이던 마리를 떠올린 최 박사가 무릎을 탁 쳤다.

"아! 그?"

"그래."

"그런데 나 그 환자 수술 안 했는데?"

"뭐?"

"검사결과 듣고는 대번에 보호자랑 와서 검사 받은 다음에 수술 받겠다고 하고서는 안 왔어. 아마 다른 병원으로 갔나 봐."

마리의 오열을 직접 보지 못한 최 박사는 대수롭지 않게 여겼지만 가슴이 다 미어질 것 같던 절절한 울음을 기억하고 있는 이 원장은 등골이 서늘해졌다.

'이런! 출산을 감행하기로 한 건가? 고집을 부려서 될 일이 아니라고 그렇게 누누이 말했는데 설마! 아니야. 아니겠지. 아무리 모성애가 강하다고 해도······.'

이 원장은 수많은 환자들 속에서도 유독이도 딱한 사연을 가지고 있던 덕에 안타까움으로 기억되고 있는 마리의 안위를 바라는 마음에 잘게 고개를 흔들며 최악의 가능성을 지워 버렸다. 그런 친구를 물끄러미 쳐다보던 최 박사가 이유를 물었다.

"왜 그래?"

"어? 아니야. 자, 내 술 한 잔 받게."

"좋지."

최 박사는 기꺼이 잔을 내밀었고 가까스로 눈물범벅이던 마리의 얼굴을 지워낸 이 원장은 친구의 잔을 채우는 데 집중했다.

문을 열자마자 찰거머리를 만난 간호사는 부글부글 끓어오르려는 짜증을 꾹 참고 벌써 세 번이나 일러준 규정을 이유로 들어 거절했다.

"규정상 안 돼요."

하지만 괜히 찰거머리가 아닌 해결사는 이제 읍소형으로 전략을 바꿨다.

"아, 사정 좀 봐주십시오. 내가 오죽하면 이렇겠습니까? 우리 제수씨 때문에 제 동생이 다 죽게 생겼습니다. 산부인과 갔다 오는 길이라고 마지막 통화를 하고서는 감쪽같이 사라져 버렸는데 이거 미치고 팔짝 뛸 일 아닙니까? 사람 하나 살리는 셈 치고 차트 한 번만 들춰봐 주십시오. 내 이 은혜는 평생 잊지 않겠습니다, 선생님."

들어보니 사정은 딱하지만 어떤 경우에도 환자의 신상 정보에 대해서는 함구해야 하는 간호사는 소신을 택했다.

"안 됩니다. 돌아가세요."

"그러지 말고 선생님, 사정 한 번만 봐주십시오. 찾기 귀찮으시면 제가 직접 찾아……."

"자꾸 이러시면 경찰을 부르겠어요!"

"무슨 일이야?"

"원장님."

출근을 하다 간호사와 실랑이를 벌이고 있는 해결사를 발견한 이 원장이 두 사람 사이로 끼어들었다. 진드기 같은 해결사 때문에 목청을 돋우던 간호사가 정황을 이야기했다.

"이분이 찾는 분이 계신가 본데 자꾸 그분이 왔다 갔는지 물으시잖아요. 환자 개인신상 정보 공개라 안 된다고 했는데도 자기가 차트를 뒤져 보겠다고 억지를 부려요."

"선생님, 제가 오죽 급하면 이렇겠습니까? 저희 제수씨가 산부인과를 다녀오는 길이라는 마지막 전화 통화를 남기고 실종이 됐습니다. 그래서 이렇게 온 가족이 나서서 인근의 산부인과를 다 찾아다니고 있습니다. 좀 도와주십시오."

해결사는 그럴듯한 표정을 지어 보여 가며 동정심을 유발했다. 하지만 의사로서의 양심을 중히 여기는 이 원장은 그의 딱한 사정을 봐주지 않았다.

"사정은 안 되셨습니다만 저희가 해드릴 수 있는 것은 없습니다."

"원장님!"

"더 이상 소란을 피우시면 경찰에 연락하겠습니다."

이 원장의 단호한 거절에 해결사는 쓴 입맛을 다시며 연극을 접었다. 그러면서도 한 마디 쏘아붙이는 것을 잊지 않았다.

"거 사람을 살려야 의사 아닙니까? 한 목숨은 죽었는지 살았는지 모르고 한 목숨은 곧 죽게 생겼는데 규정 들먹이며 바라보기만 하는 것이 의사가 할 짓이냐고요! 에잇!"

괜한 의사로서의 자질을 들먹이고 난 해결사는 쌩하니 문을 열고 나가버렸다. 그 황당무계한 적반하장에 간호사가 입을 떡 벌렸다.

"허!"

"아침부터 별 미친놈을 다 보겠군."

"그러게 말이에요. 차 드릴까요?"

"어."

"금방 드릴게요."

"땡큐."

간호사는 커피를 뽑을 준비를 시작했고 이 원장은 원장실로 향했다. 양복저고리를 벗어 옷걸이에 걸고 의자에 앉아 신문을 잡으려고 손을 뻗치던 그가 우뚝 동작을 멈췄다. 귀에 쟁쟁한 한 목소리 때문이었다.

[거 사람을 살려야 의사 아닙니까? 한 목숨은 죽었는지 살았는지 모르고 한 목숨은 곧 죽게 생겼는데 규정 들먹이며 바라보기만 하는 것이 의사가 할 짓이냐고요!]

묘하게도 불청객이 주장한 의사로서의 도리가 며칠 전 궁금증과 걱정을 자아내게 한 마리에게 닿았다.

'대번에 수술에 동의했다고? 뭔가 아귀가 맞지가 않아. 아이에 대한 집착이 대단했는데 며칠 사이에 대번에라는 말을 들을 만큼 마음을 바꾸는 건 무리야. 다른 치료법을 묻든지 좀 더 버텨 보겠다든지 매달렸어야 정상인데 대번에 수술에 동의를 하고 날짜까지 잡아? 그리고 병원에 오지 않았다? 좋지 않아.'

꼬리에 꼬리를 무는 가정과 의문점, 그리고 의사로서의 양심과 도리 속에서 고심하던 이 원장이 신문을 집으려던 손을 거둬 대신 인터폰 수화기를 들었다. 그 때 문이 열리고 방금 내린 향긋한 커피 한 잔을 받쳐 든 간호사가 들어왔다. 그러자 바로 수화기를 내려놓은 이 원장이 자신의 고민거리를 타파할 지시를 내렸다.

"마침 잘 왔어. 가서 박마리 씨 차트 좀 찾아와 봐."

"아직요?"

지훈의 어금니가 꽉 다물렸다.

"도대체 제대로 찾고 있긴 하는 겁니까? 벌써 며칠째입니까! 결정적인 단서 주고, 사람 더 필요하다고 해서 두 사람 더 고용까지 했는데 이게 뭡니까? 서울 시내 산부인과를 다 뒤지고도 남았겠습니다!"

천장이 다 들썩거릴 정도의 지훈의 격렬한 울분에 찾아간 병원마다 퇴짜를 맞아 기분이 더러워진 해결사가 작업의 애로사항을 토로했다.

―선생님, 화내지 마시고 제 말 좀 들어 보십시오. 병원 가서 물어보기만 하면 되는 일이 아닙니다. 환자를 보호해야 할 의무가 있기 때문에 무턱대고 이름 댄다고 안 가르쳐 줍니다. 더군다나 산부인과 아닙니까? 그래서 구구절절한 사연 늘어놓고 눈물 찔끔까지 해야 겨우 왔다 갔다 말해 줄까 말까 한단 말입니다. 그러느라 시간이 좀 걸리는 것뿐이니 너무 노여워 마시고 조금만 더 기다려 주십시오.

마음 같아서는 당장 계약을 해지해 버리고 싶었지만 다른 선택의 여지가 없기에 지훈은 부글부글 끓어오르는 부아를 꾹꾹 눌러 삼켰다.

"얼마나 더 기다리면 되겠습니까?"

―사흘만 더 여유를 주십시오. 제가 어지간하면 이렇게 날짜 좀 봐달라 부탁 안 드리는데 이번 같은 경우는 진짜 오리무중이라 진땀이 다 납니다. 사흘만 기다려 주시면 그때는 꼭 좋은 소식 알려 드리겠습니다.

"기다리겠습니다."

―예, 예. 열심히 하겠습니다.

"수고하십시오."

통화를 끝낸 지훈은 신경질적으로 휴대폰을 닫았다. 열을 내선지 목이 바싹바싹 타들어갔다. 주방으로 향했다. 버릇처럼 냉장고 손잡이로 손을 가져가다 생수를 사본 지가 한참 됐다는 사실을 깨달고는 싱크대로 자리를 옮겼다. 컵을 꺼내기도 귀찮아 수도꼭지에 입을 대고 미지근한 수돗물로 목을 적셨다. 그리고는 곧장 나갈 준비를 서둘렀다.

무작정 소식만 기다릴 수는 없었다. 꿩 구워 먹은 소식인 기획사 사장을 다시 찾아가서 전에 일했다던 업소 이름이라도 알아내 찾아가 보고 시간이 남으면 인근 산부인과도 돌아보리라 마음먹었다. 대충 점퍼를 걸치고 현관을 나서는데 갑자기 전화가 울렸다. 후다닥 뛰어 들어와 수화기를 잡아챘다.

"여보세요! 여보세요?"

전화를 끊은 것은 아니었다. 하지만 뭔가 주저하는 듯 어떤 목소리도 흘러나오지 않았다. 가슴이 철렁 내려앉은 지훈이 벌벌 떨리는 심장을 부여잡고 물었다.

"마리……니?"

그러자 그 말이 나오기만을 기다렸다는 듯 묵직한 남자의 음성이 건너왔다.

―박마리 씨 보호자분 되십니까?

"누구시죠?"

―송지훈 씨?

마리에 이어 제 이름까지 알고 있는 남자의 정체를 알 수 없었지만 지훈은 무작정 고개를 끄덕였다.

"예, 맞습니다. 제가 송지훈입니다."

―그러시군요. 죄송하지만 박마리 씨와 통화할 수 있을까요?

마리를 찾는 것을 보면 그녀의 잠적을 모르는 사람이었고 또 사고를 알리는 사람도 아니었다. 누굴까? 밝혀야 했다. 지훈은 침착하게 평안을 가장했다.

"지금 마리가 자리에 없는데요. 어디시라고 전해 드릴까요?"

―아, 아닙니다. 제가 다시 걸겠습니다.

"잠깐만요!"

지훈은 다급한 외침으로 예의바르지만 여지를 주지 않고 곧장 사라져 버리려는 남자를 붙잡았다. 그리고 진실을 이야기했다.

"마리는 집에 없습니다. 갑자기…… 사라져 버렸어요."

"이쪽으로 오세요."

간호사의 안내를 받은 지훈은 그녀를 따라 원장실로 들어섰다. 슈퍼 주인의 넘겨짚기가 괜한 것이 아니었음을 증명해 주고 마리에 대한 큰 비밀을 알고 있는 것 같은 뉘앙스를 품기던 의사가 보였다. 간호사가 점심시간 일부를 부러 쪼개 시간을 마련한 이 원장에게 지훈을 소개했다.

"원장님, 송지훈 씨세요."

그러자 서글서글한 웃음이 인상적인 이 원장이 자리에서 일어나며 먼저 손을 내밀었다.

"안녕하십니까? 이장수라고 합니다."

"송지훈입니다."

"앉으세요."

"예."

이 원장은 지훈에게 자리를 권한 다음 차부터 권했다.

"차 하시겠습니까?"

"아니요, 됐습니다. 저기, 이거."

지훈은 이 원장의 호의를 부드럽게 물리치고 대신 해결사에게서 찾아 점퍼 안주머니에 넣어 온 마리의 사진을 그에게 건넸다.

"이 사람이 맞습니까?"

"예, 맞네요. 맞습니다. 대단한 미인이라 또렷이 기억하고 있습니다."

이 원장의 증언으로 그가 먼저 전화를 걸어 찾았던 박마리가 제가 찾고 있는 마리와 동일 인물임을 알게 된 지훈은 눈앞이 아찔해지는 것만 같았다. 그러나 마냥 놀라고 있을 수만은 없기에 조심스레 거의 확실시 되는 임신 여부에 대해 물었다.

"임신……이었습니까?"

"예. 제가 진료했을 때는 4주째였습니다."

순간 지훈은 중력을 잃은 사람처럼 휘청거렸다. 가정이었을 뿐인 사실이 현실이 되고 그 현실은 끔찍한 새로운 가정을 불러왔다.

"그럼 수술했습니까?"

"아닙니다."

고개를 잘게 저은 이 원장이 생각지도 못했던 지훈의 오해를 풀기 시작했다.

"중절 수술 때문에 오신 것이 아닙니다. 처음엔 임신 여부를 확신하지 못해 찾아오셨고 임신 소식을 듣고는 무척이나 기뻐하셨습니다. 적어도 초음파 결과를 통보 받기 전까지는요."

산 넘어 산처럼 지훈의 혼란은 깊어졌다. 자신을 철저히 배신한 마리가 임신을 기뻐했다는 것도, 또 무슨 용도로 했는지 알 수 없는 초음파 결과에 절망했다는 것도 전혀 감이 잡히지 않았다. 그래서 멍하니 이 원장만 쳐다볼 수밖에 없었다. 그의 혼란을 알아차린 이 원장이 어렵게 말을 꺼냈다.

"임신 결과를 알아보기 위해 초음파 검사를 시행했는데 난소에서 악성으로 의심되는 종양이 발견됐습니다."

"악성이라면 암을 말씀하시는 겁니까?"

이 원장은 무거운 고개를 끄덕였다.

"복통을 호소하셨던 것도 그 때문이었습니다. 어른 여자 주먹만 한 크기니 이미 많이 진행된 상태고 난소암이라는 것이 다른 암보다 전이가 빠르기 때문에 즉시 개복을 해 조직검사를 하고 제거수술을 받습니다. 박마리 씨에게도 그렇게 말씀 드렸습니다만, 아이에 대한 집념이 너무 강해 일단 그쪽의 권위자인 제 친구를 소개해 드렸습니다. 일주일 후에 결과가 나왔는데 역시 초진과 같은 결과였답니다. 박마리 씨에게 통보했더니 보호자분과 함께 수술 받으러 오겠다고 하고는 오시지 않았고요."

간단명료한 이 원장의 설명에 미처 깨닫지 못하고 그냥 흘려보내 버렸던 기억들이 팡팡 플래시를 터트리며 지훈의 머릿속을 밝혔다. 전화를 하다가도 아프다고 했고 지각을 해버린 날 아침에 사랑을 나누다가도 아프다고 했었다. 심지어는 웨딩드레스를 입고 있던 마지막 날조차도 통증을 호소했다.

그뿐이 아니었다. 모든 게 이상했다. 웨딩드레스 구경을 하느라 학원을 빠졌다던 그날도, 화장실을 간다고 하고는 사라져 한참 만에 민낯으로 나타난 것도 이상했다. 아니, 다른 건 다 젖혀두고서라도 파주에서의 하루는 정말 이상했지 않나? 소리 없는 눈물이 주르륵 야윈 뺨을 적셨다.

"몰랐습니다. 정말 몰랐습니다. 그러려니 했습니다. 몇 번이나 아프다고 했는데 약 한 번 사다 주지 않았어요. 몇 번이나 나 아프다고, 죽을 수도 있다고 기미를 줬는데도 알아차리지 못했어요. 죽으면 제 곁이 아니라 엄마 곁에 묻어 달라고까지 했는데…… 끄윽!"

지훈은 양심도 없이 목구멍까지 차오른 울음을 삼키기 위해 어금니를 악물었다. 눈시울에 아슬아슬하게 맺힌 그의 눈물을 본 이 원장이 위로의 말을 건넸다.

"송지훈 씨 탓이 아닙니다. 단 한 번 봤을 뿐이지만 감히 송지훈 씨에 대한 박마리 씨의 사랑의 깊이를 알 수 있다 자부할 정도로 절절했습니다. 그러니 죽을힘을 다해 감췄겠지요. 독심술을 하지 않는 이상은 알아보지 못했을 겁니다."

"아니요. 당연히 알아봤어야 합니다."

지훈은 격렬히 고개를 저어 이 원장의 친절을 내쳤다. 그리고 잔뜩 일그러진 얼굴로 용암처럼 들끓고 있는 후회와 자책을 쏟아냈다.

"사랑한다고 했는걸요? 사랑하는걸요. 그리고 단 하나뿐인 가족인걸요."

지훈의 사랑 역시 마리에 비해 절대 얕지 않다는 것을 알아본 이 원장은 마리가 그토록 아이를 고집하던 진짜 이유를 밝혔다.

"사고로 잃은 아이를 자신이 죽였다고 표현하셨습니다."

번뜩 고개를 든 지훈의 얼굴이 파리해졌다. 제자리를 지키고 있는 안경을 괜히 치켜 올려 쓴 이 원장이 애간장을 들끓게 하던 마리의 마지막 모습을 전했다.

"그러니 똑같은 죄를 되풀이해서는 안 된다고 어찌나 애원하던지 제가 의사라는 것이 그토록 후회스러워 본 적이 없었습니다."

절망으로 까맣게 죽어 버린 지훈의 눈앞으로 이 원장을 잡고 몸부림을 치며 매달리는 마리의 모습이 생생히 떠올랐다. 깊은 물속으로 가라앉은 것처럼 귀는 먹먹해지고 몸은 나른해져 갔다. 홀로 죽음과 맞서 사투를 벌이고 있는 줄도 모르고 그동안 저는 그녀가 자신의 사랑을 배신했다며 욕하고 저주했다. 그것도 모자라 인간사냥꾼인 해결사에게 그녀의 뒤를 쫓게 만들었다.

'도대체 내가…… 무슨 짓을 한 거지?'

어둑어둑해진 눈이 갑자기 확 흐려졌다.

아침을 먹고 난 그릇을 개수대에 나르는 마리의 손은 왼쪽 옆구리에 가 있고 입에서는 뜬금없는 휘파람 소리가 쉬지 않고 새어 나왔다. 마리 나름대로의 통증을 다스리기 위한 방법이었다.

"쉬이, 쉬, 쉬이이!"

개수대의 가장자리를 움켜잡은 채 짜증스럽게 발을 쿵쿵 굴렀다. 며칠 동안 잠잠했던 통증이 되살아나고 있었다. 차라리 정신을 못 차릴 정도로 폭풍처럼 몰아치는 것이 낫지 이렇게 무딘 칼날로 쓱쓱 베어내는 것 같은 통증은 참기 어려웠다. 그러나 그마저도 오래가지 못했다. 손등의 관절이 눈꽃처럼 하얗게 돋아났다. 꼬부랑 할머니처럼 허리가 점점 굽어갔다.

"아아……"

얼굴을 잔뜩 일그러뜨린 마리는 양손으로 왼쪽 옆구리를

움켜잡고 한 발 한 발 힘겹게 발걸음을 침실 쪽으로 놓았다. 제대로라면 열 발짝도 안 되는 거리지만 천리처럼 멀게 느껴지는 침대에 다다랐을 때는 이미 식은땀이 범벅이 되어 있었다. 그녀는 스스로를 달랬다.

"괜찮아. 괜찮…… 아악!"

그러나 이내 외마디 비명을 질러내고는 바닥으로 풀썩 주저앉았다. 그리고는 손끝에 딸려 온 이불자락을 허겁지겁 입안으로 쑤셔 넣었다.

"으윽! 읍!"

밖으로 뛰쳐나가지 못한 신음이 통증과 가세해 온몸의 신경을 할퀴고 뒤틀었다. 그저 죽자 사자 입을 막고 바닥을 뒹구는 것 말고는 아무것도 할 수 있는 일이 없었다. 행여라도 비명 소리가 새어 나가서 주인이 알게 되는 날에는 은신처를 옮겨야 하니 무슨 일이 있어도 들켜서는 안 됐다. 하지만 날이 갈수록 키를 키워 가는 통증에는 배겨낼 도리가 없었다.

"으으읍! 읍! 읍!"

머리는 이불 속에 묻고 엉덩이는 하늘로 쳐들었다. 그런다고 해서 잠잠해질 통증이 아니었다. 이불을 문 채 주먹으로 방바닥을 내리쳤다. 그것으로 충분히 비참하니 그만 해도 될 일이었다. 그러나 야금야금 생명을 갉아먹고 있는 종양 덩이가 그런 사정을 봐줄 리가 없었다. 오히려 한 단계 힘을 더 키워 바들바들 떨어대고 있는 그녀를 덮쳤다.

"아악!"

절로 입이 떡 벌어지는 바람에 입 안을 틀어막고 있던 이불이 쑥 빠져 버리면서 처절한 비명이 새어 나와 버렸다. 다시 이불을 끌어다 막을 여력이 없어 다급히 이로 입술을 깨물었다. 그리고는 네 발로 기어 다니기 시작했다. 그래도 여전히 기세등등한 통증을 배겨낼 수 없자 펄쩍펄쩍 뛰다가 다시 기기를 반복했다. 딱딱해진 턱으로 가늘고 붉은 핏줄기가 흘러내렸다.

유난히 해가 좋은 날 덕분에 절로 흘러나오는 콧노래를 흥얼거리며 빨래를 널던 펜션 안주인은 현관문이 열리는 소리에 무심코 고개를 돌리다가 깜짝 놀라 외쳤다.

"어머, 얼굴이 왜 그래요? 입술은 또 왜 그래요?"

안주인이 발견한 것은 희멀건 얼굴에 깨물어 터진 것이 분명한 붉은 입술이 유독 눈에 띄는 마리였다. 대충 땀을 닦아낸 칙칙한 머리카락까지 가세한 탓에 아무것도 아니라고 둘러대는 것은 무리라는 것을 잘 아는 마리는 힘없는 목소리를 냈다.

"몸살이 오려나 봐요. 으슬으슬 춥고 쑤시네요."

"약 먹지 말고 병원으로 곧장 가요. 약 먹어서 될 게 아니네. 아니다. 그러지 말고 잠깐만 기다려요. 내 이것만 널고 차로 데려다 줄게요."

마리는 황급히 빨랫감을 뒤적이는 안주인을 말렸다.

"그 정도는 아니에요."

"그 몸을 해서 어딜 간다고 그래요. 잠깐만 기다려요."

마리의 눈썹이 휘어졌다. 기운만 있다면 왜 마다하는데 귀찮게 구냐고 빽 소리를 질러주고 싶었다. 그러나 그런 기운조차 없어 그냥 고개만 힘없이 가로저었다.

"아니에요. 차타면 멀미 날 것 같아서 그래요. 햇볕 따뜻하니까 쐬면서 갔다 올게요."

"괜찮겠어요?"

"예, 다녀올게요."

"그럼, 난 죽을 좀 끓여 놓을 게 얼른 다녀와요."

"예."

가까스로 친절한 안주인의 굴레에서 벗어난 마리는 혹여 비틀거렸다가 굴레에 다시 사로잡힐까 두려워 후들거리는 무릎에 온 힘을 불어넣으며 걷기 시작했다. 목소리를 담보로 인간의 다리를 얻은 인어공주처럼 한 걸음 한 걸음 내딛을 때마다 온몸이 두 개로 쪼개지는 것만 같았다. 하지만 그것보다 더 견디기 힘든 것은 지독한 통증 때문에 혹여나 아이가 잘못되지 않았나 하는 두려움이었다.

지훈은 어처구니없는 결과를 통보하는 방송사 직원에게 그만 목소리를 높여 버렸다.

"안 된다고요? 왜요? 왜 안 된다는 겁니까?"

하루하루 병마에 시들어 가고 있을 마리를 찾기 위해 온 힘을 다했지만 어디서도 그녀의 흔적을 찾을 수 없었다. 장담을 더럭더럭 했던 해결사조차도 은근히 착수금의 일부를 돌려주겠다는 표시를 해오는 암담한 실정이다. 그래서 미디어의 힘이라도 빌려 보고자 가족 찾기 프로그램에 출연신청을 했는데 방송사 직원은 규칙을 들어 지훈의 희망을 깡그리 무너뜨려 버렸다.

"사정은 딱하지만 관계를 증명할 것이 아무것도 없잖아요."
"이게 있지 않습니까!"

지훈은 답답하게 구는 직원에게 마리와 찍은 사진을 탕탕 쳐보였다. 하지만 별난 사람들을 다 상대해 산전수전 다 겪은 직원은 요지부동이었다.

"가족임을 증명할 서류가 없는 이상은 불가능합니다."
"서류가 있을 리가 없잖습니까? 아직 식을 올리지 않았다고 말씀드렸지 않습니까!"
"어머, 지금 어디서 소리를 지르세요, 지르길!"

앙칼진 직원의 항변에 지훈은 머리끝까지 치민 울화를 가까스로 내리누르고 다시 한 번 긴박한 상황을 호소했다.

"정말입니다. 암이래요. 빨리 찾지 못하면 죽을 수도 있어요. 그러니까 부탁 좀 드립니다."

깍듯이 고개까지 숙였다. 그러자 눈을 치켜 올렸던 직원도 조금 태도를 달리했다.

"제가 하는 일 같으면 해드리고 싶죠. 하지만 저희 프로그램은 잃어버린 가족을 찾는 프로라 그에 적합한 증거가 없이는 출연이 불가해요. 죄송합니다."

정중한 거절에 지훈은 더 이상 억지를 부리지 못했다.

"실례가 많았습니다. 마음이 급해서……."

"아니에요."

방송국으로 뛰어올 때 가졌던 희망을 모두 소진해 버린 지훈은 허탈함만을 껴안고 돌아섰다. 터덜터덜 걸어 복도를 나서는데 절로 탄식이 터져 나왔다.

"하아!"

망망대해에 떨어진들, 모래알 속에서 바늘을 찾는들 이렇게 막막하지는 않을 것이다. 사방으로 꽉 막힌 상자 속에 갇힌 것 같고 천 길 낭떠러지의 끝에 아슬아슬하게 매달린 것만 같았다. 어디로 가야, 어떻게 찾아야 머리카락도 보이지 않게 꽁꽁 숨어 버린 마리를 찾을 수 있을지 도저히 감을 잡을 수 없었다. 이대로 마리를 놓칠지도 모른다는 두려움은 그녀에 대한 원망과 질책으로 바뀌어 버렸다.

'너 정말 이럴 거니? 도대체 나한테 왜 이래! 얼마나 미친 놈처럼 굴어야 직성이 풀릴 거냐고!'

지훈의 소리 없는 고함만을 기다리기라도 했다는 듯 그에 맞춰 휴대폰이 울어댔다. 광현이었다. 푸르르 어깨를 떨고 난 지훈은 뻑뻑한 목을 고른 다음 휴대폰을 열었다.

"어, 나다. 이 시간에 왜 안 자고…… 지금?"

마리는 천천히 고개를 좌우로 저었다.
"아니요."
그러자 단순히 정기검진인 줄 알고 초음파를 실시했다가 심각한 문제점을 발견한 의사는 당황하며 마리의 잘못된 판단을 바로 잡아주기 위해 말문을 다시 열었다.
"환자분, 그러시지 말고 다시 생각해 보세요. 이 상태로는 정상적인 출산은 거의 희박합니다. 통증 때문에 도중에 유산할 수도 있어요. 그리고 무엇보다도 환자분의 상태가 출산을 고집할 만한……"
"감사합니다."
익히 알고 있는 사실을 더 이상 듣고 있을 생각이 없는 마리는 그대로 자리에서 일어났다. 그리고 뜨악한 표정을 감추지 않는 의사를 뒤로하고 진찰실을 나섰다. 손에는 처음 만났을 때보다 훨씬 자란 아이의 초음파 사진을 든 채였다. 여전히 위용을 자랑하고 있는 종양 따위는 눈에도 들어오지 않았고 생명을 잃을 수 있다는 의사의 경고는 귀를 적시지 못했다. 그녀가 오로지 집중하는 것은 아이가 기특하게도 정상적으로 발육해 주고 있다는 사실뿐이었다.

아이가 안전하다는 사실은 쇠진한 그녀의 몸에 봄바람 같은 활발한 기운을 불어넣어 병원으로 들어서던 때와는 확연히 다른 혈색을 선사했다. 뿐만 아니라 어딘가 모르게 불안하기만 하던 걸음걸이도 평소의 걸음걸이로 돌려주었다. 지문이 잔뜩 묻은 병원 문을 나설 참에는 짙게 드리워져 있던 고통의 흔적을 말끔히 지워내고 맑아진 눈으로 뭔가를 찾아 헤맸다.

"문구점이……."

육아일기를 써볼 참이었다. 이제 두 장이 된 아기 사진도 붙이고 하루하루 대견스럽게 커나가 주고 있는 것에 대한 고마움도 적어갈 것이다. 그리고 세상에서 가장 좋은 아빠가 저를 기다리고 있음도 적을 것이다. 자신들의 역사가 될 육아일기가 부디 중간에서 멈추는 일이 없길 바라며 문구점을 찾던 마리의 눈에 건너편 오른쪽 모퉁이에 붙어 있는 작은 팬시점이 들어왔다.

마침 바로 코앞에 있는 횡단보도의 불이 초록색으로 바뀌자 그녀는 황급히 길을 건넜다. 시장과 맞닿아 있는지라 장이 아닌데도 장사꾼들이 꽤 있었고 더불어 물건을 사는 사람도 상당했다. 여유롭게 이것저것을 둘러보는 사람들과는 달리 마리는 곧장 문구점으로 향했다. 눈을 즐겁게 만드는 아기자기한 팬시용품들이 걸려 있는 팬시점 앞에 막 다다랐을 때 색색한 알사탕처럼 발랄한 목소리가 그녀의 뒤통수로 쏟아졌다.

"보살님!"

주위 사람들이 다 돌아다볼 정도의 큰 목소리였지만 보살이라는 존칭이 저를 향한 것이라고는 생각지 못한 마리는 무심히 팬시점 안으로 들어섰다.

"일기장이 어느 쪽에 있나요?"

"안쪽 끝에 있습니다."

"저쪽이요?"

"보살님!"

"앗!"

어깨를 와락 덮치는 힘에 놀란 마리가 소스라치며 고개를 돌렸다. 밀짚모자에 승복을 입은 혜연이 있었다.

"저기서부터 불렀는데 못 들으셨어요?"

"몰랐어요."

"시장 보러 나오셨어요?"

"겸사겸사요."

"그러시구나. 전 큰스님 짐꾼 하러 왔어요. 공양에 쓸 과일 사러 왔거든요. 있는 게 힘밖에 없는지라. 하하하!"

호탕하게 웃어젖히는 혜연을 이상한 눈으로 쳐다보았다. 백혈병으로 골수 이식을 받은 사람이 힘밖에 없다는 것도, 또 그런 그녀를 짐꾼으로 쓴다니 이해할 수가 없었다. 마리의 의심의 눈총을 달리 이해한 혜연이 황급히 말을 둘러댔다.

"말이 짐꾼이고 실은 이것저것 얻어먹으려고 따라온 거예요. 순대랑 떡볶이 튀김 같은 거. 전 스님 아니니까 먹어도 돼요."

"예."

"내일 안 오실래요? 저희 큰스님이요, 가자마자 마 피자 해주신다고 했거든요. 치즈 대신 마 간 걸 얹어서 만드는 건데 맛이 일품이에요. 같이 드시게요."

꼭 혜연의 초대가 아니더라도 내일쯤 백팔 배를 올리러 갈 참이었기에 마리는 따스한 초대를 받아들였다.

"콜라 마셔요?"

"사오시게요? 안 그래도 되는데."

"다른 거 먹고 싶은 거 있음 말해요. 사갈게요."

마리의 말이 떨어지기 무섭게 혜연은 언제부터 먹고 싶었던 치즈 케이크를 노래 불렀다.

"치즈 케이크요! 터미널 앞에 뉴욕 제과점이라고 있는데 거기 치즈 케이크 정말 죽음이거든요?"

"제일 큰 걸로 사갈게요."

"고맙습니다, 보살님. 아참, 내 정신 좀 봐."

의젓하게 합장까지 하며 고마움을 표시하던 혜연이 승복 저고리의 주머니를 부석거리더니 탐스러운 미니 토마토 몇 알을 내밀었다.

"과일가게 아저씨가 저처럼 예쁘다고 주신 건데 보살님 드세요."

"됐어요."

"에이, 그러지 말고 드세요. 예쁜 걸 먹어야 예쁜 아이를 낳는데요. 어?"

마리의 거절을 무시하고 대뜸 그녀의 카디건 주머니에 미니 토마토를 넣어주고는 손을 빼던 혜연이 손끝에 따라 나와 버린 초음파 사진을 들고 난감한 표정을 지었다. 그러더니 그것도 잠시, 마리가 회수의 손길을 뻗치기도 전에 환호성을 질러댔다.

"와아! 아긴가 봐요! 요거, 요게 아기 맞죠? 예뻐라."

단지 점일 뿐인 아이에 대한 혜연의 감탄은 마리에게 지금껏 어느 누구와도 공유해 보지 못했던 기쁨을 선사했다. 오로지 자신의 아이일 뿐이었던 아이가 이 세상의 당당한 한 구성원으로 인정받은 것만 같았다. 저도 모르게 팔불출 같은 질문을 내놓았다.

"예뻐요?"

"그럼요. 보살님 닮아서 정말 예뻐요."

"점일 뿐인데요?"

"점이라고 다 같은 점인가요? 이 동글동글한 점 안에 눈, 코, 입 다 들어 있을 테고 또 손이고 발이고 다 들어 있잖아요. 우주보다 더 크고 신비로운걸요."

혜연의 풍요로운 비유에 마리의 양쪽 입 꼬리가 기분 좋게 올라섰다.

"정말 예쁘다. 여기요, 보살님."

"혜연이 이 녀석!"

"힉! 큰스님!"

혜연으로 하여금 기겁을 하게 만든 부동명왕은 마리도 얼핏 본 적이 있는 작달만한 큰스님이었다. 큰스님도 마리를 알아보았는지 부아로 벌겋게 물들었던 얼굴을 단숨에 자애롭게 바꾸고 합장을 해 보였다. 마리도 두 손을 모으고 고개를 숙였다. 그러자 눈치라면 끝내주는 혜연이 작별인사를 서둘렀다.

"언니, 낼 봬요."

그리고는 마리가 보살 대신 언니라는 친근한 호칭에 떨떠름한 표정을 짓기도 전에 쌩하니 큰스님에게로 향했다. 큰스님은 혜연의 뺨을 양쪽으로 집어 늘리며 뿔난 망아지처럼 날뛰는 버릇을 타박했다.

"요 고약한 녀석, 짐 들어 준다고 따라나서서는 이것 사달라 저것 사달라 귀찮게 하더니 짐이란 짐은 다 맡겨 놓고 줄행랑을 쳐?"

"아아, 큰스님! 보살님, 보살니임!"

"어? 흠흠!"

어찌나 화가 났던지 마리가 지켜보고 있음을 깜빡 잊어버리고 혜연의 볼을 양쪽으로 늘여버린 큰스님은 머쓱한 헛기침과 함께 얼른 손을 놓았다. 그리고는 혜연의 귀에다 으름장을 놓았다.

"가서 보자."

"예예. 이제 쌀가게로 가면 돼요?"

"들렀다가 방앗간으로 가."

"예예. 언니, 살펴가세요!"

가까스로 큰스님의 비위를 맞춘 혜연이 합장과 함께 살가운 인사를 건네자 마리도 손을 모으고 고개를 숙였다. 손을 흔들어 보인 혜연이 큰스님과 시장으로 향했고 마리도 애초에 마음먹었던 일기장을 찾아 나섰다. 그러자 새파랗게 질린 얼굴로 팬시점 맞은편 전봇대에 찰싹 붙어 있던 한 사람이 가슴을 들썩이며 모습을 드러냈다.

"허어!"

새로 산 긴 장화가 든 비닐봉지를 든 김 권사였다.

간혹 냉장고 여닫는 소리와 생수 대신 마실 수돗물을 받는 소리가 유일했던 지훈의 적막한 주방이 무르익은 봄처럼 활발했다. 광현과 함께 찾아온 선화가 바로 그 이유였다.

손 하나 까닥하지 않는 또래와는 달리 어지간한 주부보다 훨씬 나은 살림솜씨를 가진 선화는 열심히 지훈의 텅 빈 냉장고를 채웠다. 따로 안 데워도 먹을 수 있는 북엇국 한 솥을 끓이고 메추리알과 꽈리고추를 장조림처럼 조리고 어묵도 고춧가루를 솔솔 뿌려 볶아냈다. 그러고도 또 뭐 다른 요리를 할 것이 있는지 통통통 도마를 두드려댔다. 그러는 사이 광현은 방문을 꼭 닫고 들어앉아 지훈의 암담한 결과를 묵묵히 들어 주고 있었다.

"가족이 아니라서 안 된대."

"그 사진은요? 드레스 입고 찍은."

"안 된대. 나라도 그럴 거야. 사진이야 얼마든지 조작할 수 있을 테니까. 그리고 찾아주겠다고 장담한 사람은 받은 돈 돌려주겠다더라."

담담해 더욱 씁쓸한 지훈의 결과 보고에 광현은 뭐라 마땅한 대꾸나 위로를 찾지 못해 그저 입만 굳게 다물었다. 그리고 침묵 속에서 무너진 하늘 사이로 솟아날 구멍을 찾는 것처럼 혹시 남은 다른 방법이 있는지 고심했다. 그러던 중 지성이면 감천이라고, 문뜩 떠오른 생각이 있었다. 신문 광고였다.

해결사를 붙인 이유는 돈을 목적으로 한 배신이라고 생각했기 때문에 습격하듯 덮치려고 했었다. 하지만 지금은 갑작스러운 증발이 아이 때문이라는 것을 알았으니 굳이 은밀하게 찾을 필요가 없어졌지 않나. 대대적으로 찾아도 무방할 일이었다. 광현은 즉시 제가 생각해낸 것을 지훈에게 전했다.

"광고를 내보면 어떻겠습니까?"

"광고?"

"예. 돈이 목적이 아니었다는 것이 밝혀졌으니 괜한 구설수에 오를 염려가 사라졌잖습니까. 그러니 쉬쉬 하며 찾을 필요가 없죠. 그리고 현상금을 걸면 사람들이 더 관심 두고 볼 거고 또 외모가 독특하니까 금방 눈에 띄지 않을까요?"

신문에 사진과 함께 사연을 실은 광고를 내보자는 광현의 제안은 그럴듯했다. 확신은 없지만 그래도 손을 놓고 있는 것보다는 훨씬 생산적인 일이었다. 지훈은 즉시 마음을 굳혔다.

"지금 접수할 수 있을까?"

"점심 드시고 저랑 함께 가시게요."

일분일초가 안타깝기만 한 지훈은 고개를 저어 광현의 호의를 물리치며 재킷을 내려 팔을 꿰었다.

"아니야. 몇 군데 돌리면 시간이 빠듯하겠다."

"그럼 저도 같이 가겠습니다."

지훈이 앞장서고 광현이 뒤따라 방을 나섰다. 한창 요리 삼매경에 빠져 있던 선화가 두 사람을 발견하고 의아한 표정을 지었다.

"밥 다 됐는데 어디 가?"

"급한 일이 생겼어."

"언니 찾았어? 선생님, 언니 찾으셨어요?"

토끼처럼 눈을 동그랗게 뜬 선화의 물음에 지훈은 옅게 미소 진 얼굴로 답했다.

"아니, 좋은 방법이 생각나서 좀 알아보려고."

"무슨 좋은 방법이요?"

"뭐가 그렇게 알고 싶어? 밥이나 마저 해."

"백지장도 맞들면 낫다는 말 몰라? 들어보면 더 기발한 생각을 뽑아낼지 아냐고!"

"됐거든? 좋은 말 할 때 밥이나 하셔. 뭐야, 이건?"

오빠 태를 톡톡히 내던 광현이 턱을 끌어당기며 얼떨결에 받아든 국자를 내려다보았다. 그러자 선화는 당당하게 역할 교환을 주장했다.

"내가 선생님 따라갈 테니까 네가 밥 마저 해."

"뭐?"

"너같이 우중충한 애가 따라가면 선생님 진만 빠지거든? 그러니까 내가 간다고. 알았어? 선생님, 예쁜 선화랑 가시게요."

"야!"

선화는 대번에 지훈의 팔을 꿰찼고 절로 턱이 벌어지는 광현은 국자를 든 손을 쭉 뻗으며 빽 소리를 질렀다. 남매 사이에 삼팔선이 그어지는 것을 두고 볼 수 없는 지훈이 중재에 나섰다.

"너희들은 집에 있어. 금방 다녀올게."

궁금한 것은 못 참는 선화가 서둘러 현관으로 나서려는 지훈을 붙잡고 행선지를 물고 늘어졌다.

"금방 다녀오실 곳이 어딘데요?"

"신문사. 현상금 건 광고를 내보면 좋을 것 같아서."

"그럼 광고 문구는 정하셨어요?"

"아니."

"에이, 그것도 안 정하고 가심 어떡해요? 광고란 모름지기 이 문구가 톡톡 튀어야 시선을 끄는 거잖아요."

선화의 말에 광현이 눈을 반짝였다.

"좋은 문구라도 있어?"

"당근이지."

"뭔데?"

"맨입으로?"

"넌 이 상황에서 그런 말이 나오냐?"

"웃자고 한 소리였거든?"

"웃는 거 좋아하시네. 짜증만 나거든?"

"말 안 한다?"

"아, 알았어. 만 원 줄게, 해."

"치사하게 기껏 만 원으로 생색이야. 너 봐서 하는 거 아니라 선생님 봐서 특별히 귀띔해 주는 거야."

단단히 밑자락을 깐 선화가 지훈에게 꾀돌이다운 비책을 일러 주었다.

"찾는다가 아니라 죽어가고 있다고 내세요."

"그게 무슨 소리야?"

"주위 사람들의 제보를 받는 것도 좋지만 언니가 직접 찾아오게 하는 방법까지 쓰면 더 확실하지 않을까요? 자, 들어 보세요."

선화가 뚱딴지같은 비책에 대한 설명을 시작했다.

"언니는 선생님을 사랑해서 떠났어요. 보통 마음으로 할 수 있는 일이 아니잖아요. 그런데 선생님이 찾는다고 광고한다고 해서 돌아올까요? 아니요. 희박해요. 더군다나 아이를 지키려고 떠난 건데 쉽게 돌아오지 않을 거예요. 하지만 선생님이 위중하다고 하면 단숨에 달려올 거예요. 틀림없다니까요?"

듣고 보니 단순한 광고보다는 훨씬 가능성이 있어 보였다. 단숨에 화색이 돌기 시작한 지훈은 고개를 크게 주억거렸다.

"좋은 생각이다. 당장 그렇게 광고를 내야겠어."

"마음에 드세요?"

"매우. 선생님 다녀와서 우리 선화 아이디어 값 두둑이 줄게."

"네!"

"다녀올게."

지훈이 서둘러 현관으로 나서자 광현이 그림자처럼 따라붙었다.

하드커버에 자물쇠까지 달린 일기장을 펼치고 보니 소녀 시절로 돌아간 것만 같았다. 그래서 핑크색 사인펜으로 초음파 사진 양쪽에 앙증맞은 작은 날개를 그려 넣으며 한동안 부르지 않았던 노래를 흥얼거리기까지 했다.

"That you loved me you loved me still the same, That you loved me you loved me still the same."

아를리네가 되어 매끄럽게 노래를 마친 마리는 사인펜을 놓고 볼펜을 집어 들었다. 그런 뒤 가슴 떨리는 육아일기의 첫머리를 시작했다.

"아빠 송지훈, 엄마 박마리, 그리고 우리 아가는……."

말이 뚝 멈췄다. 동글동글 예쁘게 글씨를 써 가던 손도 딱 멈췄다. 마땅히 아이를 부를 이름이 없었던 것이다. 아명이니 예쁘고 고운 이름을 골라 붙여 주면 될 일이었다. 별이니 똥강아지니 수도 없이 많지 않나? 그러나 그러기 싫었다. 흔해서가 아니라 혼자 짓기가 싫어서였다.

"넌 엄마, 아빠하고는 다르니까."

자신이나 지훈의 이름은 자신들의 성을 물려준 어머니들이 홀로 지은 것이었다. 그래선지 이름을 말하고 불릴 때마다 반쪽이라는 자격지심이 더했었기에 곱고 고운 자신들의 아이에게는 반쪽자리 아명을 지어 주기 싫었다. 언젠가는 만나게 될 지훈과 이마를 맞대고 고르고 골라 붙여 주리라 마음먹은 마리는 아직 아무런 기미도 보이지 않는 밋밋한 배를 쓰다듬었다.

"당분간은 그냥 아가로 부르면 어떻겠니? 좀 있다가 아빠를 만나면 그때 예쁜 이름 지어 줄게, 좀 봐주라. 아가야, 고마워."

그렇게 아이에 대한 호칭을 고르고 난 후 아이와 또 지훈에게도 큰 추억이 될 육아일기를 다시 한 자 한 자 또박또박 적어 내려가기 시작했다.

오늘은 우리 아가 두 번째 초음파를 받은 날. 먼저보다 훨씬 더 또렷하지고 커진 것 같아. 동글동글한 점인데도 어쩌나 예쁜지 사진을 볼 따르 사람도

예쁘다고 야단법석이지 뭐니? 아무래도 엄마에서 뛰어난 미모를 쏙 빼닮은 게 분명해. 거기다 예쁜 머리핀 답이 주면 그야말로 퍼펙트!

띵동!

느낌표를 찍는 순간 초인종 소리가 울렸다.

"아줌만가?"

안주인이 죽을 가져온 줄로만 안 마리는 자리에서 일어나 현관으로 나섰다. 그리고 아무런 의심 없이 문을 열어젖혔다.

"어?"

마리의 눈이 동그래졌다. 당연히 있어야 할 안주인 대신 나뭇등걸처럼 딱딱한 얼굴을 하고 있는 김 권사가 있었다. 뭔가 이상하다는 기미는 느껴졌지만 워낙 친절한 사람이었기에 마리는 반갑게 인사를 건넸다.

"안녕하세요, 권사님?"

그러나 돌려받은 것은 못마땅함이 가득한 군기침이었다.

"흐흠!"

일단 그렇게 절대 반가운 일로 찾아온 것이 아님을 흘린 김 권사가 본론을 꺼냈다.

"절에 다니죠?"

마리의 얼굴에 걸려 있던 옅은 미소가 싹 사라졌다. 그러자 김 권사는 내 그럴 줄 알았다는 듯 눈썹을 팔자로 휘었다.

"어떻게 그럴 수가 있수? 한 목소리로 기도하고 찬송할 때는 언제고 그치들하고 어울려서 합창을 하고 웃고 떠들고, 허 허! 내 기가 막혀 정말."

김 권사가 목청껏 소리쳤지만 마리는 속눈썹을 착 내리깔 뿐 어떤 대꾸도 변명도 하지 않았다. 애초부터 신을 사랑해 교회고 절을 찾은 것이 아니었다. 다만 살고 싶어서, 살고 싶은데 딱히 매달릴 곳이 없어서 지독한 통증에 지쳐가는 몸을 이끌고 동분서주했을 뿐이다. 그래서 기 막혀 하는 소리나 비난 따위는 그녀에게 아무런 자극도 주지 못했다. 그것이 더 김 권사를 화나게 만들었다.

"입이 있으면 말을 해요, 말을!"

"기분 나쁘시다면 오늘부터 나가지 않을게요."

"뭐, 뭐요?"

"다른 교회 나갈게요."

기적이라는 구명줄을 놓칠 수 없는 마리로서는 당연한 말이었지만 자신의 신에게 영원한 사랑과 복종을 맹세한 김 권사에게는 마귀의 으르렁거림처럼 들릴 뿐이었다. 손뼉을 쳐가며 호들갑을 떨어댔다.

"아이고! 이를 어째! 이거 길 잃은 양이 아니라 사탄이었어, 사탄!"

"살펴가세요."

"어딜!"

김 권사는 기운 빼는 말씨름 따위는 더 이상 하고 싶지 않아

문을 닫으려는 마리의 손목을 꽉 움켜잡았다. 그리고 자신이 뿌린 악의 씨앗은 스스로 거두겠다는 듯 최후통첩을 날렸다.

"우리 교회는 물론이고 다른 교회에도 얼씬거릴 생각일랑 하지 말아요! 내가 죄다 말할 테니까! 우리 목사님한테 이 사실을 알리면 강릉 시내에 있는 교회란 교회에 다 퍼지는 건 시간문제니까 괜히 집적거리다가 된통 혼나지 말고……."

"거짓말쟁이들."

"뭐야? 허어!"

마리는 귀가 막히고 코가 막혀 바락 목소리를 높이는 김 권사를 잡아먹을 듯 노려보았다. 그녀가 저로 인해 배신감을 느껴 이 난리를 피우는 거라면 그녀 역시 할 말이 있었다. 하지만 이건 아니었다. 끝없는 사랑을 노래했지 않은가? 끝없는 자비를 노래했지 않은가? 그렇다면 설사 자신이 어떤 죽을죄를 지었더라도 스스로 그만두기 전에는 신 앞에 나가 간구하는 절박함을 제지해서는 안 됐다. 그건 저처럼 몰염치하고 이기적인 인간이 할 짓이지 더할 나위 없이 자비로웠던 신을 따르는 사람은 해서는 안 될 짓이었다.

초록은 동색이라고 그따위 인간들을 사랑하는 신이라면 그 역시 갈 곳이 없어 찾아든 저를 내치고 말 것 아닌가? 새카만 절망이 해일처럼 덮쳐 왔다. 아귀처럼 입을 쩍 벌렸다.

"원수를 사랑하라며? 이웃을 네 몸처럼 사랑하라며! 오른쪽 뺨을 맞으면 왼쪽 뺨도 내주라며!"

삶의 끄트머리에 서 있지만 않은들 빤한 거짓말을 지껄이는 데 대해 이렇듯 분노하지는 않았을 것이다. 하지만 가까스로 잡고 있는 구명줄이 끊어져 버리자 이성은 저만치 도망쳐 버렸다. 마리는 닫으려던 문을 쾅 열어젖히고 깜짝 놀라 뒤로 물러선 김 권사에게 시퍼런 눈빛을 쏘아댔다.

"그래요, 저 절에 갔어요. 절에 가서 허리가 끊어지도록 절 올리고 기도도 했어요. 스님이랑 같이 밥도 먹고 차도 마시고 하하호호 수다도 떨었어요. 그게 왜요? 뭐가 잘못된 건데요? 김 권사님 말대로 다른 신을 섬기니 원수가 맞겠네요. 하지만 한 하늘 아래 사니 이웃 아니에요? 말간 얼굴로 절이랑 교회를 오갔으니 오른 뺨 때린 격인데 그럼 왼쪽 뺨을 내줘야 하는 거 아닌가요?"

"아니, 그런데 이 아가씨가!"

자신의 억지에 김 권사가 새파래진 것은 알았다. 그렇지만 터진 봇물처럼 절대 자신의 몫이 아니라고 생각하는 불치병을 끌어안은 것에 대한 절망과 분노를 멈출 자제력을 찾기에는 무리였다. 고개를 빳빳이 쳐들었다. 눈에는 살기마저 돌고 있었다.

"대단히 미안하지만 전 스님이 아니라 더 괴상한 사람들이라고 해도 상관없어요. 알라신이 살려 주겠다고 하면 거기 가서도 무릎 꿇고 머리 조아릴 거고! 우주인이 살려 준다고 하면 그쪽에 가서 울고불고 기도할 거예요."

김 권사는 독기가 철철 넘치는 마리의 패악에 질려 어항 속의 금붕어처럼 입만 벙긋거렸다. 그리고 마리는 그런 그녀를 보며 싸늘한 목소리로 세상 어느 누구도, 설령 조물주라고 해도 자신에게 책임을 물을 수 없을 절대적인 이유를 밝혔다.

"살아야 하니까."

패악의 끝은 눈시울을 넘어 뺨을 타고 내리는 뜨거운 눈물이었다.

지훈으로부터 아이디어 값을 톡톡히 받아 절로 배가 부른 선화의 입매가 팔랑개비처럼 나풀거렸다.

"마침 아르바이트도 잘렸는데 파출부라고 생각하고 저 용돈 두둑이 주시면 안 돼요? 절대 선생님 신경 안 쓰이시게 후다닥 해치우고 싹 사라질게요."

"돈은 무슨, 이게 헛소리만 늘어. 약 기운 떨어졌지?"

"친한 사이일수록 공과 사는 구분하는 게 좋거든? 안 그래요, 선생님?"

언제 봐도 정겨운 남매의 토닥거림에 바지 주머니에 두 손을 찔러 넣은 지훈은 그저 옅게 웃기만 했다. 그사이 버스가 도착했다.

"버스 왔다. 선생님, 그럼 이만 가보겠습니다."

"선생님, 제 아르바이트 심각하게 생각해 보시고 전화 주세요!"

"응. 광현이, 선화, 오늘 수고 많았다."

"내일 출근하기 전에 들르겠습니다."

지훈은 밤낮을 바꿔 사는 광현의 처지를 잘 알기에 고개를 가로저었다.

"뭐 하러. 자는 시간 쪼개지 마."

"못 오게 하시면 저 서운해서 토라질 겁니다. 잠깐 들렀다 소식만 듣고 갈 테니까 걱정 마세요."

속 깊은 광현의 배려를 지훈은 더 이상 물리치지 않았다.

"그래. 조심해서 가."

"들어가세요. 가자."

"선생님, 갈게요!"

"잘 가."

광현과 함께 버스에 오른 선화는 창문을 통해 지훈에게 귀엽게 손을 흔들어 보였다. 막내 여동생 같은 귀여운 모습에 지훈의 묵직한 손이 동굴 속 같은 바지 주머니를 겨우 빠져나와 흔들거렸다. 잠시 후 버스는 지체 없이 떠났다.

다시 혼자가 된 지훈은 잠시 외출 나왔던 손을 바지 주머니 속에 도로 밀어 넣으며 돌아섰다. 그런데 그가 우뚝 멈춰 섰다. 조금 전 지나쳐 올 때는 몰랐던 꽃집이 마법처럼 눈에 들어온 것이다. 날씬한 키를 자랑하는 산세베리아, 풍요로운 넝쿨을 자랑하는 아이비와 이름 모를 갖가지 화초들이 진열되어 있었다. 그리고 맨 앞쪽에는 향기롭기만 하던 봄날에 마리가 심어 주었던 꽃과 똑같은 앉은뱅이 꽃들이 사이좋게 앉아 있었다. 마치 쭉 그를 기다렸다는 듯.

솜사탕 색 같은 새 빨래집게가 제비 떼처럼 주르륵 앉아 있는 새 빨래줄 밑에 지훈이 웅크리고 앉아 있었다. 바삐 몸을 놀린 덕에 등줄기가 축축해지고 이마에도 이슬 같은 땀방울이 맺혔다. 아무렇게나 나뒹구는 분유통 속에서 시들어 죽어 버린 꽃들을 뽑고 양손 가득 사온 꽃들을 심는 중이었다. 그렇게 마리가 심었던 것보다 두어 배는 많은 양의 꽃을 한 포기 한 포기 심으며, 사정도 모르고 자신들의 꽃밭에 광란의 분풀이를 해댄 것에 대해 반성했다. 그리고 빌었다.
"아프지 마. 아프면 안 돼. 아프지 않기······."
마치 주문을 외는 것처럼 쉴 새 없이 입술을 달싹였다. 신앙 따윈 없었다. 하지만 간절히 바라고 바라면 수도 없이 많은 신 중 어느 누군가는 들어줄 것 같은 믿음에 빌고 또 빌었다. 지금 이 순간에도 마리는 아이와 함께 고통에 몸부림 치고 있을지도 모를 일이었다. 할 수만 있다면 당장에라도 그 고통을 대신 짊어지고 싶었다. 그러나 너무 미약한 존재일 뿐인 자신은 가슴의 통증 말고는 나눌 수 있는 게 없었.

너무도 고통스러워 차라리 죽기를 바란다는 암이다. 얼마나 끔찍하면 스스로 자신을 포기한다 할까? 그런 고통 속에 자신의 반쪽과 분신을 내버려 둘 수밖에 없는 것이 눈알을 뜨겁고 씁벅거리게 만들었다. 후추를 들이켠 것처럼 코가 맵고 얄팍해진 어깨가 파도를 탔다. 어금니를 꽉 깨물고 입술마저 베어 물었지만 왈칵 울음이 목구멍을 타고 넘어 버렸다.

"으읍! 읍!"

극한 고통 속에 있는 마리를 두고 울음을 토해낼 수는 없었다. 그래서 사레가 들린 것처럼 어깨를 들썩이며 씹어 삼켰다. 하지만 용암처럼 치솟는 뜨거운 눈물은 참을 수 없었다.

"나…… 날 잊지 마, 마리야. 잊으면 안 돼. 그러니까, 끄윽! 그러니까 돌아와. 제발…… 제에발!"

터져 나오려는 울음을 참으려 주먹을 꽉 쥐고 목에 핏대까지 세워 외쳤다. 그러나 너무도 기가 막힌 상황은 그마저도 허락하지 않았다. 털썩 무릎이 꿇렸다. 풍이 든 사람처럼 와들와들 떨리는 입술이 발칵 열리며 퀴퀴한 냄새가 날 정도로 참기만 했던 울음이 폭폭 새어 나왔다.

"어흑! 어흐흑! 으흑!"

온몸을 흔들어대는 기막힘을 참지 못한 지훈은 이마를 부슬부슬한 땅에 대었다. 그리고 경련을 일으키는 손으로 머리를 감싸 안고 오열했다.

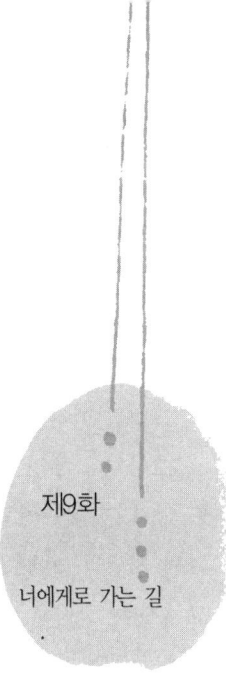

제9화

너에게로 가는 길

일직을 서는 권 선생의 입이 오리주둥이처럼 툭 튀어나와 있었다. 언제 적 건지 잘 씹어지지도 않는 딱딱한 오징어 다리를 전투적으로 질겅이며 새롭게 나타난 강적에 대해 열변을 토했다.

"아니, 내가 왜 제 놈 8번째 여자친구랑 걸레만두 먹은 이야기를 들어야 하냐고? 왜 내가 제 놈 강아지 교배하다 복상사한 이야기를 들어 줘야 하는데?"

배를 깔고 누워 퍼즐을 맞춰 나가던 방 선생이 거울을 한 번 들여다볼 것을 권했다.

"유유상종이라는데 왜 그래. 내가 볼 때는 둘이 잘만 맞더만."

"맞기는 개뿔! 나하고 그놈하고는 레벨이 다르거든? 솔직히 나는 절반이라도 쓸 만한 말을 하지. 기억 안 나? 그 까다롭고 독특한 송 선생 카운슬러가 누구였는지? 바로 이 나 아냐."

"그렇긴 했지."

"그나저나 우리 보고픈 송 선생은 뭐 하고 사나? 통 연락도 없고 연락을 해도 안 받고. 바비는 돌아왔을까?"

권 선생의 말에 그렇지 않아도 온갖 궁금증과 추측만 남기고 홀연히 잠적해 버린 지훈이 걱정되던 방 선생이 그답지 않은 즉흥적인 제안을 내놓았다.

"한번 찾아가 볼까?"

마다할 권 선생이 아니었다.

"그럴까?"

"그럼 일단 내가 전화 한번 넣어 볼게."

"그래, 그래. 그런데 내 짬뽕은 왜 안 가져다주는 거야? 배가 등에가 달라붙는구만. 확 홍콩각으로 거래처 바꿔 버릴까 보다. 에잇!"

두 사람은 각기 다른 이유로 휴대폰을 눌렀다.

"통화중인데?"

"별일이네? 항상 안 받더니만. 어, 여보세요. 여기 문성고등학교 숙직실인데 짬뽕하고 볶음밥 어떻게 됐어요? 아, 아까도 갔다면서요?"

"어디다 이렇게 전화를 하는 거야?"

"허심탄회하게 툭 까놓고 아직 안 보냈죠? 좋게 안 보냈으면 바빠서 그런다고 미안하다고 군만두 하나 서비스로 드릴 테니까……"

권 선생이 진짜 속셈을 막 내비치는 그 때 공짜 좋아하면 머리 벗겨진다는 속설을 상기하라는 듯 문짝이 흔들릴 정도로 무지막지한 노크 소리가 울려 퍼졌다. 그리고 곧이어.

"짜장면 시키신 분!"

그러더니 문이 발칵 열리고 배달의 역군인 만리장성 배달사원이 철가방을 들고 나타났다. 동네에서 알아주는 유명인사인 그가 싱글벙글한 얼굴로 꾸벅 고개를 숙이며 양해를 구해왔다.

"죄송합니다. 미쿡 청와대에 탕수육 하나에 짜장 두 개 가져다주고 오느라 쪼금 늦었습니다. 신호등이 어지간히 걸려야 말이죠. 각설하고! 그 턱으로다가 군만두 서비스!"

굳이 군만두가 아니더라도 이 화려한 입담에 침 뱉을 수 있는 사람이 어디 있겠는가? 거기다 뒷주머니에서 꺼낸 신문지로 테이블 세팅까지 해주니 오리너구리 부럽지 않게 삐져나왔던 권 선생의 입이 속히 제자리를 찾아갔다.

"내가 다른 사람이었으면 군만두가 아니라 탕수육 준다고 해도 안 먹고 돌려보냈어요."

"아다마다요. 일간 제가 알찬 서비스 한 번 더 마련하겠습니다. 자, 맛있게 드십시오. 충성!"

"충성."

권 선생이 장성급 거수경례로 만리장성 배달원을 배웅하는 사이 방 선생은 딱 소리 나게 반으로 쪼갠 나무젓가락을 알뜰히 비벼댔다.

"짜장국도 많이 가져왔네."

"당연하지. 내가 이 집에 가져다 바친 돈이 얼만데. 그런데 이놈의 랩 안 씌우고 배달은 못하나? 뜯을 때마다 이 갈려. 이크!"

기름을 먹어 빳빳해진 랩을 양껏 잡아당기다가 그만 짬뽕 국물 세례를 받아 버린 권 선생이 있는 대로 부아를 냈다.

"아씨! 이거 오늘 처음 입은 건데!"

"조심하지. 자, 화장지."

"하필이면 왜 짬뽕 국이냐고 짬뽕 국이! 잘 지워지지도 않는데 정말! 어?"

길길이 날뛰던 권 선생이 일순 짜증을 멈추고 동그랗게 뜬 작은 눈을 짬뽕 그릇에 꽂았다. 뭔가에 단단히 놀란 것 같은 것이 무슨 불순물이라도 발견한 것이 아닌가 싶어 방 선생도 권 선생의 짬뽕 그릇을 넘겨다보았다.

"왜? 뭐 있어?"

그러자 권 선생은 대꾸도 없이 면 가닥 하나가 삐져나온 짬뽕 그릇을 옆으로 밀고 국물에 흥건히 젖은 신문을 손가락으로 가리켰다.

"이거 바비 아냐?"

"바비? 뭔 바비?"

"소옹지훈?"

"바비 이야기하다 송 선생은 왜 들먹여?"

방 선생은 서둘러 권 선생의 손가락 끝을 살폈다. 그러더니 귀신을 본 듯 경악했다.

"허억! 이게 뭐야? 교통사고? 위독!"

침대에 누운 마리는 아침부터 추적추적 내린 비가 창가를 얼룩이는 것을 하릴없이 바라다보았다. 벌써 삼 일째 껍질 속으로 숨어든 달팽이처럼 꼼짝을 하지 않고 있는 중이다. 아주 지루하게 눈을 깜빡이는 것으로 밀랍인형이 아님을 증명하던 마리의 입술이 움직였다.

"돈이 없는 것도 아니고 무슨 걱정이야. 옮기면 되는걸."

저라도 곧 죽을 투숙객을 받는 것은 기분 나쁠 일이었다. 그러나 이해심 많은 펜션 안주인은 쪼루라니 쫓아오는 대신 삼 일이라는 긴 시간을 잘 참아주고 있다. 만일 득달같이 쫓아와서 나가라고 했다면 절대 못 나간다는 억지를 부리든지 위약금을 물라는 막말을 했을 것이다. 하지만 모든 것을 알아차렸음에도 불구하고 기다려 준 것이 고마워 원하는 대로 방을 비워 줄 생각이다. 진즉부터 그렇게 마음먹었음에도 불구하고 실상 쫓겨나는 것과 매한가지라 한껏 헝클어진 마음은 어쩔 수 없었다.

그러나 심란하다고 해서 마냥 누워 있을 수만은 없었다. 상황버섯을 더 달여야 하고 브로콜리도 삶아 어제 저녁부터 텅 비워둔 위장에 넣어 아이에게 포만감을 주어야 했다. 그것이 지훈의 곁이 아닌 이 낯선 곳에서 아이에게 의지해 하루하루 살아내는 이유니 게을리 해서는 안 됐다. 돌아누우려던 것을 관두고 대신 팔꿈치에 힘을 주었다.

"끄응!"

몸살을 앓은 것도 아닌데 절로 된소리가 터져 나왔다. 이불을 젖히고 침실을 나와 주방으로 향했다. 큰 주전자에 물을 한 가득 받은 다음 깨끗이 씻은 상황버섯을 넣고 가스레인지에 불을 켜는데 초인종 소리가 울렸다. 아마도 펜션 안주인인 것 같았다.

잠시 주춤하는 사이 다시 초인종이 울리자 마리는 헝클어진 머리를 쓰다듬으며 현관으로 나섰다. 문을 열자 작은 냄비를 든 안주인이 서 있었다. 이미 짐작하고 있는 말을 하러 온 것을 태라도 내는 듯 안절부절못하며 냄비를 들어 보였다.

"이거 백합죽인데 저번에 해준다고 해놓고 깜빡해 버려서……."

"방 때문에 오셨죠?"

그 한마디에 안주인의 입이 봉인되어 버렸다. 며칠 전 김 권사가 주절주절 흘려낸 소리로 장기투숙을 하겠다며 후한 선금을 낸 마리가 중병을 앓고 있다는 사실을 알고 기함을 했다. 그리고 오늘까지 내내 심각하게 고민했다. 아픈 사람을 내치는 것이 사람의 도리가 아니라는 것을 잘 알지만 숙박업소의 특성상 행여 펜션에서 죽기라도 한다면 그건 그야말로 아닌 밤에 홍두깨 격이 될 것이다. 사람이 죽어나간 방에서 자고 싶은 사람은 없을 테니 말이다.

그렇지만 그렇다고 해서 딱 잘라 당장 방을 비워 달라고는 할 수 없는 안주인은 미안함을 가득 담아 용건을 밝혔다.

"가정집만 같으면 얼마든지 머물라고 하고 싶어요. 정말이에요. 호스피스 봉사라고 생각하고 지금보다 더 신경 써 줄 수 있어요. 하지만 숙박업이다 보니까 얼굴에 철면피 깔고 이렇게 찾아왔어요. 규모만 어지간해도 신경 안 쓸 텐데 알다시피 근근이 손님 받는 형편이라……."

"비 그치면 나갈게요."

마리의 칼 같은 대답에 놀란 안주인이 고개를 마구 가로저었다.

"아니, 내 말은 그 말이 아니고……."

알았다, 한 마디면 될 일이었다. 제가 죽는다고 해도 한 2분쯤 안 됐다, 정말 안 됐다, 하고 말 타인에게 독설을 내뱉을 필요가 없었다. 그러나 상처도 아니라고 생각했던 상처가 헤집어지자 절로 입매가 비틀어졌다.

"그냥 암일 뿐이에요. 전염병도 아니고 죽으려면 아직 까마득하게 멀었으니까 있는 동안에 신경 안 쓰게 해주세요. 부탁드리는데 죽었는지 살았는지 확인하려고 수시로 초인종 누르지 마세요. 재차 말씀드리지만 저 아직 안 죽어요. 말기 되려면 한참 있어야 하거든요. 그건 이리 주세요."

마리는 신명이 난 무당처럼 숨도 쉬지 않고 주의사항을 읊고는 얼떨떨해 있는 안주인이 들고 있는 죽 냄비를 뺏다시피 잡아채 들었다. 그리고 어쭙잖은 동정 따위는 사양함을 밝혔다.

"죽 값은 미리 지불한 선금에서 제외하세요. 수고하셨어요."

까닥 고개를 숙이고 나서 한 손으로 문을 끌어당겨 여전히 냄비를 들고 있는 시늉을 하고 있는 안주인의 모습을 시야에서 없애 버렸다. 성큼성큼 걸어 따스한 온기를 품고 있는 죽 냄비를 내려놓고 냉장고 문을 열어 반 컵쯤 남은 상황버섯 우린 물을 들이켰다.

전염병 환자 취급 받은 것에 대한 충격을 감추고 싶었지만 허락도 없이 떨리는 손가락 때문에 턱이며 목이 젖어들었다. 그래도 꿋꿋이 물 컵을 비우고는 손등으로 대충 턱과 목을 훔치며 수저를 찾아 쥐고 식탁에 앉았다. 그리고는 냄비 뚜껑을 열고 고소한 냄새가 확 풍겨 나는 백합죽을 한 가득 떠먹기 시작했다. 질척한 산길을 오르려면 힘을 비축해야 했다.

"춘천이요?"

미디어의 힘이 얼마나 큰지 체감하고 있는 지훈이다. 광현과 이 신문사 저 신문사 쫓아다니며 선화의 아이디어대로 광고를 내고 혹여 마리가 다른 사람을 시켜 전화를 해보게 할 수도 있다는 우려에 해결사에게 연결을 시켰다. 그리고 정확히 광고가 나가기 시작한 날 아침 7시부터 전국각지에서 마리를 봤다는 제보가 쏟아졌다. 장난 전화도 간혹 있었지만 그래도 막연하게 그녀의 과거를 쫓고 병원을 뒤질 때와 비할 바가 아니었다.

그것은 까딱했으면 밥 값 못한다는 오명을 둘러쓸 뻔했던 해결사도 마찬가지였다. 붕붕 뜬 목소리로 춘천 건이 왜 신빙성이 있는지 설명했다.

―이사 온 시기도 박마리 씨가 사라진 시점과 딱 맞아 들어가는 데다가 가끔 노래 부르는 소리가 들린답니다. 그것도 그냥 가요가 아니라 아아아, 막 이런 노래요.

해결사의 돼지 멱따는 소리는 지훈으로 하여금 전율을 느끼게 만들었다. 모든 것이 아귀가 딱딱 들어맞는 걸 보면 춘천의 한 아파트에 살고 있다는 미지의 여성이 마리일 가능성이 농후했다. 지훈이 바싹 단 심장을 드러냈다.

"비용은 얼마라도 좋으니 최대한 빨리 확인할 수 있도록 해주십시오."

―그렇지 않아도 대전에는 다른 사람 보내고 춘천은 제가 직접 가려고 준비하고 있습니다. 10분 안에 출발하겠습니다.

"수고 좀 해주십시오."

―예, 예!

해결사와 통화를 끝낸 지훈은 특별히 별표를 해놓은 두 가지 제보에 집중했다. 비교적 신빙성이 높은 제보로 집과도 가까웠다. 제보를 받는 일도 중요하지만 그렇다고 해서 마냥 집 안에서 대기만 하고 있을 수는 없는 일이었다. 착신신청을 해놓았으니 한두 시간 시간을 내 직접 찾아가 볼 작정을 하고 단단히 밑줄을 긋는데 휴대폰이 울렸다. 번개처럼 빠르게 휴대폰을 집어 들었다.

"여보세요!"

―송 선생!

무대포 정신으로 무작정 지훈을 찾아온 권 선생은 노심초사하며 일직을 서고 있는 방 선생에게 지훈의 무사함을 전했다.

"어어, 그래, 별일 없어. 자세한 건 내가 가서 이야기해 줄게. 어이."

권 선생이 통화를 끝내자 지훈은 미안함을 전했다.

"놀라게 해드려서 죄송합니다."

"놀란 건 둘째 치고 사람이 이런 법이 어디 있어? 그래도 미우나 고우나 지낸 정이 있는데 이런 큰일을 당해 놓고 입 꼭 다물고 있어? 서운해, 정말."

"죄송합니다."

지훈의 사과에 권 선생은 쓴 입맛을 다셨다.

"하긴, 안다고 해서 내가 뭐 해줄 수 있는 것도 아니지. 괜히 말해 봤자 송 선생 속만 쓰릴 테고……. 긍정의 힘 알지? 왜 잘한다, 잘한다 하면 잘 되고 못한다, 못한다 하면 안 되잖아. 내가 다른 건 못해 줘도 하루에 백 번씩 돌아온다, 아무 일 없다, 이건 해줄 수 있어. 거 개그맨 누구 못지않은 퀵마우스잖아, 내가."

권 선생의 능청에도 지훈은 가타부타 말이 없었다. 그러거나 말거나 권 선생은 자신만의 독특한 위로를 멈추지 않았다.

"이게 지금 선녀와 나무꾼 알지? 그거랑 같은 경우야. 처음엔 선녀가 배신 때린 줄 알았지만 나중에는 나무꾼이 하늘로 따라 올라가서 잘 먹고 잘 살았잖아. 선녀가 나무꾼이 마음에 없었으면 하늘로 올라왔다고 해서 계속 살았겠어? 발로 뻥 차버리지. 그러니까 바비 씨도 금방 돌아올 거야."

알쏭달쏭한 말이었지만 저를 걱정하는 진심을 알기에 지훈은 고개를 끄덕였다.

"예."

"그나저나 이제 금방 다른 선생님들이 알아보고 물어볼 텐데 어쩌지?"

"당분간은 비밀로 해주세요. 혹시 마리가 보고 학교로 전화를 할지도 모르니까요."

"그렇지. 그래, 그건 내가 알아서 할게. 애들한테도 입 다물고."

"고맙습니다."

"아, 또 뭘 도와줘야 하나. 아, 뭘 해줘야 하지?"

권 선생은 다리를 덜덜 떨며 도움을 줄 방법을 강구했다. 조용히 있어 주는 것이 젤 큰 도움이 될 것 같은 지훈은 은근히 그 뜻을 전했다.

"그것만으로도 충분……."

"앗! UCC!"

손가락을 튕기며 벼락같은 소리를 내지른 권 선생이 얼떨떨해 있는 지훈에게 자신의 기발한 아이디어를 설명했다.

"요즘 이게 대세잖아. 저번에 보니까 불치병에 걸린 딸을 위해서 눈물로 호소한 아버지의 동영상 올라오더니 바로 성금 모아져서 수술했다더라. 그리고 경찰보다 더 정확하고 빠른 게 이 네티즌 수사대야. 명예훼손 어쩌고 하면서 열애설 극구 부인하던 연예인들도 수사대에 딱 걸려서 백기 들잖아? 또 거기다 마리 씨가 나를 알잖아. 내가 신문 광고 내용 그대로 울며불며 호소하면 단걸음에 돌아올 거야."

숨도 쉬지 않고 즉흥적이나 그럴듯한 아이디어를 풀어 놓은 권 선생이 벌떡 자리에서 일어났다.

"이럴 때가 아니지. 병원으로 가야겠어."

"병원요?"

"하려면 확실히 해야지. 어디 대학병원 응급실 간판 하나 딱 찍고 그 다음에 대단히 죄송하지만 애먼 환자분 앞에서 쇼 좀 해야지. 쇼를 하라, 쇼! 가네."

혼을 쏙 빼놓은 권 선생이 후다닥 소리를 내며 사라졌다.

불쾌함을 살짝 넘어선 통증이 감지되었지만 부처를 바라보고 앉은 마리의 자세는 꼿꼿했다. 이제는 이 정도의 통증에는 감사할 정도로 친근해진 덕분이었다. 하지만 절을 올릴 엄두는 내지 못해 아랫배에 손을 가져다 댄 채로 근 한 시간을 자비로운 부처의 얼굴만 쳐다보고 있었다. 그러던 그녀가 살짝 입술을 움직였다.

"버리시려면 빨리 버리세요. 다른 신을 찾으면 그만이니까."

억지고 오기였다. 암을 가졌다는 이유로, 살고자 했다는 이유로 따돌림 당한 것에 대한. 마리의 입매가 암팡스러워졌다.

"부처님이 버리고 또 다른 신들마저 모두 저를 버리고 외면한다고 해도 아무렇지 않아요. 모든 사람들이 저와 아이가 죽을 거라고 해도 괜찮아요. 아무리 죽으라고 고사를 지내도 전 안 죽어요. 왜냐면 꼭 살아서 지훈이에게 할 말이 있거든요."

거기까지 말한 마리의 왼손이 옆구리 쪽으로 더 깊숙이 파고들었다. 출몰 기간이 짧아진 통증이 제 몫을 단단히 하려는 모양이었다. 몸을 구부린 채 심호흡으로 통증을 달랬다.

"쉬이, 쉬, 쉬!"

그녀가 그렇게 힘겨운 숨소리를 낼 때 법당 입구에 혜연이 나타났다. 수능 준비하려면 필요하다고 졸라 산 컴퓨터로 공부는 안 하고 게임 삼매경에 빠졌다 딱 들키고 말았다. 대한민국 청소년이라면 모두 즐겨 하는 게임일 뿐이다. 그렇지만 대자대비한 부처님을 모시고 있는 큰스님에게는 칼과 창으로 사람들을 해치는 게임은 아수라장이 따로 없었다. 솥뚜껑만 한 주먹으로 수도 없이 꿀밤을 맞고 빗자루로 엉덩이를 맞고서 억지 참회기도를 하러 들른 참이었다.

"내가 머리가 나쁜 건 죄다 큰스님 때문이야. 이렇게 하루가 멀다 하고 쥐어 박혀 멍투성이니 뇌세포가 살아남아? 다 죽지. 어떻게 해가 갈수록 힘이 더 좋아지셔? 혼자 몰래 개소주라도 드시는 거 아냐? 어? 언니!"

투덜대며 법당으로 들어서던 혜연이 영영 나타나지 않을 줄만 알았던 마리를 발견하고 왈칵 반가움을 토해냈다. 그러나 이내 그 반가움은 놀라움으로 바뀌었다. 웅크린 채로 힐끔 혜연을 쳐다보는가 싶던 마리가 눈을 하얗게 뒤집고 쓰러졌기 때문이었다.

"언니!"

은은한 향냄새가 배어나는 절 방에 한껏 낮춘 두 개의 목소리가 번갈아 나고 있었다. 하나는 서릿발 같고 하나는 우물쭈물이었다. 그리고 그 목소리들은 지독한 통증 끝에 까무룩 잠이 든 마리를 천천히 깨워내고 있었다.

"백혈벼엉? 골수 이시익?"

"다른 뜻은 없었어요. 정말이에요. 아프신 것 같아서 위로 삼으시라고……."

"거짓이 어찌 위안을 줘? 위안을 주기는커녕 상처만 줄 뿐이야."

"다 그렇진 않아요. 스님도 거짓말하셨잖아요."

"뭐?"

"저 애들한테 따돌림 당할 때 학교로 쫓아오셔서 그러셨잖아요. 누가 혜연이 엄마 없는 애라고 놀렸냐고. 이렇게 엄마가 새파랗게 살아 있는데 어떤 못된 녀석들이 그런 기막힌 소리를 했냐고 막 그러셨잖아요. 저 그때 큰스님이 진짜 우리 엄마인 줄 알았다고요."

혜연이 일깨워 준 빛바랜 기억에 큰스님은 무안한지 군기침을 해댔다.

"흠흠!"

"금방 진실을 알게 됐지만 그래도 속는 동안에는 행복했어요. 받은 상처보다는 받은 기쁨이 더 컸다고요. 그래서 그랬어요. 지금도 잘못했다는 생각은 안 해요. 천배를 해도 좋아요."

눈을 감은 마리는 혜연의 거짓말에 대한 단상에 동의했다. 지훈은 거짓말은 절대 해서는 안 된다고 못 박고 손가락까지 걸게 했지만 사랑하는 사람을 위해서는 못할 거짓말이 없지 않나.

'사랑하지 않는다고, 사랑하지 않았었다고, 사랑하지 않을 거라고, 잊을 거라고, 잊고서도 아프지 않을 거라고……'

지훈에게 했던 거짓말들을 떠올리고 나니 코가 맹맹해지면서 바싹 마른 뺨에 은하수 같은 눈물줄기가 흘렀다. 그에 맞춰 큰스님의 왕 주먹이 만질만질한 혜연의 정수리 위로 떨어졌다.

"아얏!"

"통할지 알았지? 어림없는 소리. 벌로 일주일 간 저녁공양 없다."

"칫! 안 그래도 다이어트 하려고 했거든요?"

"잘 됐네."

"암이요, 잘 됐고말고요."

두 사람이 친 모녀 부럽지 않게 아웅다웅거리는 사이 마리는 더 이상 흐르는 눈물을 참을 수 없어 다시 들이켰다. 그리고 그 소리에 큰스님과 혜연이 동시에 마리를 쳐다보았다. 의식을 되찾았음을 숨길 수 없는 마리가 눈을 뜨자 혜연이 반색을 했다.

"언니!"

마리가 팔꿈치에 힘을 주어 자리에서 일어나려 하자 냉큼 달려와 힘을 보태주었다. 그러자 노리끼리하면서도 창백한 마리의 낯빛을 본 큰스님이 특허 낸 퉁명스러운 걱정을 건네 왔다.

"아프면 절이 아니라 병원으로 가야지. 절만 죽으라고 해서 안 죽을 것 같으면 세상에 죽을 사람 하나 없지."

혜연이 누구를 닮았는지 알 것 같은 큰스님의 걱정에 마리는 새파랗게 돋아나 있는 가슴의 가시를 숨기지 않았다.

"오지 말라는 소리세요?"

꽤나 앙칼진 목소리였지만 눈이 동그래진 혜연과는 달리 큰스님은 일말의 동요도 없었다. 꼭 혜연의 귀띔이 아니더라도 오랜 수행 기간에 만난 뭇 사람들로 인해 낭떠러지에 아슬아슬하게 매달려 있는 마리를 알아보았다. 차분히 대적했다.

"살고 싶으면 병원으로 가고 죽을 자신 있거든 내 집 삼고 눌러 앉으십시오."

전혀 예상치 못했던 대답에 마리는 놀란 눈으로 큰스님을 쳐다보았다. 어디까지 배신당하나 두고 보자 하는 심정으로 성치 않은 몸을 이끌고 올라왔다. 그러니 이런 대답은 들어서는 안 됐다. 못난 오기가 고개를 빳빳이 쳐들었다.

9화 · 너에게로 가는 길

"저, 교회 다녀요."

"그러십니까?"

"암 환자예요."

"요즘 걸렸다 하면 다 암이더라고요."

큰스님은 너 정도는 내 상대가 되지 않는다는 듯 넙죽넙죽 잘도 받아 넘겼다. 그러면 그럴수록 저 자신조차 이해하기 힘든 오기에 휩싸인 마리는 축축한 손바닥을 아랫배에 놓았다.

"아이가 있어요."

흠칫 놀랄 것이라 기대했다. 하지만 돌아온 것은 귀를 거슬리는 혀 차는 소리였다.

"쯧쯧!"

고개까지 저어가며 혀를 차던 큰스님은 마리의 오장육부를 끊어 놓을 소리를 슬슬 흘렸다.

"세상에 대한 오기로 아이를 볼모로 삼다니. 그런 추잡스러운 마음으로 아이를 품었으니 탈이 난 것이 당연하지. 암, 당연하고말고."

비아냥거림 가득한 독설에 마리는 얼음덩이가 되었고 혜연은 소스라쳤다.

"큰스님!"

"떽! 낄 자리 안 낄 자리 모르고 어딜 끼어들어!"

"아프시잖아요. 그런데 그런 모진 말씀을 하시면 어떡해요?"

"이게 모질어? 제 살과 피를 나눠 준 아이를 방패막이로 삼는 어미한테는 이보다 더한 욕도 퍼부어 줘야 해!"

큰스님은 호랑이 같은 기세로 참새 같은 혜연의 입을 봉했다. 그리고 부들부들 떨리는 입술을 깨물며 자신을 노려보고 있는 마리를 향해 서슬 퍼런 칼날 같은 혀를 자분자분 놀렸다.

"내 그동안 수도한 공력이 도로 아미타불 될 것 같아 이쯤에서 입은 다무는데 보살님, 나 같은 하찮은 인간도 빤히 들여다볼 수 있는 검은 속을 부처님이 모를 것 같습니까, 하나님이 모를 것 같습니까? 그분들이 죽을 목숨 한두 명 살려 봤겠습니까? 아니요. 수도 없이 살렸습니다. 모래알보다 더 많은 중생들을 되살리셨습니다. 그래서 너무나 잘 아십니다. 보살님같이 오기와 피해의식으로 가득 찬 황무지 같은 가슴에는 어떤 생명의 씨앗도 자라지 못한다는 것을요. 그러니 정 살고 싶으시거든 썩어 들어가는 오장육부만 볼 줄 아는 의사 바짓가랑이 잡고 살려 달라고 매달리시구려. 얼굴색 보니 아직 막장은 아닌 것 같으니 말입니다."

골수까지 파고드는 잔인한 충고는 깊은 얼음구덩이에 빠진 듯 얼어붙어만 있던 마리를 화르르 불타오르게 만들었다. 저를 부축하고 있는 혜연의 팔을 탁 뿌리쳤다. 그리고 목구멍을 타고 넘어오는 울분을 꾹 눌러 앉히고 착 가라앉은 목소리를 밀어냈다.

"아버지를 몰라요. 아마 엄마도 모르실 거예요. 상대한 미군들의 숫자를 세느니 모래알을 세는 게 빠를 테니까요."

그렇게 말문을 연 마리는 지훈에게조차도 보여준 적 없는, 치료할 방법을 몰라 그저 싸매고 또 싸매기만 하는 통에 곪다 못해 살점 하나 없이 다 헐어버린 퀭한 가슴을 드러내기 시작했다. 동정을 바라서가 아니었다. 이토록 참혹한 나에게 침을 뱉은 당신의 추악한 모습을 돌이켜보라는 경고라 나무토막처럼 무겁기만 하던 입술이 나비날개처럼 팔랑거렸다.

"비록 양공주의 자궁 속이긴 했지만 거기에 자리를 잡고 있다는 것을 아는 순간 죽임 당한 제 언니 오빠들에 비하면 운이 좋았죠. 그래요, 괜찮았어요. 토종들과는 다른 외모 때문에 손가락질 받긴 했지만 당장 내일을 걱정해야 하는 많은 혼혈아들은 생각도 못할 혜택을 마음껏 누렸으니까요. 그런데 그것도 배가 아프셨나 봐요. 대자대비하신 부처님인지 아니면 스스로 죽음을 선택해 인간을 구원하신 예수님인지 아니면 이름조차 생소한 알라신인지는 잘 모르겠어요. 그러다 한순간에 증오의 대상이었을 뿐인 엄마마저 잃었어요. 그 덕에 줄곧 메마르긴 했지만 그래도 풀 한 포기 정도는 키울 수 있었던 가슴이 황무지로 변했어요. 영원히 그럴 줄 알았어요. 그런데요, 어느 날……."

질척한 늪과 같던 인생의 전환점에 대해 줄줄 읊어야 했다. 그러나 그 전환점인 지훈을 떠올린 순간 목구멍이 꽉 막혀 버렸다. 마치 솜뭉치로 틀어 막힌 듯 소리는커녕 숨 한 줄기도 쉬어지지 않자 야윈 주먹을 들어 박동을 멈춰 버린 심장이 숨어 있는 왼쪽 가슴을 두드렸다.

"끄윽!"

곰삭아 버린 울음과 눈물이 흐르면서 말문이 다시 트였다.

"단 한 번도 본 적이 없어서, 그래서 이 세상에는 존재하지 않는다고 멸시하던 사랑이 제게 찾아와 버렸어요. 그 사랑 때문에 처음으로 사람답게 살고 싶어졌고, 노력했어요. 꿈도 되찾았고 철이 없어서, 너무 철이 없어서 지켜주지 못했던 아이도 다시 가졌어요. 아이가 있다고요. 그러니까 제게 이러시면 안 되는 거잖아요. 아무리 제가 구제할 가치조차 없는 인간이라도 제 아이는 아니잖아요. 한 번이면…… 됐잖아요. 이미 한 번…… 데려가셨잖아요."

마리의 가냘픈 오열에 표정이라고는 없던 큰스님의 얼굴에 미세한 변화가 생기기 시작했다. 마리는 고개를 저으며 가슴 가득 차든 원망을 토해냈다.

"몸서리 쳐지는 통증 따위 얼마든지 참아낼 수 있어요. 아니, 다른 수가 없으니 참아낼 수밖에 없어요. 하지만 저 때문에 제가 사랑하는 사람들이 고통스러워하는 것은 참을 수가 없어요. 그래서 좀 따졌어요. 사랑하는 사람들에게 고통만을 안겨 주는 저란 존재를 왜 이 세상에 내놓았는지 알고 싶어서 대들었어요. 그게 그렇게 큰 잘못인가요? 구원 받을 가치조차 없다고 단정 지을 만큼이요!"

폐부를 찢을 것 같은 처절한 절규였다. 뭇 사람들이라면 그저 미안하고 후회스러운 눈빛밖에 내놓지 못했을 것이다. 그러나 애초부터 그녀를 꾸짖으려는 것이 아니라 깊은 상처를 스스로 도려내기를 바랐던 큰스님은 달랐다.

"부처님이 아니라 그 어떤 존재도 단지 괴롭히자는 이유로 사람을 이 세상에 내어놓을 수는 없습니다. 그리고 그를 단죄할 수도 없습니다. 왜냐하면 사람이 곧 부처고 조물주이기 때문이죠. 죽고 사는 것은 하늘의 뜻이 아니라 스스로에게 달렸으니 자신에 대한 미움과 원망을 모두 내려놓으면 사랑하는 사람들의 가슴에 멍을 지울 일은 없을 것입니다."

큰스님이 제시한 구명의 방법은 너무나 쉬웠다. 누구보다도 미워하고 있는 저 자신을 어루만지고 끌어안기만 하면 될 일이었다. 그렇지만 못나고 못됐다고만 여겼지 한 번도 고운 눈으로 보지 않았던 자신을 끌어안는 일은 쉬운 일이 아니었다. 막 걸음마를 배우는 아이처럼 어렵고 두렵기만 했다. 그런 자신의 걱정을 고백하기 위해 눈물로 번들거리는 얼굴을 싸늘히 고쳤다.

"그럼, 전 죽겠군요. 미움이라는 거 쌓을 줄만 알지 버릴 줄은 모르니까 말이에요."

감읍하기는커녕 가시 돋친 대꾸 따위만 내놓는 안하무인에게는 부동명왕의 얼굴로 대적함이 올바를 일이다. 그러나 큰스님의 얼굴에는 미륵과 같은 미소가 슬슬 번져갈 따름이었다.

"버릴 줄 모르는 분이셨다면 저희는 이렇게 마주 앉아 있지 못했을 테지요. 사랑하는 분을 위해, 또 아이를 위해 자신을 포기하셨을 때 이미 보살님은 미움을 덜어내셨습니다."

겨울을 몰아내는 봄바람보다 더 따스한 큰스님의 위로에 아슬아슬하게 유지하고 있던 마리의 유리가면이 쩍 소리를 내며 깨어졌다.

"허억!"

숨넘어가는 소리와 함께 차갑기만 했던 얼굴이 함부로 구긴 종잇장처럼 마구 일그러졌다. 그리고 부들부들 떨리는 자신의 두 손을 마주 잡은 채 애원했다.

"살고 싶어요. 큰스님, 저 정말 살고 싶어요. 살아서 우리 지훈이한테 돌아가고 싶어요. 돌아갈래요, 저. 엉엉! 어어엉!"

애간장을 끓게 하는 처절한 마리의 울음에 혜연이 코를 훌쩍였다.

"언니, 울지 마요. 울지 마…… 으어엉!"

"어엉! 저, 살고 싶어요. 죽기 싫어요."

묵묵함을 가장하고 쌍둥이처럼 목을 놓아 울어대는 두 사람을 지켜보던 큰스님의 팔이 넝쿨처럼 뻗어나갔다. 어미 새처럼 가여운 마리를 담뿍 안았다. 그리고 경련을 일으키는 등을 쓰다듬고 머리를 쓰다듬으며 마리가 그토록 듣고 싶어 했던 말을 읊조렸다.

"안 죽어. 절대 안 죽어."

펜션 내실의 주방에는 고소한 기름 냄새가 진동을 했다. 마리의 동태를 살피러 온 김 권사와 마주 앉은 안주인이 추적추적 내리는 비와 찰떡궁합인 부침개를 솜씨 좋게 뒤집었다.

"암이래요."

"어디 암?"

"못 물어봤죠. 어떻게 그걸 물어봐요. 하여간 비 그치면 나간대요. 쯔쯧!"

안주인의 안타까운 혀 차는 소리에 못내 가슴이 답답한 김 권사가 땅이 꺼질 것 같은 깊은 한숨을 내쉬었다.

"에휴!"

"왜요."

"저번에는 화가 나서 몰랐는데 그 아가씨 한 말이 가슴에 얹혀서 내려가질 않아."

"무슨 소리요?"

"내가 그만 너무 화가 나서 말이야 우리 교회도 오지 말고 다른 교회도 얼씬하지 말라고 했거든."

"어머, 정말요? 세상에! 아픈 사람한테 왜 그러셨어요?"

안주인이 뒤집개를 꼭 부여잡고 안쓰러움을 토로하자 김 권사의 얼굴이 울상이 되었다.

"난 아픈 사람인 줄 모르고 한 소리였다고. 아픈 사람인 줄 알았으면 그런 모진 소리를 어찌 하누. 그냥 박쥐처럼 이쪽저쪽 다 달라붙는 그런 사람인 줄 알고 그랬지."

"하긴. 절에 다닌다는데 마냥 나오라고 할 수는 없죠."

"그렇더라니까. 이크! 타네, 타!"

"에구머니!"

허겁지겁 부침개를 뒤집었지만 부침개는 이미 타버린 후였다.

"이를 어째. 못 먹겠죠?"

"우리 복실이나 줘야겠다."

"탈 안 나려나? 이렇게 타버렸는데."

"더 탄 것도 먹어도 일 없어. 자, 여기다 줘."

김 권사는 마침 옆에서 아무렇게나 굴러다니던 신문 한 장을 쭉 찢어 안주인에게 건넸다. 아무 생각 없이 그것을 받아 들어 까만 부침개를 놓던 안주인이 눈을 깜박였다.

"어머? 이게 누구야?"

"뭐?"

"은정 씨잖아요, 여기."

"어디?"

김 권사는 함부로 찢어 반쪽밖에 남지 않은 마리의 얼굴을 들여다보았다. 침침한 눈을 지그시 떠보았지만 알쏭달쏭할 따름이었다.

"맞는 것도 같고 아닌 것도 같고……."

"잠깐만요."

안주인은 얼른 김 권사가 찢어낸 신문에 자신이 들고 있던 신문조각을 맞춰 보았다. 그러자 마리의 얼굴과 함께 그녀를 찾는 사연이 또렷하게 떠올랐다.

"박마리. 키 170센티에 이국적인 용모를 가진 혼혈. 금발에 파란 눈?"

"아니구만."

"검은 머리에 검은 렌즈를 착용하기도 함."

"맞나?"

"맞는 거 같아요. 얼굴이 똑같잖아요."

"지명수배자야?"

김 권사의 뜬금없는 소리에 안주인이 이마를 찌푸렸다.

"지명수배를 누가 신문에 내요. 그게 아니라 송지훈이라는 사람이 교통사고로 위독한데 그 사람이 마리라는 사람을 애타게 찾고 있다네요."

"이게 무슨 귀신 씻나락 까먹는 소리야?"

"그러게요. 저도 뭔 소린지 통 모르겠네요. 그나저나 은정 씨 분명 맞은데……."

안주인이 마리의 사진을 다시 찬찬히 들여다보았고 김 권사는 손가락으로 큼직하게 써져 있는 전화번호를 쿡쿡 찔러 댔다.

"전화해 봐. 여기 번호 있잖아."

"하지만 무슨 사연인지도 모르고 덜컥 전화하기가 그렇잖아요. 행여 은정 씨한테 해가 되면 어떡해요."

"가족일지도 모르잖아."

"성이 다르잖아요."

"그럼 남편이든지."

"남편이요? 결혼했다는 말 없었는걸요?"

"암 환자에 혼혈이라는 말도 안 했잖아. 내가 단순히 호기심에서 이러는 게 아니야. 환자잖아. 그것도 암 환자. 무슨 사연인지는 모르지만 가족이 아니더라도 이렇게 찾는 사람이 있는데 혼자 그 몸을 해서 연고도 없는 이곳에서 떠돌게 하면 돼?"

구구절절 맞는 김 권사의 말에 안주인은 잠시 고민에 빠졌다. 그리고 아무리 기도를 해도 가벼워지기는커녕 더욱 무거워지기만 한 짐을 내려놓을 절호의 기회라 여긴 김 권사는 그 막간도 아깝다는 듯 속삭였다.

"전화해서 물어보기만 하고 얼른 끊자고."

김 권사의 은밀한 속삭임에 손에 든 신문지가 갑자기 무겁게 느껴진 안주인이 마른침을 꿀꺽 삼켰다.

아직 이른 아침, 새벽처럼 집을 나섰다 돌아오는 지훈은 의식적으로 어깨를 치켜 올렸다. 천근만근 무겁기만 해 바닥을 끄는 소리를 낼 것만 같은 발도 일부러 뚝뚝 떼어 올렸다 다시 내딛었다.

어젯밤 기대를 가지고 찾아 헤맸던 두 가지의 가능성이 모두 허사로 돌아갔다. 그리고 늦은 밤에는 춘천의 제보가 허탕이었다는 소식을 전해 들었고 오늘 아침에는 이거야말로 진짜다 싶어 한달음에 달려간 영등포에서 허탕을 치고 오는 길이다. 그러니 허탈한 한숨 정도는 괜찮으련만 지훈은 상심한 마음을 애써 외면했다. 마리 때문이었다.

'너 때문에 참아. 꿋꿋하게 잘 버텨주고 있을 네 앞에서 겨우 이런 일에 한숨 쉬고 어깨 늘어뜨리는 거 염치없는 거잖아. 그러니까 참을 거야.'

그렇게 설핏 흔들리려던 마음을 다잡고 슈퍼 앞을 지나는데 물건을 정리하고 있던 슈퍼 주인이 그를 발견하고 손을 들었다.

"삼촌!"

소리가 나는 쪽으로 고개를 돌린 지훈은 가벼운 목례로 답했다. 유령처럼 모든 것을 본체만체 하던 그의 변화가 반갑기만 한 슈퍼 주인은 정리하던 물건을 내팽개치고 쪼루라니 지훈에게 달려왔다. 그리고 심각하게 좌우를 두리번거리고 나서는 은밀한 목소리로 속삭였다.

"좋은 소식 있는 거야?"

굳이 묻지 않아도 마리의 안부에 대해 묻는 소리임을 아는 지훈은 고개를 저었다.

"아직이야?"

"예."

"에휴, 삼촌 마음고생 심해서 어떻게 해. 가슴이 얼마나 새카맣게 타들어갔을까? 세상에……."

수다스럽지만 정 많은 슈퍼 주인의 걱정을 그저 고맙게 여기고 괜찮다 한마디 보태줘야 옳을 일이었다. 하지만 낙담만을 맛보고 돌아오는 길이라 더 이상 듣고 있기가 싫어진 지훈은 까닥 고개를 숙였다.

"먼저 가보겠습니다."

"그래, 그래. 아참, 동네 사람들은 걱정 말아. 내가 미국 친정에 급한 일이 생겨서 들어갔다고 말해 놓을게."

"아니요. 그러실 필요 없습니다."

"아니야. 그렇지 않아도 심란한데 헛소문까지 돌아봐. 미치지. 나만 믿어."

지훈은 손사래까지 쳐가며 그다지 필요치 않은 도움을 자처하는 슈퍼 주인에게 근황을 이야기했다.

"신문에 광고 냈어요. 머지않아 알 만한 사람은 모두 알게 될 테니 수고하지 않으셔도 됩니다."

"광고를 냈어?"

"예."

"그랬구나. 하여튼 난 뭔 속인지는 모르겠지만 얼른 마리 씨 돌아와서 삼촌이랑 팔짱 끼고 왔다 갔다 하면 좋겠어. 말은 좀 톡톡 쏘아붙여도 은근히 속정 깊잖아, 마리 씨. 그러니까 꼭 돌아올 거야. 삼촌, 기운 내?"

"고맙습니다."

"그래, 그래. 어이, 올라가."

지훈은 곧장 집으로 향했고 슈퍼 주인은 왠지 처량해 보이는 그 뒷모습을 지켜보며 마치 자신의 일이라도 되는 양 깊은 한숨을 내쉬었다.

"어휴! 딱도 해라. 법 없이도 살 사람한테 이게 무슨 재앙이야?"

그 때 갑자기 똑 떨어져 버린 소금 한 봉지를 사려고 올라오다 심도 깊은 대화를 나누고 있음이 분명한 두 사람을 보고 도둑괭이처럼 슬금슬금 다가온 갈비집 주인이 뾰족한 턱을 쏙 들이밀었다.

"재앙? 무슨 재앙?"

"허억!"

슈퍼 주인의 기함으로 뭔가 감추는 것이 있다는 것을 눈치 챈 갈비집 주인이 함정수사를 시작했다.

"뭐야, 뭔데 그렇게 놀라? 혹 둘이 사랑의 밀어라도 속삭인 거야? 그런 거야?"

"뭐야? 떽! 이놈의 여편네가 못하는 소리가 없어!"

"강한 부정은 강한 긍정이라던데……."

"아니라니까! 그게 아니라 마리 씨 말이야."

"노랑머리?"

비아냥거림이 다분한 호칭에 슈퍼 주인의 입술이 뚱하니 튀어나왔다.

"아니, 왜 자기는 좋은 이름 두고 머리 색깔 가지고 그래? 이 국제화 시대에? 취미 한번 얄궂네."

"얄궂고 말고 노랑머리 도망 간 거 맞지?"

갈비집 주인이 꼭 뺑덕어멈처럼 굳자 사실대로 말해 주고 싶은 마음이 싹 사라져 버린 슈퍼 주인은 코 평수를 넓혔다.

"아니거든? 나도 그런 줄 알고 우리 조카 어떻게 줄 한번 세워 볼까 했더니 친정에 일 있어서 미국 들어갔다가 이번 달 가기 전에 온대."

"정말이야?"

"그럼 뜨신 밥 먹고 흰소리 할까? 안 그래도 기분 안 좋아 죽겠구만 불난 집에 부채질이야, 부채질이. 에잇!"

팩 토라진 슈퍼 주인이 팽하니 돌아서 버리자 졸지에 덩그러니 혼자 남게 된 갈비집 주인이 손을 내저으며 따라갔다.

"아, 같이 가!"

이제는 완전히 자리를 잡아 버렸는지 끔찍한 정도는 아니지만 지극히 불쾌할 정도의 통증은 펜션으로 향하는 마리에게서 떨어질 줄을 몰랐다. 보통 사람이라면 자리를 보존하고 누울 정도였지만 고통에 익숙해져 버린 그녀는 오히려 그것에 감사했다.

'살아 있다는 증거니까.'

생각지도 못한 깨달음을 얻고 그렇게 바라던 위안을 얻은 덕에 매사를 긍정적으로 생각하는 마음이 생겨났다. 그 덕인지 통증은 여전했지만 시달릴 때마다 엄습하던 절망과 두려움은 쉽사리 다가서지 못했다. 모두 긍정의 힘이었다.

새로운 마음가짐을 다시 한 번 되새긴 마리는 챙겨야 할 짐이 있는 펜션 현관으로 들어섰다. 문에 매달린 방울의 딸랑거림에 안주인이 문을 열고 나섰다. 그리고는 하루 만에 돌아온 마리를 마치 죽었다 살아 온 사람처럼 대했다.

"어디 갔다 이제 와요? 어디 간다 말도 없이 날이 새도록 안 돌아와서 얼마나 걱정했는데! 성한 사람이라면 또 몰라. 아픈 줄 뻔히 아는데……."

어제였다면 안주인의 걱정 어린 나무람을 싸구려 동정이라 치부하고 말 중간을 잘라먹고 들어가 방 구했으니 호들갑 떨지 말라 쏘아붙였을 것이다. 하지만 새날이기에 마리의 입술을 비집고 나온 소리는 봄바람처럼 유순했다.

"방 구해서 짐 가지러 왔어요."

"세상에! 곧장 방 구하러 나갔던 거예요? 난 그런 뜻 절대 아니었는데."

"알아요. 더 좋은 곳 생겨서 옮기는 거니까 걱정 마세요."

당분간 화영사에서 지내기로 했다. 혜연이 먼저 말을 꺼내 주었고 큰스님이 반대하지 않는 것으로 허락을 내려 주었다. 부처님에게 의지하려는 것이 아니라 그저 지친 날개를 접으려 하는 것뿐이었다.

"좋은 곳이라니 다행이네요. 그런데 저, 은정 씨……."

"말씀하세요."

"저기, 그러니까 저기…… 혹 박마리라는 사람 알아요?"

뭔가 꺼내기 어려운 말인지 무던히도 뜸을 들이던 안주인이 툭 내던진 말은 마리를 그대로 박제로 만들어 버렸다.

'어떻게 된 일이지? 어떻게 내 이름을 알고 있지? 혹시 지훈이가? 안 돼. 안 돼…….'

지훈이 찾아온 것으로밖에 추측할 수 없어 도망을 치려 했지만 그녀는 한 발짝 뒤로 물러서는 것밖에 하지 못했다. 그리고 마리의 창백한 낯빛으로 그녀의 정체를 알아본 안주인이 앞치마 주머니에서 어제 우연히 찾아낸 신문 쪽지를 건넸다.

"이거."

신문을 받아들 생각조차 못하는 마리는 유리테이프로 붙여진 신문 조각을 물끄러미 들여다보았다. 웨딩드레스를 입은 제 사진이 박마리라는 이름과 간략한 신체적 특징과 더불어 있었다. 거기까지는 읽을 수 있었다. 그렇지만 그 다음 글씨부터는 난독증이 일어난 듯 전혀 읽을 수도 이해할 수도 없었다.

분명 송지훈이라는 이름이 선명이 눈에 들어오는데 이어지는 교통사고와 위독이라는 단어는 물 위의 기름처럼 둥둥 떠다니기만 해 어떤 연관성도 찾을 수 없었다. 안주인이 설명을 보탰다.

"어제 김 권사님이랑 부침개 부치다 우연히 본 건데 무슨 일인지 몰라서 전화는 안 해봤어요. 아무래도 은정 씨가 직접 하는 게 나을 것 같아서요."

"아줌마……."

마리는 넋을 놓은 사람처럼 황망히 안주인을 부른 다음 도움을 요청했다.

"제가 갑자기 글씨가 잘 안 보여서 그러는데요, 송지훈이라는 사람이 교통사고로 위독하다고 써져 있는 게…… 맞나……요?"

곧 숨을 놓을 것 같은 마리의 질문에 안주인은 말없이 고개만 크게 끄덕였다. 그리고 천형을 선고 받은 것과 진배없는 마리의 힘없는 고개가 좌우로 움직였다.

"아…… 안 돼, 안 돼…… 지훈이, 지훈이……."

잠꼬대처럼 연거푸 지훈을 부르던 마리가 털썩 주저앉았다.

"은정 씨!"

놀란 안주인이 달려들어 부축했다. 하지만 마리는 그녀의 손길을 뿌리치며 저에게 쏟아 부어야 마땅할 불행을 그에게까지 전가시킨 신에게 바락바락 대들었다.

"안 돼. 지훈이는 안 돼요. 안 된단 말이에요!"

그러더니 실성을 한 듯 갑자기 온몸에 힘을 준 채 지훈을 외쳐 부르기 시작했다.

"지훈아. 아악! 지훈아!"

"은정 씨! 진정해요! 여보! 여보!"

"지훈이, 지훈이, 지훈이이!"

놀란 안주인이 남편까지 불러젖혔지만 사지를 뻗대며 지훈을 목 놓아 부르는 마리의 몸서리는 극을 향해 치달았다.

밤을 되짚어 춘천에서 내려온 해결사는 쓰린 속에 불을 질러 줄 깡소주를 숨도 쉬지 않고 둘둘 들이켰다.

"크흑!"

때마침 새로운 사건을 맡아 온 동료가 문을 열고 들어서다 그 모습을 보고 타박을 해댔다.

"대낮부터 웬 술이야?"

"내가 지금 술을 안 처먹게 생겼냐?"

"아직도 못 찾았어?"

"찾기는 개뿔! 이 망할 년이 이 오대수 얼굴에 똥칠을 해도 유분수지 머리카락 끝도 안 보여?"

"혹시 뒈진 거 아냐? 어디서 맞아 죽어가지고 암매장 되지 않은 이상 네가 이렇게 감을 못 잡을 리가 없잖아?"

"씨팔, 몰라! 선금 받은 거 깨끗이 돌려주고 손 떼고 싶은데 소문나서 밥줄 끊길까봐 미친놈처럼 전국 팔도를 이리저리 싸돌아다니느라고 발바닥이 다……."

구린내 풀풀 나는 발바닥까지 철썩거리며 불 난 속을 드러내는데 어쩌려고 잠시 잠잠하던 휴대폰이 동시에 울어댔다.

"이 거짓 제보 하는 것들은 콱! 손모가지를 분질러야 해!"

괜한 으름장을 놓고서 폴더를 열었다. 그랬는데 당연히 건너와야 할 여보세요, 라는 말 대신 대뜸 질문이 건너왔다.

―누구시죠?

"예에?"

―송지훈 씨하고는 어떤 사이죠? 누구예요, 당신.

지금껏 받아 온 전화와는 백팔십도로 다른 취조식의 전화에 잘못 걸린 전화인가 싶어 심드렁하게 대꾸하던 해결사가 태도를 싹 바꾸고 휴대폰을 부여잡았다. 제보자는 백이면 백 광고를 보고 전화했다는 첫머리를 건넨다. 그러나 다짜고짜 자신의 신분을 묻고 의뢰인과의 관계를 묻는 이 여자는 단언컨대 결코 제보자가 아니었다. 그녀는 바로 박마리 자신이었다.

진땀이 바싹 오른 해결사는 너무 긴장해 잘 벌어지지조차 않으려는 입술을 달싹였다.

"박마리 씨?"

답이 건너오지 않았다. 그것으로 전화를 걸어 온 여자가 마리임을 확신한 해결사가 미리 지훈과 입을 맞춰 놓은 말을 와르르 쏟아냈다.

"박마리 씨! 전화 끊지 마십시오. 제가 다 설명 드릴 테니까 끊으시면 안 됩니다! 송지훈 씨는 지금 의식불명 상태입니다. 박마리 씨를 찾아 나섰다가 추돌사고가 나는 바람에……."

―어디…… 병원이죠?

"예?"

―어디 병원이냐고요!

예상치 못했던 마리의 채근에 해결사는 말더듬이가 됐다.

"저기 그게 그러니까…… 박마리 씨, 일단 있는 곳을 말씀해 주십시오. 시간을 다투는 일이니 제가 모시러……."

거기까지 말했을 때 갑자기 전화가 뚝 끊겼다. 기겁을 한 해결사가 목청을 높였다.

"박마리 씨? 박마리 씨!"

"왜? 끊었어?"

"이런 빌어먹을 년! 끊지 말라니까! 이 쌍! 내가 그런다고 못 찾을 줄 알아? 어딘지 걸리기만 해. 오늘 해 떨어지기 전에 잡아 줄 테니까!"

이를 아득바득 갈던 해결사는 즉시 통화 버튼을 조작해 마리가 남긴 전화번호를 추적하기 시작했다.

이곳저곳을 헤매고 다닌 통에 몸이 축이 났는지 등줄기로 얼음덩이가 오르내리는 것만 같았다. 당장 이불 속으로 파고들고 싶은 욕심이 간절했지만 지훈은 이불 대신 물뿌리개를 찾아 물을 가득 채웠다. 그리고 저처럼 갈증을 느끼고 있을 화분의 꽃들에게 골고루 물을 뿌려 주었다.

　그저 흔한 꽃일 뿐이지만 지훈에게는 그것들이 마리였고 아이였다. 아무것도 해줄 수 없는 자신이 그들을 위해서 해줄 수 있는 것은 그들 대신 삼은 꽃을 잘 가꾸는 것뿐이라 생각했다. 물을 주고 거름을 주고 어루만져 주면 어딘가에서 저를 생각하고 있을 두 사람이 편안할 것이라 믿기 때문이었다. 그래서 쨍쨍한 햇볕 아래인데도 삭풍을 맞고 있는 듯 달달 떨리는 몸으로도 기어이 물뿌리개 한 통을 다 꽃들에게 먹이는데 휴대폰이 울렸다.

　지훈은 즉시 물뿌리개를 내려놓고 바지 주머니로 손을 넣어 휴대폰을 꺼냈다. 해결사였다. 여전히 희망을 품고 있는 지훈은 얼른 폴더를 들어 올렸다.

　"네, 송지훈……."

　―박마리 씨가 나타났습니다!

　지훈의 손에서 물뿌리개가 퉁 하고 소리를 내며 떨어졌다. 아직 남아 있던 물들이 밖으로 튀어나와 그의 바짓단을 적셨다.

"마리……."

―네! 백이면 백 틀림없습니다. 대뜸 저와 선생님의 관계에 대해 물었습니다. 그것도 한 번이 아니라 연거푸 물었습니다. 박마리 씨 본인이 아니고서는 할 수 없는 질문 아닙니까?

거기까지만 들었는데도 심장이 바싹 조여들었다. 해결사가 스스로 칭찬해 주고 싶을 만한 현격한 공로를 이야기했다.

―다행히 미리 입을 맞춘 이야기는 전했습니다.

창백한 지훈은 일순 바싹 말라붙어 버린 입술을 겨우 움직였다.

"어딥니까?"

―강릉에서 공중전화를 사용했는데 혹 연고가 있습니까?

"아니요. 전혀요. 제가 아는 한 강릉에 아는 사람은 없습니다. 그런데 공중전화로 위치를 파악할 수 있습니까?"

―정확히는 아니지만 주변은 찾을 수 있습니다. 범죄자도 아닌데 일부러 멀리 떨어진 공중전화를 이용할 가능성이 희박하니 탐색만 잘하면 금방 찾을 수 있을 겁니다. 거기다 외모가 특이하니까 찾는 것은 시간문제죠. 지금 동을 찾는 중이니 찾는 대로 강릉으로 내려가겠습니다.

해결사의 확신에 찬 말투가 아니더라도 지금까지와는 사뭇 다른 전율에 휩싸인 지훈은 서울에 남아 있을 수가 없었다.

"잠깐만요. 저도 같이 가겠습니다."

―그러십시오.

"제가 곧 그쪽으로 가죠."

통화를 끝낸 지훈의 가슴이 과다 호흡증을 일으킨 사람처럼 들썩거렸다. 전기에 감전된 것처럼 귀 속에서는 징 하는 소리가 울려대고 눈앞은 어찔어찔했다. 그 모두가 강릉에서 전화를 걸어 온 여자가 마리가 틀림없음을 알려주는 것만 같았다. 휘청휘청 등을 돌려 대문을 향해 걷기 시작했다.

"기다려…… 내가 갈게…… 내가 가, 마리야."

마리의 이름을 부르는 순간 솜방망이같이 흐물거리던 다리가 단단해졌다. 어느새 지훈은 달리고 있었다.

철컥, 하고 내린 수화기를 그대로 부여잡은 채 미동도 하지 않고 있는 마리의 뒷모습은 흡사 동상과도 같았다. 그런 그녀의 뇌리와 가슴에는 엄청난 의혹과 갈등이 휘몰아치고 있었다.

'재산 관리인? 그래, 내가 모르는 그런 사람이 있을 수도 있어. 하지만 왜 병원 이야기에서 말을 더듬는 거지? 혹시 지훈이가 날 찾으려고 고용한 사람 아닐까? 아아, 아니야. 중태라잖아. 위독하다잖아. 날 찾으려고 했다면 그런 무시무시한 거짓말 따위 필요치 않잖아.'

이름 모를 수많은 기계장치에 둘러싸여 있는 지훈을 생각하는 순간 머리카락 끝이 뻐죽하게 솟아났다. 그 한기는 새털처럼 많은 의심을 일순간에 잠재우고 마리로 하여금 한 번 놓아 버린 수화기를 다시 들게 만들었다. 부들부들 떨리는 손가락으로 번호 하나하나를 꾹꾹 누르자 참담하고 불안하기 그지없는 마리와는 전혀 다른 밝은 목소리가 흘러나왔다.

―사랑합니다, 고객님. 무엇을 도와드릴까요?

"라면 값 안 올랐어요?"

"올랐지 왜 안 올라. 이건 내가 미리 쟁여 둔 거라 그냥 그 가격에 파는 거야. 있을 때 몇 개 더 사다 놔."

"그래야겠어요. 무슨 놈의 물가가 하늘하고 맞짱을 뜨려고 해."

슈퍼 주인은 라면을 더 집으러 안쪽으로 향하는 손님에게 귀 막히고 코 막히는 이야기 한 토막을 조잘댔다.

"강남 사모님들이 라면 걱정하는 뉴스 봤어? 나 진짜 텔레비전 부수려다 말았네."

"그 기자 미친 거 아녜요? 금팔찌 낀 손목에 어지간한 중형차 하나만 한 핸드백 턱하니 걸고 다니는 사모님들한테 라면 값을 왜 물어?"

"내 말이 그 말 아냐."

"어떻게 된 게 우리 남편 월급만 빼고 다 올라요."

"그래도 자기는 행복한 줄 알아. 월급 타다 주는 서방님이라도 있잖아. 난 내 손으로 안 벌면 입에 풀칠도 못해."

"아이고! 행복해서 죽겠습니다요!"

라면 10개를 채워 카운터로 올려놓은 손님의 푸념에 맞춰 전화벨이 울렸다. 슈퍼 주인은 한 손으로는 봉지를 건네고 한 손으로는 수화기를 집어 들었다.
　"열 개니까 7500원이네. 네, 알뜰 슈퍼입니다."
　"여기요."
　"여기 잔돈 2500원."
　"많이 파세요."
　"잘 가."
　수화기를 들고 있음을 깜빡 잊어버린 슈퍼 주인이 친절히 손님 배웅까지 마치고 나자 그녀가 용무를 끝낼 때까지 인내심을 가지고 기다려 준 주인공이 사시랑이 같은 목소리를 냈다.
　―여보세요.
　"뭐야, 이게 어디서 나는 소리야? 아이고! 내 정신 좀 봐. 네네, 말씀하세요. 알뜰 슈퍼입니다."
　뒤늦게야 통화 중이었음을 깨닫고 영업용 목소리로 바꾸자마자 금방이라도 쓰러질 것만 같아 수화기를 꽉 움켜쥔 마리가 제 정체를 밝혔다.
　―저…… 마리예요."
　기겁을 한 슈퍼 주인이 비명과 함께 수화기를 손에서 떨어뜨렸다.
　"으헉!"

─아줌마, 아줌마!

바닥에서 나뒹구는 수화기에서 마리의 애타는 목소리가 새어 나왔다. 그 소리에 정신을 차린 슈퍼 주인이 허둥지둥 수화기를 부여잡았다.

"마리 씨? 정말 마리 씨 맞아?"

─예.

"아이고! 왜 이제야 전화를 해? 삼촌 마리 씨 찾는다고 학교도 그만두고 지금 사람 꼴이 말이 아냐!"

슈퍼 주인은 본 그대로를 전했을 뿐이지만 지훈을 눈으로 볼 수 없는 마리에게는 설마 설마 했던 사고를 확신케 만들었다.

─송 선생 지금 어디 병원에 있어요? 많이 다쳤어요?

"잉?"

─광고를 봤어요. 어딜 얼마나 다친 거예요? 정말 의식불명이에요?

마리는 어쩐지 꺼림칙한 재산 관리인보다는 훨씬 믿음이 가기에 숨도 쉬지 않고 물었다. 그리고 오랜 시간 동안 사람을 상대한 탓에 눈치라면 타의 추종을 불허하는 슈퍼 주인은 광고라는 말에서 단서를 포착했다. 지훈이 다쳤다는 것도, 의식불명이라는 것도 금시초문이었지만 어제 얼핏 들었던 광고를 말하는 것이 틀림없었다. 어서 지훈에게 이 사실을 알려야 했다.

불끈 엉덩이를 들었다. 그리고는 허겁지겁 문 쪽으로 향하며 고개를 끄덕였다.

"어, 어. 좀 많이 다쳤어."

마리는 사색이 되었다. 아니길 바라고 또 바랐는데 사실이었던 모양이었다. 점점 느려지는 지훈의 바이탈 사인이 눈앞으로 지나가고 미약한 박동 소리가 귓전을 때렸다. 오열이 목구멍을 타고 넘으려 했다.

―으읍!

염치없어 차마 울음조차 토해내지 못하는 마리는 손바닥으로 입술을 틀어막았다. 그리고 슈퍼 주인은 육중한 몸을 날쌘 다람쥐처럼 놀려 슈퍼를 빠져나오며 선의의 거짓말을 줄줄 늘어놓았다.

"다리도 좀 깨지고 팔도 부러졌다더라. 머리도……."

거기까지 말한 슈퍼 주인이 입을 떡 벌렸다. 하늘이 굽어살핀 것이 틀림없었다. 그렇지 않으면 집에서 두문불출하던 지훈이 헐레벌떡 뛰어 내려오고 있을 리가 없지 않나? 슈퍼 주인은 뭔가에 홀린 사람처럼 앞만 보고 달려 내려오고 있는 지훈을 향해 손을 휘저으며 마리를 붙잡았다.

"많이 다쳤어!"

―흐흑! 얼마나요. 정말 의식이 없는 거예요?

"어어, 의식이 없어!"

슈퍼 주인은 자신을 알아보지 못하는 지훈을 향해 달려가기 시작했고 수화기를 부여잡은 마리는 털썩 주저앉으며 통곡을 터트렸다.

―어허엉! 지훈아, 지훈아, 어떡해. 어허엉!

아이를 포기하고 혼자 살아남으라는 선고를 받았을 때도 이렇게 기가 막히진 않았다. 지훈이 의식불명이어야 할 이유가 전혀 없었다. 누구보다도 열심히 살았고 사랑 하나밖에 모르던 바보 같은 지훈이다. 그런 그가 삶과 죽음의 경계에 서 있는 이유는 오로지 저 때문이라는 생각이 마리를 쥐 흔들어 댔다.

'내 탓이야. 모두 내 탓이야. 그때 거짓말로 붙잡지만 않았더라면 날 찾아다니다 사고 같은 거 당하게 하지 않았잖아. 불행이란 불행은 다 짊어지고 다니는 거 알면서도 행복해지고 싶어서 지훈이 곁에 머무른 내 탓이야. 미안해. 미안해, 지훈아.'

마리가 그렇게 오열하며 자괴감에 몸부림을 치는 사이 슈퍼 주인은 온몸을 날려 지훈의 앞을 가로막았다. 일분일초가 아쉬운 지훈이 때 아닌 훼방에 얼굴을 찡그렸다.

"아주머니, 지금 제가…… 읍!"

"마리 씨, 마리 씨, 내 말 들려?"

솥뚜껑만 한 손으로 지훈의 입을 틀어막은 슈퍼 주인이 귓전에 울음만 토해내고 있는 마리를 불렀다. 그리고 영문도 모른 채 입이 틀어막힌 지훈은 마리라는 이름에 경악했다. 비장한 눈을 한 슈퍼 주인이 입모양으로 지금 자신과 통화중인 사람이 마리임을 가르쳐 주었다. 그리고 손을 스르륵 떼는 그 때 마냥 울기만 하던 마리가 지훈의 병원을 물어왔다.

―아줌마, 병원, 병원이 어디예요? 지훈이 있는 병원요.

"어, 병원! 가만있어 봐. 내가 어디 적어 뒀을 거야. 잠깐만 기다려."

―예. 흐흑!

감정을 주체하지 못한 마리의 울음은 수화기 밖으로 삐져나와 지훈의 귓가로 떨어졌다. 꿈처럼 몽롱하긴 했지만 서럽게 울고 있는 여자가 마리임은 의심할 여지가 없었다. 저란 존재가 위태롭다는 사실에 이렇듯 서럽게 오열할 사람은 이 세상에 단 한 사람, 마리뿐이었다. 마리의 울음은 환각 속을 헤매는 것만 같던 지훈의 정신을 바싹 차리게 만들었다. 한껏 죽인 목소리로 마리가 정밀검사를 받았다던 병원 이름을 입술 밖으로 내밀었다.

"강남대학병원."

그러자 기가 막히게 눈치가 빠른 슈퍼 주인이 즉각 알아차리고 흔연스레 대꾸했다.

"여기 있네. 강남대학병원 중환자실?"

대처방법을 묻는 슈퍼 주인의 빤한 눈짓에 지훈은 고개를 끄덕였다.

"중환자실이지. 중환자실 맞아. 울지 마. 한창 땐데 그리

쉽게 나쁜 일 당할까? 울지 말고……."

　슈퍼 주인과 마리의 대화가 이어지는 사이 지훈은 초인적인 인내심을 발휘해야 했다. 당장이라도 수화기를 뺏어 들고 마리를 외쳐 부르고 싶었다. 하지만 지루하고 의미 없는 기다림의 끝을 앞에 두고 그럴 수는 없었다. 그래서 자꾸 앞으로 뻗쳐 나가려는 손을 꼭 쥐어 주먹으로 만들고 금방이라도 나라고 외치고 싶은 입술을 피가 나올 정도로 베어 물었다. 금세 핏방울이 맺혔는데도 통증은커녕 어떤 감각도 느껴지지 않는 지훈의 의식은 수화기 저편에서 들려오는 마리의 울음에 사로잡혀 있었다.

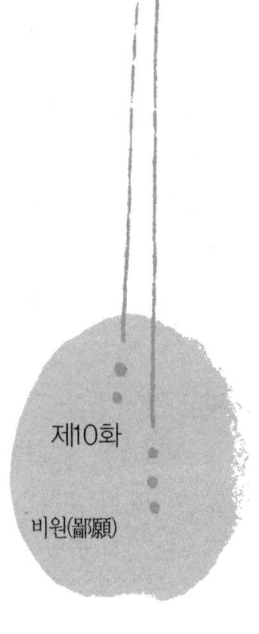

제10화

비원(悲願)

노을이 도시를 물들이기 시작한 오후, 생사의 갈림길에 놓인 환자들이 힘겨운 사투를 벌이고 있는 중환자실 앞 복도 모퉁이에 바싹 긴장한 지훈이 있었다. 슈퍼 주인과 마리의 통화가 끝나자마자 해결사를 강릉으로 내려 보내고 마리에게 지시했던 병원 중환자실로 달려왔다. 오늘 온다는 보장 따위는 없었다. 그렇지만 강릉으로 내려갈 수도, 또 집에서 기다릴 수도 없는 자신이 선택할 수 있는 유일한 자리였기에 다리가 저린지도 모르고 벌써 몇 시간째 한자리를 지키고 있었다.

가족이라고 해서 함부로 출입할 수 없는 곳이 바로 중환자실이다. 부득이한 경우 외에는 면회시간을 지켜야 하고 출입증을 교부 받아야 드나들 수 있는 곳이다. 꼭 올 것만 같지만 어떤 약속도 해주지 않은 마리도 예외일 수 없다는 생각 하나로 하염없이 기다리고 있는 중이다. 혹시라도 눈을 감는 찰나에 마리가 올 수도 있기에 눈은 감지 못했지만 두 손은 간절히 모은 채였다.

'올 거야. 분명 올 거야. 내가 아프다는데, 죽는다는데 안 올 마리가 아냐. 목이 다 쉬도록 울었잖아.'

지금도 귓가에 쟁쟁한 마리의 오열에 이마와 콧등에 촘촘히 주름이 올라앉았다. 그리고 금방이라도 터질 것 같은 심장을 달래기 위해 되뇌던 주문이 애원으로 바뀌었다.

'마리야, 와. 제발 나한테 돌아와. 내가 이렇게 기다리고 있잖아. 올 거지?'

간절한 비원은 아직도 선명한 잇자국이 고스란히 찍힌 상처 난 그의 입술을 뻐금거리게 만들었다.

"올 거야. 올 거야."

사람들은 한곳만 뚫어지게 쳐다보며 혼잣말을 중얼거리는 지훈을 힐끔힐끔 쳐다보며 지나갔다. 그러나 호기심 어린 눈길 따위는 전혀 감지하지 못하는 지훈은 그들의 오해를 더 키워 나갈 뿐이었다.

앰뷸런스 한 대가 특유의 요란한 사이렌을 울리며 주차장을 가로질렀다. 그리고 볼일을 마치고 나오는 차들이 착실하게 줄을 이어 출입구를 빠져나왔다. 분주하고 긴장된 그 풍경 속에 짙은 그림자를 길게 드리운 그림자 하나가 느릿느릿 움직이고 있었다.

"헉, 헉!"

땀으로 흥건히 젖은 마리는 가쁜 숨을 몰아쉬며 허리를 구부린 채 장대한 규모를 자랑하는 병원을 쳐다보았다.

'많고 많은 병원 중에서 하필이면 왜 이 병원에 지훈이 있는 거지. 왜? 아니야. 지금 내가 무슨 생각을 하고 있는 거야. 그게 다 무슨 소용이라고. 지훈이가 의식이 없다는데……'

슈퍼 주인과 통화를 마치자마자 서울로 향하려 했다. 그런데 지훈을 찾아가는 것은 제가 짊어진 불행의 그림자로 그를 더욱 위험하게 만드는 일이라는 듯 주춤했던 통증에 무릎을 꿇고 말았다. 그래서 터미널 대신 일전에 검사를 받았던 병원으로 향했다. 다른 일이라면 생각지도 않았겠지만 지훈을 찾아가기 위해서는 선택의 여지가 없었다.

또다시 귀에 못이 박히도록 검사와 수술을 권하는 의사에게 진통제 처방을 요구했다. 완고한 의사는 처음엔 절대 안 된다고 고개를 저었다. 그렇지만 이내 통증 때문에 새하얗게 질려가는 것을 보고는 진통제도 거부하던 때를 생각하면 장족의 발전이라 생각하고 태아에 무리가 가지 않는 약을 처방해 주었다. 진통제를 복용하지 않아 내성이 없는 덕인지 처방 받은 양에서 한 알을 뺐는데도 서울까지 오는 동안 통증은 줄

곧 잠잠했다. 그러나 고속버스에서 내려 택시를 잡아탄 순간 통증은 해일처럼 다시 그녀를 덮쳐 왔다.

"끄응!"

이를 악물어 보았지만 통증은 순순히 물러날 기미가 보이지 않았다. 일단 주차된 차 틈으로 몸을 숨겼다. 그리고 할미꽃처럼 허리를 구부린 채 핸드백에서 처방 받은 진통제가 든 병을 꺼내 하얀 알약을 손바닥에 털었다.

"미안해. 한 번만 더 봐줘. 이번이 마지막이야."

아이에게 해가 가지 않는다는 것은 알지만 그래도 꺼림칙해 내내 먹지 않았던 진통제를 삼키는 것은 또 다른 고통이었다. 그러나 통증을 다스리지 않고서는 몇 발짝 떼는 것도 힘든 것을 잘 알기에 물도 없이 삼킬 수밖에 없었다. 약들은 목구멍을 찢을 듯이 빡빡하게 식도를 타고 내려갔다. 효과가 퍼지려면 시간이 필요했지만 한시가 급한 마리는 옆구리를 쓱쓱 문지르며 한 걸음을 뗐다. 약기운이 퍼지길 마냥 기다리는 것보다는 조금씩이라도 움직이는 것이 나았다.

제대로 펴지 못한 허리 때문에 영락없이 꼬부랑 할머니 같은 모양새로 그녀는 그렇게 자신의 운명인 지훈에게로 향했다.

목이 말랐다. 벌써 몇 시간째 물 한 모금 마시지 않은 데다 건조한 병원 공기도 한몫을 단단히 하며 자꾸 마른침을 삼키게 만들었다. 지훈은 주위를 두리번거렸다. 그러다 등 너머 복도 저쪽 끝에 정수기에서 물을 마시고 있는 사람들을 발견했다. 어림잡아 2분 정도면 물을 마시고 돌아올 수 있을 것 같았다. 하지만 그는 쉽사리 자리를 뜨지 못하고 그저 빳빳하게 말라버린 혀로 버석거리는 입술을 축였다. 찰나와 같은 시간에도 마리와 엇갈릴 수 있다는 우려와 참기 힘든 갈증이 무서운 갈등을 일으켰다.

'계속 지켜보면서 움직이면 되잖아. 그래.'

본능을 이기지 못한 지훈은 그렇게 마음먹고 천천히 뒷걸음질을 치기 시작했다. 눈은 중환자실 앞을 여전히 주시한 채였다. 그러다 세 발짝도 못 가 사고를 치고 말았다.

"아야!"

"앗!"

"이 사람이 미쳤나? 도대체 눈을 어디다 두고 걷는 거예요!"

"아아앙! 엄마!"

등에는 눈이 없는지라 그만 휠체어에 앉아 있는 아이와 부딪쳐 버린 것이다. 거기다 하필이면 휘청거리면서 깁스를 한 다리를 손바닥으로 눌러 버린 지훈은 진땀을 빼며 고개를 숙였다.

"죄송합니다. 죄송합니다."

"아파. 어어엉!"

"어머머! 이거 다시 부러진 거 아냐? 어디 봐, 어디."

아이는 울어대고 새파랗게 질린 아이 엄마가 아이의 다리를 살폈다. 그리고 졸지에 극악한 가해자가 되어 버린 지훈은 황망히 사과를 건넸다.

"죄송합니다. 제가 미처 못 보는 바람에…… 정말 죄송합니다."

"죄송하다면 다예요? 애가 이렇게 우는데! 어떡해, 정말!"

"검사를 받아 보죠. 제가 동행하겠습니다."

지훈이 꺼낸 검사라는 말에 아이는 눈물이 그렁그렁 맺힌 눈으로 그럴 필요까지는 없을 것 같은 제 상태를 솔직하게 말했다.

"엄마, 점점 덜 아파지는데……."

"정말? 괜찮아?"

"으응."

위아래로 움직이는 아이의 고갯짓에 지훈은 식은땀을 훔쳐냈다. 쭉 올라섰던 아이 엄마의 눈초리도 내려앉았다. 그러나 훈계는 잊지 않았다.

"다 아픈 사람들만 오가는 덴데 넋 빼고 돌아다니다 큰일 내지 말고 앞으로는 눈 똑바로 뜨고 다녀요!"

"죄송합니다."

"흥!"

콧방귀까지 잊지 않고 뀌어 준 아이 엄마가 휠체어를 밀기 시작하자 지훈은 모자의 뒤에 대고 깊숙이 고개를 숙였다. 그리고 천천히 허리를 들었다. 그러나 그의 허리는 미처 다 펴지지 못하고 그대로 굳어 버렸다.

'꿈? 아니야, 마리야. 마리가······.'

그랬다. 중환자실 앞에 그녀가 있었다. 안내문과 벽에 달린 벨을 번갈아 쳐다보고 있는 야위고 창백한 여자는 분명 마리였다. 달려가야 했다. 한달음에 달려가 다시는 도망치지 못하도록 와락 껴안아야 했다. 하지만 기적을 감당치 못하는 다리는 가위에 눌린 것처럼 먹먹하기만 해 좀처럼 움직여지지가 않았다. 맘대로 몸을 움직이지 못하는 지훈의 심장은 터질 것 같았다. 안간힘을 다해 주먹을 부르쥐고 다리에 힘을 주었다. 그러자 나무의 뿌리처럼 굳어 있던 발끝이 가까스로 밀려 나갔다.

천국과 지옥의 경계를 가르는 역할을 도맡고 있는 것 같은 벨을 꾹 눌렀다. 손가락이 떨어지자 사무적인 말투가 새어 나왔다.

―말씀하세요.

마리는 병원 가득 퍼져 있는 소독 냄새와 비슷한 목소리에 바싹 마른 입술을 열었다.

"송지훈 씨 보호잔데요 지금 면회할 수 있을까요?"

―면회시간 아니면 면회 불가입니다.

원리원칙을 고수하는 대꾸에 마리의 입술이 스피커에 바싹 붙었다.

"죄송합니다. 멀리서 오느라고 시간을 못 맞췄어요. 잠깐이면 되니까 좀 들어가게 해주세요. 부탁드려요."

―지키라고 정해진 규칙이에요.

"제가 유일한 보호자예요. 제발요."

눅눅한 마리의 목소리로 그녀의 간절함을 알아본 것일까? 규칙만 강조하던 간호사가 질문을 던져왔다.

―환자분 성함이 어떻게 된다고요?

"송지훈, 송지훈이에요. 서른 살, 남자요."

―송지훈?

"네!"

―송지훈, 송지훈. 그런 환자는 없는데요?

황당한 대답에 마리의 창백한 얼굴이 일그러졌다.

"예? 그럴 리가 없어요. 제가 똑똑히 들었는걸요? 교통사고, 추돌사고로 들어왔다고…… 까악!"

마리가 째지는 비명을 내질렀다. 누군가가 갑자기 뒤에서 와락 껴안아 버린 것이다. 그리고 그 비명이 다 사라지기도 전에 쉬어 버린 귀 익은 목소리가 귓전으로 스며들었다.

"마리야……."

얄팍한 몸을 칡넝쿨처럼 감싸 안은 사람은 다름 아닌 지훈이었다. 감당할 수 없는 놀라움에 순식간에 신경이란 신경이 죄다 오그라들어 버린 마리의 입이 떡 벌어졌다. 중환자실에 있어야 할 그가 온몸으로 열렬한 체온을, 미친 듯이 쿵쾅거리고 있는 박동을 등을 통해 전하고 있었다. 그리고 그것도 모자라 목 언저리로 델 것 같은 뜨거운 눈물 한 방울이 뚝 떨어져 내렸다. 그 눈물방울은 죽은 사람의 것과 같던 마리를 되살려 놓았다.

'도망쳐야 돼. 여기 있으면 안 돼. 그러면 안 돼.'

어떻게든 그의 품 안을 벗어나야 했다. 그렇지 않으면 지훈과 아이, 그리고 저 모두가 불행해질 것이 자명하니 그가 주는 안락함에 취해 있어서는 안 됐다. 하지만 파랑새처럼 날아가 버릴 것만 같은 그녀를 품에 안은 지훈은 더욱 거센 힘으로 그녀를 옥죄었다. 복도를 오가는 사람들의 시선을 한 몸에 받고 있다는 사실도 모른 채 마리의 목덜미에 눈물로 얼룩진 콧날을 묻었다.

"다시는! 다시는 안 놓쳐. 도망치기만 해. 그땐 정말 죽어 버릴 거야."

마리의 눈이 질끈 감겼다. 도망치고 싶을 리가 없었다. 홀로 끔찍한 통증을 견뎌내는 것도 무섭고 또 아이러니한 운명으로 그와 자신처럼 아버지를 모른 채 자라고 있는 아이도 가여웠다. 머물고 싶었다. 지훈의 곁에 머물면서 아프면 아프다고 소리치고 데굴데굴 구르고 목을 놓아 울고 싶었다. 머지않아 느껴질 태동을 함께 느끼고 싶었다. 그렇지만 그래서는 안 되는 것을 잘 알기에 자신이 아닌 자신이 사랑하는 두 사람을 선택했다.

목과 가슴에 단단히 둘러진 지훈의 팔을 붙잡았다. 그리고 슬슬 쓰다듬으며 축축한 뺨을 가져갔다. 그러자 자신 안에 머물겠다는 뜻으로 알아차린 지훈의 팔이 점점 느슨해져 갔다.

"미안해. 빨리 찾아주지 못해서…… 많이 아파…… 윽!"

외마디 비명과 함께 철옹성 같던 지훈의 두 팔이 활짝 열렸다. 독한 마음을 먹은 마리에게 팔뚝을 물어뜯긴 것이었다. 그 틈을 타 마리가 쏜살같이 내달렸다. 그 아찔한 모습에 지훈이 절규했다.

"안 돼! 마리야, 뛰지 마!"

그러나 마리는 멈추지 않았고 지훈은 곧장 그녀의 뒤를 쫓았다. 환자들이 오가는 병원 복도는 대번에 두 사람의 추격의 장으로 바뀌었다.

"마리야, 마리야! 제발!"

"헉, 헉!"

쇠약해진 몸으로 남자인 지훈을 따돌리기란 쉽지 않았다. 거리는 점점 좁혀들었지만 마리는 달리는 것을 멈추지 않았다.

'안 돼. 지훈이는 안 돼. 절대 안 돼!'

다른 이유는 없었다. 오로지 불행의 핵과 다름없는 제가 지훈의 곁에 머문다면 홀로 감당해야 할 불행의 그림자가 그에게까지 드리워질 것 같아서였다. 그래서 금방이라도 찢어질 것 같은 폐를 외면하고 무작정 앞으로 내달렸다. 하지만 그녀의 운명은 지훈의 마음을 받아들인 순간부터 혼자가 아니었음을 깨우치려 작정했다. 오랜 시간 떨어져 있었지만 그것은 단지 몸일 뿐 마음은 단 한 번도 떨어진 적이 없음을 일깨우기 위해 두 사람을 갈라놓았던 통증을 다시 사용했다.

"허억!"

해일처럼 덮친 괴물 같은 통증이 숨이란 숨을 죄다 빨아마셔 버렸다. 마리는 입을 쩍 벌린 채 왼쪽 옆구리를 움켜잡고 그 자리에 그대로 멈춰 서 버렸다. 그 모습에 지훈의 심장이 터져 버렸다.

"마리야!"

우레와 같은 소리를 내지르며 지훈이 달려왔다. 일분, 아니, 단지 몇 초에 불과한 시간에 불과했다. 그렇지만 마리는 그보다 몇 배는 더 빠르게 밀물 앞의 모래성처럼 무너져 내렸다. 더 이상 도망치지 못하게 하려 함이었을까? 지금까지 견뎌낸 고통을 한데 모아 놓은 것 같은 엄청난 통증이 그녀를 후려쳤다. 신음조차 흘릴 수 없었다.

그러나 마리는 그 자리에 머물지 않았다. 손톱으로 바닥을 긁으며 무릎을 앞으로 밀었다. 사랑을 모르는 사람이었다면 엄두도 내지 못할 초인적인 행동이었다. 그런 그녀를 지훈이 붙잡았다. 그러자 마리는 고통으로 부들부들 떨리는 몸을 바닥에 들러붙이며 새된 비명을 질렀다.

"안 돼에!"

"마리야!"

"싫어! 손대지 마! 가! 가란 말이야! 아악!"

소리를 지른 대가로 큰 칼에 몸이 두 동강 나는 것만 같은 통증을 돌려받은 마리의 눈이 허옇게 뒤집혔다. 지훈은 그녀를 끌어안으며 놀란 눈으로 주시만 하고 있는 사람들을 향해 외쳤다.

"여기요! 도와주세요! 환자예요! 암 환자예요!"

"아아악! 아악!"

"마리야, 괜찮아. 괜찮아, 마리야."

지훈은 금세 진땀에 푹 젖어 버린 마리를 꽉 끌어안았고 그의 외침을 들은 의료진들이 그들을 향해 달려왔다. 그리고 마리는 도저히 배겨낼 수 없는 고통에 지훈의 팔뚝을 쥐어뜯으면서도 아이를 지키기 위해 절규했다.

"난 괜찮아. 괜찮으니까! 허헉! 아이한테! 손대지 마…… 제발. 헉!"

이미 넝마가 된 지훈의 심장을 갈가리 찢는 처절한 애원이었다. 사랑하는 사람이 목숨을 걸고 지키려는 아이는 다른 누구도 아닌 자신의 아이다. 마리와 자신이 창조해낸 사랑의 결실, 포기라는 단어는 절대 붙어서는 안 됐다. 아니, 생각조차 하지 말아야 했다. 고개를 끄덕여 그렇게 하겠다고 입술이 닳

도록 되뇌고 또 되뇌어야 했다.

 그러나 참나무처럼 뻣뻣해져 가는 마리를 끌어안고 있는 지훈은 그녀의 간절한 바람을 들어줄 수 없었다. 그렇다고 해서 그 반대의 선택도 할 수 없는 그가 할 수 있는 일은 더 이상의 고통이 마리에게 스며들지 못하도록 온몸으로 끌어안는 것뿐이었다.

 하룻밤과 오전을 보낸 병실 앞 복도에서 초조함이 가득한 지훈이 뒷짐을 진 의사와 마주 서 있었다.
 "가능성은……."
 진단이 번복되리라는 기대를 갖는 것은 무리였다. 하지만 아이를 포기하는 일은 쉬운 일이 아니었다. 1%의 가능성에라도 매달릴 것이 분명한 안타까운 눈동자를 마주한 의사는 그렇지 않아도 딱딱한 목소리를 아예 옹이처럼 바꿨다.
 "7개월만 된다고 해도 절반의 가능성을 말씀 드렸을 겁니다. 그렇지만 박마리 씨의 경우에는 어느 곳에서도 그런 가능성을 찾아보기 어렵습니다. 아니, 없습니다."
 지훈의 고개가 힘없이 흔들렸다.
 "예에."
 "최선의 선택을 하는 것이 옳습니다."
 "그렇죠."
 "그럼 내일 오전 9시로 잡겠습니다."

"부탁드리겠습니다."

가벼운 목례를 나눈 의사가 한 무리의 의사들을 이끌고 사라지자 지훈은 바로 옆에 있는 의자로 가 앉아 몸을 기역자로 구부렸다. 밀려드는 자괴감을 견딜 수 없어 꽉 마주 잡은 두 손에 자잘한 전율이 일었다. 어금니를 꽉 깨물었다. 마리를 무던히도 원망했었다. 떠난 이유를 알지 못했을 때는 배신당했다며 미워했다. 그리고 엄청난 대가를 치러야 하는 결정을 스스로 내려 버린 것을 알았을 때는 그녀의 괴로움을 알아보지 못한 제가 미워 되레 미워했다. 하지만 지금은 그녀의 처절했을 결정을 십만 분의 일이나마 이해할 수 있을 것 같았다.

겨우 손가락 한 마디쯤 될까 말까 할 것이다. 사람으로서의 형상도 채 갖추지 못한 작은 덩어리에 불과할 것이다. 그러나 엄연한 한 생명체 아닌가? 맹렬히 심장이 뛰고 있고 주변의 자극에 민감하게 반응하는. 또 어느 누구도 아닌 저희 둘이 일궈낸 사랑의 결정체인 아이다. 자식이었다. 그런 아이를 포기하는 선택을 내린 저는 살인자와 같았다. 마리를 위해서는 어쩔 수 없다고, 거의 대부분의 사람들이 자신과 같은 선택을 한다고 자위해 보았지만 그것은 더욱 큰 자괴감만 불러일으켰다. 의사의 손을 빌린다손 쳐도 보호자의 동의 없이는 어떤 시술도 하지 않는 그들의 손에 칼을 쥐어 주는 것은 순전히 저니 주범의 혐의를 벗을 수는 없었다.

"끄윽!"

꽉 들어맞았던 지훈의 양손이 풀려나 황급히 감긴 눈덩이를 내리눌렀다. 어쩌면 벌써 제가 버림당했다는 것을 알고 자지러지게 울고 있을 줄도 모를 아이를 생각하자 애간장이 저며지는 것 같았다. 그렇지만 마리에게 눈물로 붉어진 눈 같은 건 절대 보여줘서는 안 되기에 눈알이라도 후벼 팔 듯 손가락에 힘을 실었다. 그 덕에 뺨을 적시는 눈물은 더 이상 흐르지 않았다. 그러나 애달픈 가슴을 흠뻑 적셔 버린 마음의 눈물은 죽자 사자 깨문 입술을 스르륵 열어 버렸다.

"미안하다. 미안……하다…… 으읍!"

지훈의 얼굴이 양 손바닥 속으로 사라졌다. 그리고 곧이어 경직된 무릎 사이로 처박혔다.

'진통제가 아니라 수면제를 맞았어야 했어.'

투시력이 생긴 모양이었다. 분명 눈을 감고 있는데 조심스레 문을 열고 들어서 까치발을 한 채 솜이불을 밟는 소리를 내며 다가오고 있는 지훈이 보였다. 침대 곁으로 다가서더니 한자리에 뿌리를 내린 나무처럼 물끄러미 자신을 내려다보았다. 까칠하고 참담한 얼굴이었다. 그것으로 알 수 있었다, 그가 무슨 말을 하려는지.

풀 한 포기 함부로 뽑는 일이 없는 그지만 저를 두고서는 극단의 선택도 불사할 그를 알기에 떠났지 않나? 그러니 그가 주저하고 있는 말을 빤히 꿰뚫는 일은 어려운 일이 아니었다. 짐작하고 있었지만 그 말들을 떠올리니 놀란 아이의 심장까지 보태진 가슴이 지진이 난 것처럼 쿵쾅거렸다. 이불 속에 감춰진 양손이 시트를 쥐어뜯는 순간 지훈의 통보가 떨어졌다.

"내일 아침 9시야."

모로 누운 마리의 눈이 확 열렸다. 지훈도 그것을 보았다. 놀라다 못해 경악하고 치를 떨고 있을 것이다. 우선 안부를, 그다음은 의학적인 이유를 들어 수술을 권하고 흐느끼지는 않아도 입술을 깨물며 온힘을 다해 거부하는 그녀를 달래야 저다울 것이다. 알고 있었다. 그러나 이미 운명은 정해진 것. 미련이라는 이름으로 부둥켜안고 있게 내버려 두면 상처자국은 더 넓고 깊어질 뿐이니 위안 따월랑 버려 버리고 모든 죄를 대신 짊어지는 것이 나았다. 그래서 자꾸 약해지려는 마음에 독기를 가득 불어넣었다.

"나보다 먼저 들어 알고 있겠지만 가능성은 전무해. 굳이 개복하지 않아도 모양과 난소암종양표지자 치수 등등이 암, 그것도 벌써 많이 전이된 상태라는 거 말해 주고 있으니까. 그래서 수술에 동의했어."

"싫어!"

죽은 듯이 숨조차 죽이고 있던 마리가 비명 같은 소리를 내지르며 자리에서 발딱 일어났다. 그리고 이글이글한 눈으로 유리가면을 뒤집어쓴 것 같이 덤덤함을 가장한 지훈을 노려보았다.

"네 아이 아니야. 내 아이야. 그리고 내 몸이야. 그런데 네가 무슨 권리로? 네가 뭔데 무슨 권리로 수술에 동의를 해!"

"떼쓰지 마."

"허! 떼? 떼! 넌 사람 목숨 가지고 떼쓰니? 그래!"

"그럼 뭐라고 생각해야 하니?"

서슬 퍼런 칼날보다 더 차갑고 섬뜩한 지훈의 표정은 마리의 악다구니를 주춤케 만들었다.

"수술에 동의할 때 내 마음이 어땠을 것 같니? 룰루랄라 즐거웠을 것 같아? 아니면 너만 살리면 된다고 대번에 수락했을 것 같아?"

지훈은 악다문 어금니 새로 옹졸함과 독기를 동시에 드러냈다.

"나 고아야. 그래서 남보다 더 좋은 가정 꾸미고 싶었고 귀여운 내 자식들에게는 세상에 둘도 없이 좋은 아빠가 되고 싶었어. 아들을 낳으면 똑같은 운동화 신고 축구공을 차고 딸을 낳으면 아빠랑 결혼할 거라는 약속 받아낼 거라고 수도 없이 상상했어. 네가 죽더라도 아이를 살릴 수 있다면 나 결정 못 내렸어. 그런데 안 된대. 넌 아이 못 지킨다잖아."

"송지훈!"

"그래서 우리 아이, 내 손으로 포기했어. 둘 다 죽이는 것보다는 하나를 살리는 편이 낫다는 주치의 선생님의 의견에 십분 동의했으니까. 그런데 말이야…… 그러니까 알겠더라."

양 눈에 새파란 불꽃을 켠 마리의 숨이 다시금 멎었다. 그리고 지훈은 그런 그녀에게 그녀만 상처 입은 것이 아님을 일깨워 주는 결정적인 말을 꺼냈다.

"왜 네가 스스로를 살인자라고 생각하는지."

마리의 심장이 덜컥 내려앉았다. 그가 저를 이해했다는 사실이 놀랍거나 감동스러운 것이 아니었다. 그녀가 절망한 단 한 가지 이유는 차마 감당할 수 없어 망각의 늪에 묻어 두었지만 소용없던 죄의식을 그에게 전염시켰다는 것이었다. 참을 수 없었다.

"안다고? 알겠다고? 네가 뭘 알아? 넌 날 위해서라는 대의명분도 있고 면죄부도 있잖아! 그러니 예, 아니오, 둘 중 하나를 선택하는 일이었을 뿐인지 모르지만 난 달라. 난 오로지 내 목숨 연명하자고 나랑 함께 먹고 자고 울고 웃던 내 아이를 죽여야 한다고! 그러니까 날 내버려 둬! 내가 죽든 말든 상관하지 말고 자동판매기처럼 건강한 애들 죽죽 뽑아 줄 그런 년한테 가! 가란 말이야!"

온몸을 쥐어짜듯 절규하는 마리의 패악은 지훈을 더욱더 강인하게 만들었다. 다짜고짜 마리의 손목을 끌어당겼다. 불식간의 공격에 휘청거리는 몸이 침대 끝으로 끌려나왔다. .

"왜 이래! 이거 놔!"

지훈답지 않는 광폭함에 질린 마리는 안간힘을 다해 그의 손아귀를 뿌리쳤다. 그러자 다시금 그녀의 손목을 번개처럼 부여잡은 시체처럼 죽어 버린 눈빛의 지훈이 서늘히 읊조렸다.

"나야, 아이야."

마리는 지훈의 뜬금없는 요구를 이해하지 못했다. 지훈은 친절하게도 제가 던진 질문을 해석해 주었다.

"아이와 너, 둘 다 살 수는 없어. 그리고 난 너 없이는 안 살아. 못 사는 게 아니라 안 살아. 그러니까 내가 죽고 사는 건 온전히 네 선택에 달렸어."

나지막하나 가시 돋친 말들이 올무처럼 마리의 목 줄기를 죄어왔다. 이성을 상실한 것이 분명한 그가 아무리 강요한다고 해도 선택 따위를 할 수 있을 리가 없었다. 빈말을 하는 사람이 아니다. 거기다 지금처럼 불안정한 심리상태라면 제 말 한마디에 극한의 선택을 할 수도 있음이다. 그 모든 것을 알면서도 대답을 강요하는 지훈이 미웠다. 원망스러웠다.

"나쁜 놈!"

자유로운 손을 들어 지훈의 가슴을 쿵 하고 쳤다. 그리고 그의 심장을 부수고 들어가기라도 하겠다는 듯 다부지고 빠르게 편편한 가슴을 마구 쳐댔다.

"나쁜 놈, 나쁜 놈, 이 나쁜 놈아!"

컥컥 소리가 나올 정도로 제 안에 든 원망을 모두 토해내고 싸늘함을 고수하고 있는 지훈의 앞섶을 부여잡았다.

"어떻게 이러니? 너 나한테 어떻게 이래! 수술해 버리면 나 더 이상 여자가 아니야. 네게 아무런 존재도 되지 못한다고!"

"여자라서 좋아한 게 아냐!"

벼락같은 고함으로 마리의 절규를 잠식시켜 버린 지훈은 그녀의 어깨를 아플 정도로 단단히 붙잡았다. 그리고 저를 가득 담고 있는 슬픈 눈을 주시하며 그녀가 의심하는 자신의 사랑의 깊이를 아낌없이 드러냈다.

"여자라서 좋아한 게 아냐. 너니까, 박마리라서, 박마리니까! 그래서 사랑한 거야. 다른 성(性), 다른 목소리, 다른 얼굴! 아니, 나무나 돌이라도 상관없어. 그게 너라면! 너이기만 하다면! 난 그런 너 그대로를 사랑해. 처음부터 한결같이 영원히."

세상에 이런 견고한 사랑의 확신을 보여줄 수 있는 또 다른 사람은 결코 존재하지 않을 것이다. 그리고 내칠 사람 또한 존재하지 않을 것이다. 겨우겨우 버티고 있던 마리의 누더기 심장이 펑 하고 터져 버렸다.

"어흑!"

포효 같은 울음을 목구멍으로 토해낸 마리가 휘청거렸다. 그러자 지훈은 그대로 무릎을 꿇었다. 차디찬 병실 바닥에 무릎을 대고 펑펑 울음을 쏟아내고 있는 마리의 두 손을 맞잡았다. 그리고 신에게 간구하듯 그녀에게 간절히 간구했다.

"살아줘. 그래서 나도 좀 살려 줘. 제발, 제발 마리야. 마리야…… 흑!"

처절한 간구 끝에 기어이 울음 한 방울이 묻어나고 말았다. 그 울음은 마리를 완전히 무너뜨려 버렸다. 그에게 잡혀 있던 손을 빼내 고개를 떨구고 있는 지훈을 와락 부둥켜안았다.

"미안해. 미안해, 지훈아. 당연히 놔줘야 하는 거 알면서도 나 너 못 놔. 부려서는 안 될 욕심이라는 거 알지만 못하겠어. 미안해. 하필 나라서 정말 미안해. 지훈아. 으흑! 으흐흑!"

지훈은 울음도 울지 못하는 마리를 더욱 억세게 끌어안고 야윈 목덜미에 얼굴을 묻었다. 그러고는 복받치는 설움 사이로 마리와 아이에게 절절한 사과를 토해냈다.

"미안해. 사랑한다면서 아무것도 못 해줘서, 사랑한다면서 못 지켜줘서 미안해. 그런데도…… 사랑해서 미안해. 흐흑!"

혼자서는 도저히 감당할 수도, 견뎌낼 수도 없는 슬픔이기에 두 사람은 서로를 더욱 간절히 얽매였다. 연리지처럼 하나가 되어 비에 젖은 가슴을 맞대고 똑같은 상처를 어루만지고 달래갔다.

"내가 할게."
"전부터 한 번 해보고 싶었어. 그러니까 봐줘."
"별게 다 하고 싶어."

마리는 입으로는 핀잔을 흘리면서도 브러시를 들고 미용사를 자처하고 있는 지훈에게 순순히 머리카락을 내맡겼다. 지훈은 깨끗이 감아 향긋한 샴푸 냄새가 훅 풍겨 나오는 마리의 머리카락에 브러시를 얹었다. 브러시는 물결 위를 가르는 밤배처럼 매끄럽고 긴 마리의 머리카락을 타고 내렸다. 지훈이 저절로 눈에 들어오는 마리의 정수리를 화젯거리로 삼았다.

"염색 다시 해야겠다. 파릇파릇 돋아났어. 새싹처럼."

"안 해. 박마리이기만 하면 돌이라도 좋다는데 뭐 하러 독한 약 뿌려가며 염색해. 내 본모습 그대로 살 거야. 위장하고 사는 거 이제 안 해."

"잘 생각했어."

새로운 탄생을 앞둔 마리는 평생 벗어던지지 못할 것 같던 혼혈로서의 자격지심을 벗어던졌고 지훈은 그녀의 결단을 적극적으로 지지했다. 그러자 마리가 물었다.

"얼마나 걸린데?"

"여섯 시간에서 여덟 시간 정도."

"꽤 기네."

"좀 길더라."

"수술실 앞에 있지 말고 점심 때 되면 점심 먹고 한잠 자. 한숨도 못 잤잖아."

"알았어."

"건성으로 대답하지 말고."

"누구 분부시라고 건성으로 대답해? 점심도 먹고 눈도 붙일 테니까 걱정 붙들어 매."

네트를 넘나드는 탁구공 같은 두 사람의 대화는 그들의 몫이 아닌 죄책감을 떨치기 위한 방편이었다. 새로운 삶을 부여받는 수술이지만 한편으로는 하나의 생명을 지게 만들어야 하는 수술이다. 용암처럼 절절 끓는 애간장임을 모를 리 없었다. 하지만 어떤 위로의 말도 되레 상처만 남기고 말 것을 잘 알기에 마리와 지훈은 부러 입술을 더 놀렸다.

"간병인 아줌마 불렀어?"

"안 불렀는데."

"왜?"

"나 있는데 뭐 하러."

"싫어."

"뭐가?"

"몰라."

"생리적인 거 때문에? 볼 것 못 볼 거 다 본 사인데 뭐가 창피하냐?"

"그거하고 이거하고 같니?"

"다를 건 또 뭐야."

"넌 여자를 몰라도 너무 몰라."

"내가 잘 해줄게."

"싫거든?"

"나 좀 봐봐."

"싫어."

"좀 봐."

"잘 해준다며 귀찮게만 굴어. 왜?"

휙 돌아앉은 마리가 흠칫 놀라 움찔거렸다. 지훈이 들고 있는 반지 때문이었다. 하나가 되기로 맹세한 증표인 반지. 그러나 그를 위해 또 저와 아이를 위해 스스로 빼냈던 바로 그 반지였다. 지훈은 마리의 왼손을 경건하게 잡아들었다. 그리고 반지의 원래 자리인 세 번째 손가락에 살포시 끼워 넣었다. 눈짐작으로 샀지만 맞춘 것처럼 잘 맞던 반지는 병마와 싸우느라 야윈 탓에 살짝 헐렁했다. 그렇지만 제자리를 찾은 것이 기쁜 듯 찬란한 빛을 아낌없이 뽐냈다. 마리는 반지를 물끄러미 쳐다보았다. 만감이 교차했다.

"안 버렸네. 버릴 줄 알았는데."

"비싼 거잖아. 본전 생각나서 못 버렸다."

"비싸서 다행이네."

말은 그렇게 하면서도 마리는 되찾은 반지에서 눈을 떼지 못했다. 그리고 지훈은 그런 그녀에게서 눈을 떼지 못했다. 잠시 후 문이 열렸다. 마리를 수술실로 데려갈 사람들이 운반용 침대를 밀고 들어왔다.

"움직이겠습니다."

"예. 마리야."

"응."

긴장한 표정이 역력한 마리는 지훈의 부축을 받으며 운반용 침대에 올랐다. 그녀가 눕자마자 침대는 곧장 드르륵 소리를 내며 수술실로 향했다. 지훈은 불안한 듯 눈동자를 움직이는 마리의 손을 꼭 잡고는 격려를 아끼지 않았다.

"괜찮아. 잘할 수 있어."

"어."

"내내 앞에서 기다릴 테니까 무서워하지 마."

"응."

곧 현실이 될 두려움 앞에서 한없이 졸아들어 버린 마리는 조금 전의 억지를 깨끗이 잊어버리고 고개를 크게 주억거렸다. 그러는 사이 침대는 어느새 수술실 앞에 다다랐다. 미리 대기하고 있던 의료진들이 나와 마리를 맞았다. 그러더니 대뜸 마리의 반지를 문제 삼았다.

"환자분, 반지 빼셔야 합니다."

예상치 못한 제재에 지훈이 이유를 물었다.

"끼고 있으면 안 됩니까?"

"수술 시에 전기를 사용하기 때문에 금속을 지니고 있으면 화상을 입을 수도 있거든요."

그러자 저도 모르게 반지를 만지작거리고 있던 마리가 대화 속으로 불쑥 끼어들었다.

"저기요, 저 마취하고 난 다음에 대신 좀 빼주시면 안 되나요?"

지훈 대신으로 여기고 있는 반지였다. 의식이 있는 동안은 빼고 싶지 않았다. 지훈도 거들었다.

"부탁 좀 드리겠습니다."

"원래 안 되는 건데 그렇게 하십시오."

"고맙습니다."

꾸벅 고개를 숙인 지훈은 마리의 눈높이에 맞춰 무릎을 굽혔다. 그리고 이마에 살포시 흐트러진 머리카락을 가다듬었다.

"꿈속으로 찾아갈게."

"응."

"알지? 꿈속에서도 또 꿈을 깬 후에도 여전히 널 사랑할 나라는 걸."

숨겨진 뜻을 알지 못하는 사람들에게는 다소 부담스러운 고백이었다. 그렇지만 타데우스인 그가 아를리네인 자신에게 하는 약속이라는 것을 너무나 잘 아는 마리의 눈가로 한 줄기 눈물이 주르륵 흘러내렸다.

"으응. 응."

지훈은 잘게 고개를 끄덕이는 마리의 눈물을 손가락으로 닦아냈다. 아름다운 광경이지만 모든 의료진들이 대기하고 있는 상황에서 더 이상 시간을 지체할 수 없는 의료진이 그 점을 일깨웠다.

"시간 다 됐습니다."
"예. 조금 있다 보자."
"응."

잠시 멈춰 섰던 침대가 다시 움직이기 시작하자 하나로 단단히 얽혀 있던 두 손이 스르륵 떨어졌다. 고개를 들어 끝까지 지훈을 놓치지 않으려는 마리를 실은 침대가 활짝 열린 수술실 문 사이로 들어서고 지훈의 발걸음은 문 앞에서 멈춰 섰다. 곧이어 문이 닫혔고 잠시 후 수술의 진행을 알리는 모니터에 마리의 이름이 선명히 떠올랐다.

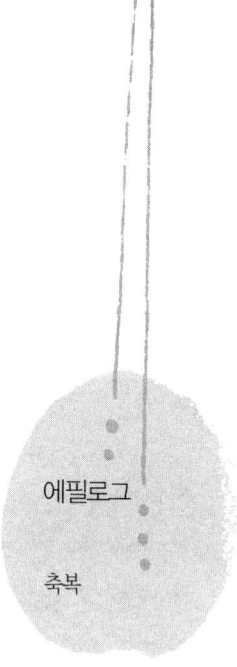

에필로그

축복

뇌로 연결된 도화선에 불이 화르르 불타올랐다. 그리고 동시에 쩍 벌린 입에서는 절로 불덩이가 뿜어져 나왔다.

"애들이 배고프다고 빽빽 우는데 지금 시험이 문제야!"

그러자 한창 변성기에 적응 중임을 알리는 걸걸한 목소리가 대꾸했다.

―중간고사라고요.

"중간고사는 아직 하루나 남았거든?"

―하루나가 아니고 하루밖에 남지 않았죠. 그리고 오늘은 중간고사 대비 특강이 있는 날이라고요.

공부귀신이 붙었는지 오로지 밥 먹고 공부하는 것밖에 모르는 큰아들이다. 그런 아들에게는 참 미안한 일이지만 지금은 하늘이 두 쪽이 나도 집안일을 챙길 수가 없으니 방법은 단 하나! 오리발뿐이었다.

"아, 몰라. 몰라! 호정이 데리고 어린이집 가서 막내 찾아서 식당 가서 밥 먹이고 슈퍼 가서 우유랑 주스 골고루 사다 넣어 놔."

―그런 게 어디 있어요? 다른 집 엄마들은 시험 공부하라고 간식까지 만들어 준다는데 애 보는 것도 모자라서 장까지 보라고요?

"엄마는 돈 벌잖아!"

―다른 엄마들도 벌거든요?

"엄마는 많이 벌거든!"

마리가 날린 회심의 어퍼컷을 직통으로 맞은 선일의 얼굴에 당했구나, 라는 표정이 선명히 떠올랐다. 그러자 보지 않아도 선일의 어이없는 가무잡잡한 얼굴이 또렷이 보이는 마리는 굳히기 작전으로 돌입했다.

"거기다 예쁘기까지 하잖아. 이렇게 예쁘고 능력 있는 엄마가 아침부터 저녁까지 주린 배를 움켜잡으면서 목이 찢어져라 노래를 하는 이유는 순전히! 다 너희들 때문이거든? 너희들 잘 먹이고 잘 입히고 잘 교육시키려고 먹을 것 안 먹고 입을 것 안 입고 허리띠 졸라매면서 한 푼이라도 벌어 보겠다고 이 고생을 하는데! 집안의 기둥이라는 큰아들이라는 녀석은 배고프다고 우는 제비새끼 같은 동생들은 나 몰라라 하고 엄마한테 소리나 지르고. 내가 살아서 뭐 해? 아이고! 내 팔자야."

─아, 알았어요. 항복, 항복!

선일은 누가 가수 아니랄까봐 숨도 한 번 안 쉬고 시대착오적 하소연 1절을 마친 엄마에게 번쩍 두 손을 들어 버렸다. 안 그랬다가는 8절은 거뜬한 하소연을 고스란히 듣는 것은 물론이요, 용돈 삭감까지 당할 것이 뻔하니 체면 좀 구겨지더라도 굴복을 택하는 편이 나았다.

─막내 찾아서 저녁 먹으면 되는 거죠?

"해줄 거야?"

─도리 없잖아요. 그런데 아버지 저녁은 어떻게 해요?

"네가 전화 넣어서 식당에서 같이 먹고 들어가자고 해. 그리고 간식은 아빠한테 피자 사달래. 치킨 사달래든지."

마리는 다른 엄마들처럼 간식도 못 챙겨 주면서 되레 화를 내고 회유까지 한 것이 마음에 걸려 보충안을 덧붙였다. 그러나 지훈보다 더한 꽁생원인 선일은 마땅히 늘려야 할 입술을 툭 빼물었다.

─엄마는 엄마가 돼 가지고 자식들한테 그런 트랜스 지방 덩어리를 먹이고 싶으세요?

"넌 맛있는 음식 가지고 꼭 그렇게 살벌하게 말해야겠니?"

─어이 상실.

"박마리 씨!"

선일이 부친으로부터 전수받은 무뚝뚝한 대꾸의 진수를 보여주는 그 때 녹음기사가 휴식시간이 끝났음을 알려왔다.

"예, 예! 선일아, 엄마 일하러 가야 해. 그럼 부탁해."

—예.

"사랑해."

—반사.

"반사, 반사!"

—훗! 끊어요.

"어."

기어이 무뚝뚝한 아들에게서 웃음 한 줄기를 뽑아낸 마리는 부랴부랴 녹음실로 향했다. 그리고 미리 준비를 마치고 저만 기다리고 있는 스텝들에게 미안함을 전했다.

"미안해요. 애들이 하도 밥 달라고 성화라 좀 달래느라고."

"달래는 게 아니라 거의 협박 수준이던데요?"

"어머, 들켰나봐. 호호호!"

마리는 낭랑한 웃음소리를 흘리며 녹음실 안으로 들어섰다. 헤드셋을 쓰기 전에 의자에 놓아 둔 보온병에서 따뜻한 오미자차 한 잔을 따라 목을 가다듬었다. 오미자차는 흔히들 CM Song이라고 부르는 광고 배경음악 전문 가수로서 활동하며 얻게 된 노하우였다. 시간은 그밖에도 더 많은 노하우를 선사했다. 바지런한 주부는 되지 못하지만 남편과 세 아이 배

불리 먹이고 더러운 옷 안 입힐 정도의 살림 솜씨를 터득했다. 그리고 뭇 남편들과는 다르다고 철석같이 믿었건만 비자금으로 뒤통수를 날려주신 지훈의 비자금을 색출하는 노하우도 말이다.

왁자지껄한 지난 세월을 떠올리니 저도 모르게 미소가 번진 마리는 본의 아니게 혹사시키고 있는 목에 최소한의 배려를 마쳤다. 헤드셋을 끼자 녹음 엔지니어가 큐 사인을 주었다. 반주가 흘러나오자 마리의 입술이 절로 열렸다.

"Some say love it is a river, that downs the tender read. Some say love it is a razor, that leaves your soul to bleed……."

광고주가 특별히 골랐다는 노래이긴 하지만 달리 생각해 보자면 암담하기만 했던 절망들을 딛고 일구어낸 지훈과 자신의 이야기와도 일맥상통했다. 수술로 암을 극복하고 난 후 우울증에 시달려야 했다. 겨우 서른에 아이와 여성을 포기해야 한 후유증은 지훈의 따스한 위로에도 불구하고 맹렬히 위세를 떨쳤다. 사소한 일에도 걸핏하면 화를 내고 만성 소화불량에 수면장애까지 겹쳐 고전했다. 그때 지훈이 해결방책을 내놓았다. 입양이었다.

처음엔 두 아이를 지키지 못했다는 죄책감 때문에 거절했었다. 그러다 지훈의 끈질긴 권유에 마지못해 찾아간 한 보육원에서 큰아들 선일과 인연을 맺었다. 8살이나 먹은 데다 남자

아이, 거기다 결정적으로 파키스탄인 아버지에게서 물려받은 피부색 때문에 입양은 거의 불가능했던 아이다. 하지만 같은 아픔을 품고 있는 마리에게는 외려 그것이 입양을 선택하는 중요한 계기가 되었다. 그리고 한국계인 둘째 호정과 베트남계인 막내 종민을 입양해 각기 성이 다른 삼남매를 두고 있다.

노랫말처럼 한겨울 차가운 땅속 같은 세상에서 싹도 틔워 보지 못하고 죽어 버렸을 제가 엄마라는 이름의 장미꽃처럼 피어난 것이다. 그리고 그 모두가 지훈과 아이들이 선사한 사랑임을 잘 알기에 마리의 노래에는 더욱 풍부한 감정이 실렸다.

"I say love it is a flower and you. it is only seed. It's the heart afraid of breaking……."

"형, 형아! 우어엉!"

좋게 선생님 손을 잡고 교실 밖을 나서던 종민이 선일과 호정을 보자마자 왈칵 울음을 터트리며 달려들었다. 선일은 얼떨결에 종민을 안아들다 작은 손등에 붙여진 반창고를 보고는 미간을 찌푸렸다. 분명 아침나절에는 보지 못했던 것이고 거기다 눈물 콧물 범벅이 된 채로 대성통곡을 하는 막내와 전전긍긍하는 태가 역력한 선생님까지. 본능적인 불길한 직감이 엄습했다.

"너 여기 왜 이래? 다친 거야, 아님 누가 때린 거야?"

"저기, 그게 말이야……."

"응응! 소라가 꼬집었어. 막 이렇게 꼬집으면서 종민이 보고 더럽다고 했어."

종민의 폭로에 날 잘 선 칼날처럼 변하는 선일의 눈매를 본 담임선생이 두 손을 마구 저었다.

"대단치는 않아. 애들끼리 종종 있는 일이고 반창고는 종민이가 하도 아프다고 해서 붙여 준 것뿐이야."

선일은 어금니를 꽉 깨물었다. 피부색과 생김새가 다르다는 이유로 저도 원 없이 당했던 괴롭힘을 아직 어린 막내가 당했다는 사실에 열이 났다. 그리고 마음의 상처 같은 건 생각지도 않고 몸의 상처만 운운하는 선생님에 대해서도 열이 났다.

"형아, 종민이 안 더러워. 그치, 그치?"

선일이 애써 분노를 삭이느라 종민의 간절한 바람을 들어주지 못하자 호정이 나섰다. 깔끔이답게 얼른 학원 가방에서 휴지를 꺼내 동생의 눈물 콧물을 닦아 주며 얼렀다.

"안 더러워. 누가 더럽데? 괜찮아. 뚝!"

"그런데 자꾸 애들이 나보고 까맣다고, 엉엉!"

"뚝 하래도?"

"우어엉!"

심상치 않은 선일의 눈치에 애가 달은 호정은 종민을 다그쳤고 그것이 맞은 것보다 더 서글픈 종민은 입을 쩍 벌렸다.

당황한 담임선생이 종민의 머리를 쓰다듬으며 울음을 달래려고 애를 썼다.

"종민아, 착한 어린이는 우는 거 아냐. 거기다 종민이는 남자잖아. 선생님이 남자는 딱 3번만 울어야 한다고 했죠? 안 그럼 고추 떨어져요."

노력은 가상했지만 몸이 아니라 마음의 상처에 목을 놓아 우는 아이에게 고리타분한 교과서적인 달램이 먹힐 리가 없었다.

"어어엉! 엉!"

"종민아, 종민아. 누나 봐봐. 누나가 풍선껌 두우 개! 사줄게."

"엉엉!"

호정의 물질공세에도 전혀 감동이 없는 종민은 울음을 그치지 못하고 선일의 목덜미를 축축하게 만들었다. 그 축축함에 마냥 화만 내고 있을 때가 아님을 인지한 선일은 제 목에 코알라처럼 죽자 사자 달라붙어 있는 종민의 팔을 떼어냈다.

"이종민, 형아 좀 봐봐."

"시져. 시져!"

종민은 마구 도리질을 했지만 선일은 손에 힘을 주어 기어이 종민을 저에게서 떼내고 벼락같은 소리를 내질렀다.

"뚝 못 그쳐! 너 바보지?"

"종민이 바보 아냐!"

"그런데 바보 같은 녀석들이 놀린 거 가지고 왜 울어! 울 길!"

"깜둥이라고 그랬단 말이야. 엉엉!"

"그런데 이 녀석이!"

애늙은이긴 하지만 이제 겨우 13살, 평생 지니고 가야 할 상처를 덧입은 동생에게 논리적으로 설명하긴 역부족이었다. 저도 아직 극복치 못한 상처를 입은 동생을 달래지 못한 저에게 분노한 선일이 할 수 있는 것은 겁을 줘서라도 울음을 그치게 하는 것뿐이었다. 종민의 통통한 엉덩이를 철썩철썩 내려쳤다.

"뚝! 뚜욱!"

"오빠!"

"아잉!"

"뚝 하래도! 앗!"

기겁을 한 호정이 선일의 팔을 부여잡고 놀란 종민이 더 큰 울음을 터트린 그 때 누군가가 선일의 팔목을 단단히 거머쥐었다. 선일이 난데없이 나타나 저를 제지하는 힘 쪽으로 고개를 마저 다 돌리기도 전에 호정과 종민이 동시에 그를 외쳐 불렀다.

"아빠!"

지훈이 억세게 부여잡았던 선일의 팔목을 놓았다. 그리고 아직 가라앉지 않는 분노와 종민을 때린 것에 대한 놀라움과 그 현장을 들킨 겁에 질려 있는 큰아들의 정수리를 흩트렸다.

"인수인계 하자. 수고했어, 아들."

네 식구는 개구쟁이 종민 때문에 밥이 코로 들어가는지 입으로 들어가는지 모를 저녁 식사를 마치고 슈퍼에 들러 장을 본 다음 집으로 향했다. 철부지 종민과 호정은 울고불고 했던 것을 까맣게 잊고 연방 장난을 쳤지만 우유와 주스를 담은 큰 봉지를 든 선일은 오로지 땅만 보고 걸었다.

종민을 안고 걷는 지훈은 큰아들의 그런 울적함의 이유를 너무나 잘 알고 있었다. 극복했다 자부했던 상처를 극복하지 못한 자신에 대한 실망감, 그리고 혹여 자신이 그 일을 문제 삼을까봐 전전긍긍하고 있을 것이다. 그 걱정은 곧 파양의 두려움과 연결되어 있고 말이다. 그것이 못내 안쓰러운 지훈은 선일을 불렀다.

"장남."

"예."

"오늘따라 아빠 어깨가 으쓱으쓱 하는데 보이냐?"

그제야 시큰둥하게 대답만 할 뿐 줄곧 땅만 보고 걷던 선일이 눈을 돌려 지훈을 쳐다보았다.

"우리 장남이라면 요 개구쟁이 녀석들 염려 없겠구나, 이런 생각이 들지 뭐냐."

야단까지는 아니어도 주의 정도는 받아야 마땅할 일인데 오히려 칭찬이라니. 얼떨떨한 선일은 걸음을 멈췄다. 지훈은 그런 아들을 향해 빙그레 웃어 보였다.

"방법이 좀 과격하긴 했지만, 날 닮아 무지 무뚝뚝한 녀석이지만 속으로는 두 개구쟁이 녀석들을 끔찍하게 생각하고 있구나 보여준 사건이니까 훌훌 털어 버려."

더할 나위 없이 자비로운 처사였지만 선일의 미간은 더 찌부러질 뿐이었다.

"차라리 잘못했다고 야단쳐 주세요."

"칭찬 받을 일을 왜 야단을 쳐?"

"정당치 못한 행동이었어요. 아무리 화가 나고 또 나도 폭력은 안 됐다고요."

"사랑의 매도 있잖아."

"그건 억지예요."

"충분히 반성하고 있잖아. 그러니까 자책 같은 건 그만 해도 돼."

"하지만……."

지훈은 좀처럼 자괴감을 떨치지 못하는 선일의 자아비판을 짐짓 엄한 표정으로 싹둑 잘라버렸다.

"사내 녀석이 실수 한 번 한 거 가지고 참새처럼 쫑알쫑알. 실망이야, 실망. 뿌듯했다는 거 취소할까 보다."

"그래도 제가 잘못한 건 맞아요. 다시는 안 그럴게요."

"녀석 하고는. 아, 그래. 알아서 해. 하지만 이건 하나 알아 줘."

"말씀하세요."

"아빠나 엄마, 그리고 호정이, 종민이는 말이다, 그럴 리도 없겠지만 네가 어떤 실망스러운 행동을 한다고 쳐도 절대 실망 안 해. 왜냐면 그대는 우리의 희망이니까."

순간 선일이 코를 벌름거리기 시작했다. 그리고는 이내 주먹으로 벌게진 코끝을 쓱쓱 문질러댔다. 감동이라는 최루탄에 매큼해져 버린 탓이다. 곧 눈자위도 후끈해지자 혹 눈물을 보일까봐 어쩔 줄 몰라 했다. 그런 아들이 애잔한 한편 대견하기도 한 지훈은 말 대신 아들의 정수리를 다시금 흐트러뜨리는 것으로 아버지로서의 마음을 대신했다.

"정말?"

소파에 비스듬히 기댄 지훈은 자신의 배 위에 엎드려 큰 눈망울로 선일이 들으면 분명 코웃음을 칠 것이 분명한 동화적인 이야기의 진위에 대해 묻는 종민에게 크게 고개를 주억거렸다.

"정말. 전에 어린이집에서 과자 구운 거 생각 안 나? 그때 종민이 거는 새카맣게 타버리고 소라 거는 안 익어서 하얗고 또 선생님이 구운 건 노릇노릇하고."

"엉! 종민이 거 다 타버렸다."

"그래, 바로 그거야. 엄마는 하나님이 덜 구워서 하얗고 아빠랑 호정이 누나는 조금 더 구워서 노릇노릇하고 형아랑 우리 똥강아지는 하나님이 굽다가 살짝 한눈을 파신 탓에 좀 타 버린 거야."

조금 더 자라면 아직은 상처 입기 바라지 않은 마음에서 지어낸 이 허무맹랑한 이야기가 거짓임을 알게 될 것이다. 하지만 동요를 부르고 동화책을 읽는 동안에는 다른 생김새로 상처 입길 바라지 않기에 믿음직한 표정을 지어 보였다. 그리고 종민은 그의 그런 마음을 알아보기라도 한 듯 아들의 눈높이에 맞춘 아빠의 자상한 설명을 어떤 의심도 없이 받아들였다.

"아앙! 그렇구나. 알았다, 알았어."

지훈은 그런 아들이 기특하고 안쓰러워 꼭 끌어안고 등을 토닥였다. 그러자 호정이 입술을 샐쭉거리며 샘을 냈다.

"나도 고추 달고 싶다."

"김호정, 그게 무슨 소리야?"

"아빠는 오빠랑 종민이만 예뻐하잖아. 고추 달렸다고. 핏!"

새침데기 공주님이 팔짱까지 단단히 끼고 고개를 홱 돌려 버리자 지훈은 부랴부랴 수습에 나섰다.

"그런 게 어디 있어? 아빠가 예쁜 공주님을 얼마나 좋아하는데."

"거짓말."

"거짓말은 무슨, 안 그럼 엄마랑 결혼했겠니? 솔직히 엄마가 예쁘긴 하지만 화낼 때는 마귀할멈 같고 용돈 탈 때는 스크루지 영감 같잖아. 안 예뻤음 절대 결혼……."

끼리릭!

안 했다는 소리를 막 내뱉으려는 순간 현관문 돌아가는 소리가 들렸다. 그러자 그때까지 지훈에게만 집중하고 있던 두 녀석들이 그를 가차 없이 배신해 버렸다.

"엄마다!"

"아얏! 아이쿠!"

호정에게는 발등을, 껌 딱지처럼 찰싹 달라붙어 있던 종민에게 허벅지를 밟힌 지훈이 죽는 소리를 냈다. 하지만 매정한 두 녀석들은 뒤도 안 돌아보고 내달려 문을 열고 들어선 마리의 품에 안겼다.

"엄마!"

"강아지들! 쪽! 쪽쪽! 으음!"

구두도 못 벗은 마리가 무릎을 꿇고 아이들에게 거나한 키스세례를 퍼붓는 사이 선일이 방에서 고개를 내밀었다.

"다녀오셨어요."

"오우! 우리 장남! 어라?"

오늘 고생시킨 것이 못내 미안해 코맹맹이 소리로 선일을 부르던 마리가 뜨악한 표정을 지었다. 다른 두 녀석들처럼 쪼루라니 안기지는 않아도 문 밖으로 나서기는 해야 할 선일이 쏙 들어가 버리는 것이 아닌가?

"왔어?"

"쟤, 왜 저래?"

"일이 좀 있었어."

"무슨 일?"

종민이 얼른 선일의 대변인을 자처했다.

"타져서 그래."

"타져?"

"엉. 하나님이 엄마는 덜 굽고 나랑 형아는 많이 구웠대. 그런데 바보 소라가 나보고 깜둥이라고 막 꼬집고 그래서 내가 잉잉 울고 형아가 나 이렇게 쿵쿵 때리고 호정이 누나가 풍선껌 두 개 사줬어."

앞뒤가 전혀 맞지 않는 이야기지만 사태를 즉시 파악한 마리의 속이 뒤집어졌다. 일한답시고 아이들이 상처 받는 순간 아무것도 해주지 못한 것이 너무 속이 상했다. 그래서 바락 화를 냈다.

"누구야? 누가 그랬어!"

호정이가 고자질을 했다.

"소라. 1203호 사는 개."

"내가 이놈의 계집애를 그냥!"

"어이구! 애들이랑 똑같네. 어지간히 해."

지훈의 타박에 마리는 즉시 과녁을 그로 삼았다.

"당신 또 혼구멍 안 내주고 타이르고 왔지? 그치?"

"그럼 아무것도 모르는 애랑 똑같이 머리 쥐어박고 꼬집어 줘?"

"누가 그러래? 따끔하게 혼내서 다시는 그딴 소리 못하게 하라는 말이지. 넌 국제화 시대 다민족 국가라는 소리도 못 들어봤니? 하긴 생긴 걸 보니 영리한 거 하고는 거리가 멀겠구나. 미안하다, 너무 많은 걸 요구해서. 이렇게 왜 못해? 입은 뒀다 뭐 하니?"

탱자가시처럼 뾰족한 마리의 채근에 지훈은 화를 내기는커녕 능글능글한 웃음으로 대꾸했다.

"밥 벌어오고 밥 먹는 데 쓰지. 그리고 우리 똥강아지들한테도 쓰고. 쪽!"

"따가워!"

"따갑긴 뭐가 따가워. 우우웅! 우리 강아지들!"

"꺅! 아빠!"

어느새 아이들과 한 덩어리가 되어 데굴데굴 구르고 있는 지훈의 모습에 깨진 유리창처럼 날카로워졌던 마리의 신경이 누그러졌다. 어이가 없어 슬쩍 헛웃음을 짓다가 대뜸 군기반장처럼 꽥 소리를 질렀다.

"시끄러! 오빠 공부하는데 누가 시끄럽게 굴래? 얼른 이 닦고 잘 준비해. 시간이 몇 시야?"

호정이 이의를 제기했다.

"아직 10시도 안 됐는데?"

"엄마가 10시에는 자야 키 큰다고 말했지? 평생 숏 다리로 살고 싶지 않음 얼른 들어가서 자."

"공주, 걱정 마. 뾰족구두 신으면 되지. 아빠가 엄마 신는 것보다 훨씬 높은 거……."

"여보!"

"아, 알았어. 알았습니다, 마님. 애들아, 치카치카 하러 가자."

"예!"

지훈이 양손에 아이들을 매달고 욕실로 향하자 마리는 선일의 방문을 두드렸다.

"예."

"엄마 들어가."

마리가 방문을 열고 들어섰는데도 선일은 책에만 코를 박은 채 뒤 한 번 돌아다보지 않았다. 마리는 선일의 의도적인 회피를 탓하는 대신 아들의 책상 주위에 붙은 꿈들을 훑어보았다. 반기문 UN 사무총장의 사진과 토니 블레어 영국총리의 사진이 나란히 붙어 있었다. 장래희망을 외교관으로 삼은 선일의 역할모델들이었다.

본디 총명한 데다 한번 엉덩이를 붙이면 마음먹은 분량을 끝내기 전까지는 절대 일어서지 않는 지구력과 인내심이 있으니 선일의 꿈은 현실로 이루어질 것이다. 그래서 차별도 없고 전쟁도 없는 지구촌을 만들겠다는 원대한 포부도 이루고 말 아들이 대견하기 그지없었다.

절로 입 꼬리가 올라가는 마리는 분명 신경이 쓰일 대로 쓰일 텐데 덤덤함을 가장하고 있는 선일을 쿡 건드렸다.

"일등 지겹지 않아?"

"전혀요."

"한바탕 했다며?"

"애들이 놀린다고 우는 종민이 엉덩이 몇 대 때렸어요. 화나서. 그렇지만 바로 반성했고 아버지도 그만하면 됐다 하셨어요. 주의할게요."

"잔소리는 미연에 방지하자야?"

"그럴 리가요. 아야!"

마리의 긴 손가락에 양쪽 볼을 꼬집힌 선일이 자지러졌다.

"13살 주제에 63살같이 군 벌이야. 반성해."

"아, 정말!"

"뭐가 정말은 정말이야? 꿀밤도 줘? 또 한 번만 늙은이처럼 굴어 봐. 예순 살 먹은 할머니한테 장가보내 버릴 테니까."

"청소년 학대예요."

"청소년 학대라고 경찰에 신고라도 하시려고? 아이고, 무서워라."

"누가 그런데요?"

자신의 너스레에 선일이 서운함을 나타내자 마리는 지훈과는 다른 현실적인 위로를 건넸다.

"이제 발끈하는 것도 지겹지 않니? 남들이 뭐라 하는 걸 왜 그렇게 신경 써? 신경 쓴다고 네 피부색이 달라지는 것도 아니고 네 성씨가 송씨로 바뀌는 것도 아니잖아. 그런 비생산적인 일은 못난이들이나 하는 거야. 50평 아파트에 교육공무원 아버지에 잘 나가는 가수 엄마, 그것도 미모의 엄마를 둔 네가 할 게 절대 아니라고. 거기다 전체수석을 다투는 실력에 롱 다리까지 그야말로 퍼펙트잖아, 너. 그런데 뭐가 부족해서 못난이처럼 굴어, 굴긴."

다른 사람이라면 발끈하며 반론을 제기했을 것이다. 까만 얼굴 때문에 따돌림 당하고 놀림 당하고 부모와 다른 성 때문에 입양아라는 꼬리표를 매달아 봤냐고 따졌을 것이다. 그러나 저와 똑같은 상처를 안고서도 훌륭한 어른이 된 엄마이기에 수긍할 수밖에 없었다.

"알았어요."

"성의 있게 대답 못해?"

"명심할게요."

"좋아. 그래야 내 아들이지. 이번에도 일등 해. 그래야 사무총장 돼서 엄마 아빠 늙으면 용돈도 많이 주고 세계여행도 시켜 주지."

"어이 상실."

"기대 만빵. 공부해."

마리는 자신의 노력을 인정해 주는 기특한 아들의 어깨를 토닥여 주고 홀가분한 마음으로 발걸음을 돌렸다. 그렇게 두어 발짝쯤 갔을까? 뭔가 못 다한 말이 있는지 입술을 깨물던 선일이 그녀를 불러 세웠다.

"엄마."

"왜?"

"우주여행 시켜 드릴게요."

새침데기 선일이 쭈뼛거리며 내놓은 선물에 일로 인한 피곤이 사르르 사라진 마리는 흔쾌히 아들의 선물을 받아들였다.

"땡큐."

그 한 마디에 선일의 까무잡잡한 얼굴이 환해졌다.

마리로부터 선일의 선물을 전해 받은 지훈은 소풍 가기 전날의 아이처럼 설레어 했다.

"목성이 좋겠다. 아니다. 토성이 나으려나?"

바른 말 잘하는 마리가 가만있을 리 없었다. 화장대 거울로 침대에 누워 있는 지훈을 쳐다보며 핀잔을 주었다.

"나보고 애라더니 자기가 더 애야. 그 노래 기억 안 나? 서기 2000년에는 우리는 로케트 타고 달나라 간다고 했어. 근데 지금 가? 못 가잖아. 그냥 감격으로 만족하셔."

"우주인은 간다 뭐."

"그럼 우주인으로 자원하시든지."

할 말이 없어진 지훈은 조잘대면서도 열심히 얼굴에 찍어 바르고 문지르고 있는 것을 꼬투리 잡았다.

"잘 자리에 뭘 그리 찍어 발라."

"주름방지 크림. 요즘 부쩍 눈가에 주름지는 거 같아 속상해."

"그래? 그럼 레이저 한 방 맞아 보지? 주름에 좋은 레이저가 있다던데 이름이 뭐더라?"

지훈의 지나친 친절에 좋게 아이크림을 문지르던 마리가 오만상을 찌푸렸다.

"바람났어?"

"뭐?"

빙그르 돌아앉은 마리가 쿵쾅거리며 침대로 다가섰다. 그리고 파란 눈을 쭉 째고 지은 죄 없이 바싹 긴장하고 있는 지훈에게 서운함을 토로했다.

"내가 주름에 목숨 거는 게 다 누구 때문인데, 주름 한 개 없다 그런 거 안 발라도 충분히 예쁘다, 이런 소리는 못해 줄망정 뭐? 레이저 맞아봐? 권태기야?"

"무슨 그런 소리를 해. 난 그냥 당신 걱정 덜어주고 싶어서 좀 더 확실한 방법을 고안한 죄밖에 없어."

"말로는 무슨 소리를 못하니? 그러고 보니 당신 요즘 좋겠네?"

"뭐가?"

"꽃 같은 교생들 맞는 시기 아냐? 예쁘지? 상큼하지?"

마리의 억지가 그저 귀엽기만 한 지훈은 싱글벙글 웃으며 그녀의 아킬레스건을 콕 하고 건드렸다.

"왜, 긴장돼?"

"무슨 소리? 절대 아니야. 상큼하다고 해도 나만큼 농염하겠어? 그리고 애가 셋이나 있는 심심한 물리 샘을 누가 쳐다보니?"

"쳐다보거든? 오늘도 점심시간에 청순한 생머리 교생이 요구르트 하나 살포시 밀어주더라. 아얏! 아파! 정말 아파! 그만!"

토라졌을 때 더 매력적인 아내를 보려고 그만 마지노선을 넘어 버린 지훈이 여지없이 떨어진 마리의 손길에 엄살을 떨어댔다.

"브레이크 고장 난 자전거지? 박자 맞춰 준다고 멈출 줄을 몰라!"

"다 알면서 말로 하지, 사람을 치냐? 치려면 예쁜 입술로 요 입술이나 치든지."

"내가 이러니 애라고 안 해? 지금 이 시점에서 뽀뽀가 웬 말이야?"

마리의 핀잔에 지훈은 그녀의 행동과 말투를 흉내 내며 자신이 원하는 것을 정확히 요구했다.

"누가 뽀뽀랬니? 키스랬지?"

저를 쏙 빼닮은 지훈을 본 순간 갑자기 심장이 간지러워져 버린 마리가 쿡 웃음을 터트렸다.

"풋!"

그러자 그 순간만을 기다려온 지훈이 불쑥 마리의 양 뺨을 부여잡더니 쪽 소리가 나도록 입술을 맞추었다. 그리고 마리가 기대하는 것을 알면서도 벽장의 꿀단지처럼 꼭꼭 숨겨 둔 사랑을 꺼내 보여주었다.

"여전히 당신은 내 심장을 마라톤 선수 것처럼 뛰게 해. 쿵쾅쿵쾅."

지훈은 손으로 만든 하트를 심장에 대보이기까지 했다. 연애시절에도 보여주지 않던 깜찍한 사랑표현에 정신없고 고단했던 하루의 피로가 싹 가시는 마리의 콧대가 하늘 높이 올라섰다.

"보는 눈은 있어가지고는. 흐흠!"

어색한 헛기침과 함께 시선을 살짝 옆으로 돌린 다음 슬쩍 양손의 엄지와 검지를 이어 만든 작은 하트를 날렸다. 지훈의 입이 쭉 찢어졌다.

"탁월한 안목이지. 안 그랬음 우리 대단하신 박마리 여사랑 한 이불 덮고 자는 영광을 어떻게 누렸겠니? 안 그래?"

"당연하지."

"자, 이리로 누우십시오."

마리는 지훈이 젖혀 준 이불 속으로 쏙 들어가 누웠다. 그러자 두 개가 하나로 딱 달라붙어 있는 나무젓가락처럼 찰싹 달라붙길 좋아하는 지훈이 냉큼 그녀의 곁으로 누웠다. 그리고 아이들 때문에 정신이 없어 묻지 못했던 하루 일과를 물었다.

"녹음은 잘했어?"

"응. 매우."

"수고했어."

"당신은 어땠어?"

"나야 늘 똑같지. 잠자는 녀석들 깨우고 어려운 문제 들이대는 녀석들한테 바싹 긴장하고 그렇지 뭐."

좋게 지훈의 이야기를 듣던 마리가 갑자기 모로 돌아눕더니 뜬금없는 소리를 물었다.

"당신 과학실 지금도 혼자 써?"

"어. 왜?"

"비커에 끓인 커피 먹고 싶다."

아이들과 북적거리는 일상도 좋지만 때로는 남편과 단둘이 오붓하게 지난 추억을 되살리는 낭만을 즐기고 싶었다. 아내의 제안을 적극 지지하는 지훈이 흔쾌히 수락했다.

"그래? 진즉 말하지. 내일 어때?"

"내일은 안 되지. 선일이 시험 시작이잖아. 애들 못 맡겨. 시험 끝나고는 쉬게 해줘야 하고 다음 주 어때?"

"그렇게 해. 내가 장미도 한 송이 준비할게."

꼼꼼한 성격을 유감없이 발휘하는 지훈의 말에 마리는 절로 나오는 한숨을 푹 내쉬었다.

"어유! 멋없어."

"멋없어?"

"김새잖아. 그런 건 살짝 줘야지. 하긴 꽃을 사줘 본 적이

까마득하니 기억이 나겠어?"

"알았어. 그럼 꽃은 취소."

지훈은 다시 한 번 융통성이라고는 없는 성격을 자랑했다.

"그런다고 준다고 한 거 취소하니? 정말 내가 이 남자 뭘 보고 반했을까 몰라."

"그러게. 나도 그게 궁금해. 당신 내 뭘 보고 반했어?"

"통장."

"장난치지 말고."

"정말 통장이라니까? 그러는 당신은 내 얼굴 보고 반했잖아?"

"어떻게 알았어?"

당연히 나왔어야 할 아니다, 라는 대답 대신 나온 고약스러운 대꾸에 마리의 눈이 매서워졌다.

"정말이야? 정말 얼굴에만 반했어?"

"아니? 몸매도 좋더라고."

"뭐야, 정말."

지훈은 자신의 능청스러운 대답에 바싹 긴장시켰던 어깨를 푸르르 내려놓는 마리의 어깨를 가볍게 끌어안았다. 그리고 눈을 맞추고는 아주 오래전의 기억을 되살렸다.

"전에 내가 한 말 기억 안 나? 당신이기만 하면 당신이 설사 남자라고 해도, 또 돌 같은 무생물이라고 해도 사랑했을 거라고. 지금도 그래. 앞으로도 그럴 거고."

"알아. 그래서 말은 안 해도 세상에서 제일 행복한 여자라고 자부하고 있어. 알아줘. 박마리는 말이야, 송지훈이 있어야만 행복해."

"최곤데? 그런 의미로다가 키스 한 번?"

"또 김 뺀다."

"미안. 깜빡했어."

"아, 할 거면 얼른 해. 졸려."

마리는 말은 그렇게 하면서도 촉촉한 혀끝으로 입술을 살짝 훑어 주는 센스를 발휘했다. 그 모습에 마치 첫 키스를 하는 소년처럼 두근대는 가슴을 주체할 수 없는 지훈은 사르르 눈을 감는 아내의 입술에 조심스레 자신의 입술을 얹었다. 남편의 온기를 고스란히 받아들인 마리의 입술이 절로 열렸다. 그리고 슬며시 스탠드의 버튼을 누르고 있는 지훈의 목을 욕심껏 끌어안았다.

미처 끄지 못한 스탠드의 불빛이 침실 한쪽 벽에 덤덤한 부부와는 거리가 먼 두 사람의 격한 몸짓을 그대로 반영했다.

— The End —

후기

안녕하세요. 프리실라입니다. 뭐, 종종 뵈니 오랜 만이라는 말은 못하겠고, 잘들 지내셨죠? 저는 그럭저럭 지내고 있습니다. 아마 '머지않아 눈물아 멈춰 줘'라는 원고를 마무리하게 되면 최악의 상태를 달리고 있는 컨디션이 제대로 돌아올지도 모르겠습니다. 무슨 소리냐고요? 왜냐면 계절이 두 번 바뀌는 동안 껴안고 살았던 마리가 빙의라도 된 듯 줄곧 몸과 마음이 지쳐 있거든요.

왜 배우들이 자신이 맡은 역할에 몰입해 눈물을 줄줄 흘리기도 하고 실성한 것처럼 웃어젖히는 것처럼 작가 역시 자신이 쓰는 인물에 몰입해 컨디션이 좌지우지된답니다. 이번 마리 같은 경우에는 까칠한 그녀 성격을 그대로 답습한 탓에 한 동안 머리 위에 먹구름을 잔뜩 이고 다녔다지요. 덕분에 일주일에 한 번씩 타는 고속전철에서 공공장소임에도 불구하고 예의 없이 큰소리로 통화를 해대는 승객들에게 벌떡 일어나 꽥 소리를 질렀지 뭡니까? '여러분! 통화는 객실 밖에서 하셔야 하거든요!' 이러고요. 그러고 나서 자리에 앉는데 어찌나 창피하던지 오는 내내 잠든 척하느라고 힘들었습니다.

그러더니 마리가 아프기 시작하면서부터는 뙤약볕 아래 풀포기처럼 시들거리는 통에 며칠간을 한 자도 못 쓰고 끙끙대기도 했지요. 글이 문제가 아니라 손가락 하나 까닥일 수가 없을 정도로 최악의 나날이었습니다.

그때 깨달았습니다. 비록 제 손끝으로 지어낸 이야기지만 활자로 바뀌는 순간부터는 거짓이 아닌 어딘가에서 살아 숨쉬고 있는 사람들의 진실된 이야기로 변모한다는 것을요. 그러니 단 한 줄을 쓰더라도 책임감을 가지고 써야 한다는 기특한 생각이 들더군요. 우스운 말이지만 수도 없이 쓰고 지운 노력이 이런 작은 열매를 맺지 않았을까 하는 생각에 피식 웃기도 했답니다.

글을 쓰는 시간이 늘면 늘수록 흔히 흥행코드라고 말하는 재벌과 신데렐라, 출생의 비밀, 카리스마와는 안녕하고 싶은 마음이 더해집니다. 재능이라고는 손톱만큼도 없으면서 그보다는 평범하지만 훨씬 아름다운 색채를 띠는 보통 사람들의 이야기가 쓰고 싶어지니 이를 어쩐답니까?

작가 입으로 이런 말 하기 참 뭐하지만 정말 너무나 사랑했던 마리와 지훈입니다. 처음 작의대로 캔디처럼 씩씩하지도 밝지도 않은 까칠함에 물질과의 타협도 가능하다고 지껄여대지만 그 내면에는 순수함을 간직했던 마리. 또 시쳇말로 카리스마라고는 찾아볼 수 없는 심심한 물리 선생님이지만 세상 어떤 남자보다 더 큰 가슴을 가졌던 지훈. 제 생애 다시 이런 매력적인 주인공들을 찾아볼 수 있을까요? 두 사람을 만난 것은 제게 너무나도 큰 축복이었답니다. 그리고 축복이라는 부제가 붙은 에필로그에서 만났던 선일과 호정, 종민 이 삼남매도 마찬가지고요.

사실 처음 에필로그는 '축복'이라는 이야기와는 완전히 다른 이야기였습니다. 보통의 에필로그들이 그렇듯 주인공인 마리와 지훈의 행복한 나날들만 보여주려고 작정했었거든요. 그동안 못된 작가 만나서 너무나 고생했으니까요. 그런데 혼혈의 아픔을 껴안고 사는 마리를 대변하다 보니 더 이상 단일민족이 아닌 다민족 국가인 대한민국에서 소외받고 있는 아이들에 대한 관심이 저절로 생겼습니다. 비록 피부색이 다르고 생김새가 약간 다르긴 하지만 분명 우리 아이들인데 차별보다는 대등한 대우가 당연하지 않습니까? 그런데도 너무나 많은 차별과 제약 때문에 힘들어하는 아이들의 이야기를 접하면서 스스로 너무 부끄러워졌습니다. 저 역시 그들을 힘들게 하는 수많은 사람들 중 하나였을 수도 있다는 사실을 깨달았거든요.

그래서 없는 말주변 대신 조금이나마 나은 글로 우리 아이들에게 미안하다는 말을 전하고 싶어 차별 없는 세계를 꿈꾸는 선일과 그의 동생들의 이야기를 써내려갔습니다. 그리고 믿습니다. 머지않아 꼭! 선일이 꿈꾸는 그런 평화로운 세상이 펼쳐질 거라고요.

작가는 추억을 팔아먹고 사는 사람이라는 말이 있지요. 저 역시 그런 사람들 중 하나랍니다. 마리처럼 마리아 칼라스를 꿈꾸지는 않았지만 막연히 노래에 대한 열정을 품고 있던 고등학교 시절 지훈의 모델이 되어 주신 저희 물리 선생님께서 비커에 타주시던 커피 냄새가 그리운 새벽입니다. 앞으로도 하나 둘씩 추억을 쌓아 나갈 테고 그 추억들은 아직은 표면적일 뿐인 수많은 주인공들의 추억들이 되겠지요?

이제 수다스러운 작가의 변을 마쳐야 할 시간입니다. 벌써 스무 번에 가까운 작별인사라지요. 그래서 이번에는 독자님들 머리 숙여 감사드립니다, 너무나 수고하신 편집장님, 모모 작가 고마워, 라는 식상한 작별 인사 말고 조금 독특한 인사를 남깁니다. 로맨스 소설을 사랑하는 아름다운 분들과 교류할 수 있는 조촐한 공간을 하나 마련했습니다.

연재를 하는 것은 아니고 종종 오랜 기간 잠수 중인 제 자질구레한 신변 이야기와 더불어 우리 모두가 꿈꾸는 세상을 위해 작은 힘을 보탤 수 있는 통로가 되어 줄 곳이에요. 쓰고 나니 너무 거창하네요. 실상은 정말 별거 아니에요! 그러니 부담 갖지 마시고 한 번씩들 들러 주세요.

http://blog.naver.com/owlcc.do 클릭!

그럼 이만 물러갑니다. 행복하세요.

소유의 환상이 알껍으로 깨들어가고 싶은
프리실라 올림